W0341360

Ben Joe Hawkes ist fünfundzwanzig, studiert Jura an der Columbia University, und die Sorgen seiner verwitweten (und äußerst lebenstüchtigen) Mutter um sechs jüngere Schwestern lasten schwer auf seinen zu schmalen Schultern. Was kann nicht alles passieren in diesem großen, chaotischen, männerlosen Haushalt in Sandhill, Carolina! Aus einem der regelmäßig eintreffenden Familienbriefe erfährt er, daß Joanne ihren Mann verlassen hat – endlich ein Vorwand, alles stehen- und liegenzulassen, den nächstbesten Zug zu besteigen und nach Hause zu fahren, nur um herauszufinden, was für Hiobsbotschaften sonst noch seiner harren. Aber in Carolina geht das Leben seinen ungestörten Gang, mit oder ohne Ben Joe. Natürlich freuen sich alle, ihn zu sehen; die bedächtig-resolute Mama, die vorgibt, er wäre eine Nervensäge, die alte Großmama mit ihren schwarzen Turnschuhen und ihrer alles übertönenden, gewaltigen Singstimme, die Mädchen mit ihren Dates und Heimlichkeiten. Zu brauchen scheint ihn jedoch niemand. Eine bittere Enttäuschung für Ben Joe. Schließlich hatte er dafür gesorgt, daß Vaters Geliebte regelmäßig Geld erhielt, hatte er *Verantwortung* übernommen! Nur Shelley, seine blasse erste Jugendliebe, ist hingebungsvoll genug, um Ben Joe als Helden in diesem verblasenen Frauenkosmos zu sehen. – Wird Ben Joe in diese Falle tappen?

Dieser erste Roman Anne Tylers weckte bei seinem Erscheinen 1964 stürmische Bewunderung und – bei Lesern und Kritikern gleichermaßen – nachhaltige Neugier auf die Entwicklung dieser Autorin. ›Wenn je der Morgen kommt‹ ist der erste von drei weiteren frühen Romanen der Autorin, die der Fischer Taschenbuch Verlag als deutsche Erstveröffentlichungen plant.

Anne Tyler, die 1941 in Minneapolis geboren wurde, ist in North Carolina aufgewachsen. Die promovierte Slawistin zählt zu den erfolgreichsten Autorinnen der amerikanischen Gegenwartsliteratur, ihr Roman ›Breathing Lessons‹ (›Atemübungen‹ Bd. 10924) wurde mit dem renommierten Pulitzer-Preis ausgezeichnet. Anne Tyler lebt mit ihrer Familie in Baltimore.

Im Fischer Taschenbuch Verlag: ›Caleb oder das Glück aus den Karten‹ (Bd. 10829), ›Nur nicht stehenbleiben‹ (Bd. 11409), ›Mr. Morgan und die Puppenspielerin‹ (Bd. 12047), ›Die Reisen des Mr. Leary‹ (Bd. 8294), ›Fast ein Heiliger‹ (Bd. 12721). Bei S. Fischer: ›Segeln mit den Sternen‹ und ›Kleine Abschiede‹.

Anne Tyler

WENN JE DER MORGEN KOMMT

Roman

Aus dem Amerikanischen
von Ulrike Becker
und Claus Varrelmann

Fischer Taschenbuch Verlag

Deutsche Erstausgabe
Veröffentlicht im Fischer Taschenbuch Verlag GmbH,
Frankfurt am Main, März 1996

Die amerikanische Originalausgabe erschien 1964
unter dem Titel ›If Morning Ever Comes‹
bei Alfred A. Knopf, Inc., New York
© 1964 by Anne Modarressi
Für die deutschsprachige Ausgabe:
© Fischer Taschenbuch Verlag GmbH,
Frankfurt am Main 1996
Gesamtherstellung: Clausen & Bosse, Leck
Printed in Germany
ISBN 3-596-12806-4

Gedruckt auf chlor- und säurefreiem Papier

WENN JE DER MORGEN KOMMT

I

Als Ben Joe Hawkes zu Hause auszog, schenkte er seiner Schwester Susannah eine gebrauchte Gitarre, sechs Stapel alter Ausgaben des *National Geographic*, ein lädiertes Mikroskop und ein dreißig Zentimeter hohes Stundenglas. All diese Dinge vermißte er, kaum daß er in New York eingetroffen war. Er dachte daran, nach Hause zu schreiben und sie zurückzufordern – Susannah hatte bestimmt nicht einmal zugehört, als er sie ihr schenkte –, aber vermutlich würde seine Schwester ihn auslachen. Die Mitglieder seiner Familie gehörten zu der Sorte Menschen, die die Ansicht vertreten, nur Kinder, die zum ersten Mal die Sommerferien im Pfadfinderlager verbringen, dürften etwas vermissen. Daher erwähnte er nicht, daß er die Sachen vermißte, er schickte Susannah bloß eine Ansichtskarte mit einem Foto des UNO-Gebäudes bei Nacht und fragte sie, ob sie schon angefangen habe, Gitarre spielen zu lernen. Und sechs Wochen später bekam er von ihr eine Postkarte ohne Bild zurück, in Sandhill, N.C., abgestempelt und vom Regen ganz wellig. Er drehte die Karte um und entnahm Susannahs pechschwarzer, krakeliger Schrift, daß sie gerade eine Stelle in der Bücherei der Schule von Sandhill angenommen habe, viel Geld verdienen werde und es sich in Zukunft leisten könne, jede Woche zum Friseur zu gehen. Sie hatte mit ›Bis bald – S.‹ unterschrieben und dann noch ein P.S. hinzugefügt, in dem es hieß, sie werde morgen anfangen, Gitarre spielen zu lernen. Ben Joe las den Text zwei- oder dreimal, obwohl, was sie schrieb, völlig klar war: Susannah hatte sich erst in diesem Moment wieder an die Gitarre erinnert. Wahrscheinlich hatte sie die Beschäftigung mit irgend etwas anderem unterbrochen, die Gitarre aus dem Schrank gezerrt und ein paarmal an den schlaffen Saiten gezupft, dann festgestellt, daß ihr die Fähigkeit Gitarre zu spielen nicht angeboren war und sie eine Zeitlang würde üben müssen, und das Instrument daraufhin wieder weggelegt und ihre Aufmerksamkeit auf etwas anderes gerichtet, das ihr zufällig in den Sinn kam. Ben Joe erwog, ihr eine ganze *Serie* von Karten zu schicken – auf der nächsten würde er beispielsweise fragen, ob das Stundenglas die Zeit immer noch korrekt anzeigte – bis sie wütend auf ihn werden, alles einpacken und nach New York schicken würde. Aber Susannah war, wie fast alle seine Schwestern, sprunghaft und las selten etwas ganz durch, auch wenn es bloß eine Postkarte war; ihr würde wahrscheinlich gar nicht auffallen, daß er die Dinge, die er ihr geschenkt hatte, vermißte.

Daher schickte er ihr keine weiteren Postkarten, sondern schrieb nur noch seine regelmäßigen Briefe, die an die ganze Familie adressiert waren und in denen er sich nach der Gesundheit seiner Mutter und all seiner Schwestern erkundigte und sagte, daß er oft an sie denke.

Inzwischen war es November. Ende August, wenige Tage nach seinem fünfundzwanzigsten Geburtstag, hatte er seine Heimatstadt verlassen, um an der Columbia University Jura zu studieren, und obwohl er trotz der drei Jahre, die er nach seinem Collegeabschluß hatte verstreichen lassen, in den Seminaren gut mitkam, gefiel es ihm an der Universität nicht. Auf dem Campus fuhr ihm, egal was er anhatte, der vom Fluß herüberwehende Wind in die Glieder, und seine Kommilitonen waren allesamt schlagfertig und chic, und er wußte nicht, was er mit ihnen reden sollte. Sie sahen aus wie die Männer, die als Models in Männermagazinen italienische Wollsackos vorführten; dünn und zitternd trottete er neben ihnen her und versuchte an etwas Warmes zu denken. Das Jurastudium gefiel ihm ebenfalls nicht; es war reines Auswendiglernen. Er hatte sich nur deswegen dafür entschieden, weil es im Gegensatz zu den anderen Ideen, die er gehabt hatte, wenigstens nützlich war, und etwas Nützliches konnte man gut gebrauchen, wenn man als einziger Mann einer Familie von sechs Frauen vorstand. Daher saß er den ganzen September, Oktober und den größten Teil des Novembers die Jura-

Veranstaltungen an der Columbia University ab und wackelte dabei mit dem Fuß, den er auf das Knie gelegt hatte, und knibbelte an seinen Fingernägeln.

An diesem speziellen Donnerstag war der Wind so kalt, daß Ben Joe geradezu persönlich gekränkt war. Er trat aus dem Rechtswissenschafts-Gebäude, schlug seinen Kragen bis über die Ohren hoch, und plötzlich traf ihn der Wind mit voller Wucht ins Gesicht und raubte ihm den Atem. Das gab den Ausschlag; er änderte sein Ziel und ging zu seiner Wohnung. In letzter Zeit hatte er immer öfter die besonders kalten Tage mit einem Krimi im Bett verbracht, und er gelangte langsam zu der Überzeugung, daß er sich auch an diesem Morgen dafür hätte entscheiden sollen.

Am Broadway hielt er sich dicht an die Gebäude, da er hoffte, es würde dort weniger windig sein. In dem Messingschild an einer der Betonmauern erblickte er für einen Moment sein Gesicht, vom Messing gelb gefärbt, mit wegen der Kälte zusammengepreßten Kiefern und gefletschten Zähnen. An jedem anderen Tag wäre er vielleicht stehengeblieben, hätte gelächelt und so lange in das Schild geschaut, bis die Passanten sich über ihn wunderten, aber heute nicht. Heute wickelte er sich nur fester in seinen grauen Mantel und ging weiter.

Seine Wohnung lag fünf Blocks vom Campus entfernt in einem winzigen, dunklen alten Gebäude mit unglaublich hohen stuckverzierten Decken. Er mußte seine ganze Kraft aufwenden, um die Haustür zu öffnen. Und während er in den dritten Stock hochstieg, roch er, was die anderen Bewohner während der letzten anderthalb Tage gegessen hatten – offenbar hauptsächlich Speck und angebrannte Bohnen. Normalerweise verursachten die Gerüche ihm eine leichte Übelkeit, aber heute empfand er sie als warm und behaglich. Er beschleunigte seine Schritte, und jede der hölzernen Treppenstufen knarrte unter seinen Füßen. Als er vor seiner Wohnungstür angekommen war und in seinen Taschen nach den Schlüsseln kramte, pfiff er trotz seines starrgefrorenen Gesichts leise vor sich hin.

»Bist du es?« rief sein Mitbewohner aus der Küche.

»Ja, ich bin's.«

Er zog den Schlüssel aus dem Schloß und schlug die Tür hinter sich zu. Drinnen war es fast so kalt wie auf der Straße; es fehlte nur der Wind. Das Wohnzimmer war höher als breit, sehr dunkel, mit hochlehnigen Polstermöbeln eingerichtet und hatte lange schmale Fenster, die bei jedem Windstoß klapperten. Eine Staubschicht bedeckte den Kaminsims und die Couchtische, wo weder Blumentöpfe noch Fotografien, noch Porzellanfigürchen standen, wie er es aus dem Haus voller Frauen kannte, in dem er aufgewachsen war. Statt dessen waren andere Dinge im Zimmer verstreut – Zeitungen, achtlos auf den Boden geworfene Jacketts, Lehrbücher, Spielkarten. In der Mitte des dunklen Holzfußbodens lag eine viereckige, wie ein Schachbrett gemusterte Brücke, und lächerlich kleine Schachfiguren aus Plastik waren im Durcheinander einer abgebrochenen Schachpartie darauf verteilt.

Ben Joe zog seinen Mantel und das Jackett seines Anzugs aus und warf beides auf einen Sessel. Er band seine Krawatte ab und stopfte sie in eine Tasche des Jacketts. Von der Bettcouch nahm er eine Patchworkdecke, die er von zu Hause mitgebracht hatte, hüllte sich bis über die Ohren darin ein und kuschelte sich zusammen.

»Mein Gott«, sagte sein Mitbewohner von der Küchentür aus.

»Mir ist nun mal kalt.«

Er bewegte sich rückwärts bis zur Bettcouch und setzte sich. Das Bett war relativ breit. Er rutschte nach hinten, bis er sich an die Wand lehnen konnte. Er kreuzte die Beine wie ein Indianer und runzelte dann die Stirn.

»Hab vergessen die Schuhe auszuziehen«, sagte er.

Bedächtig streifte er die Patchworkdecke ab und zog seine Schuhe aus. Sie fielen mit zwei dumpfen Geräuschen zu Boden. Er drückte seine kalten Füße gegen die Oberschenkel, um sie zu wärmen, griff nach der Decke und wickelte sich wieder ein.

»He, Jeremy«, sagte er, »halt doch bitte mal den Zipfel hier fest.«

Sein Mitbewohner kam mit einem Becher Kaffee in der Hand von der Küchentür herüber. »So jemanden wie dich habe ich noch nie erlebt«, sagte er. »Was wirst du nur machen, wenn es richtig kalt wird? Welchen Zipfel?«

»Den in meiner linken Hand. Genau. Danke.«

Er lehnte sich wieder gegen die Wand, und Jeremy ging, seinen Kaffee schlürfend, zum Fenster. Er war jünger als Ben Joe – höchstens einundzwanzig – und auch ein unteres Semester, aber Ben Joe fand ihn sympathischer als die meisten anderen Leute, die er an der Universität kennengelernt hatte. Vielleicht, weil es ihm ebenfalls an Chic fehlte. Er stammte aus Maine und ging in Turnschuhen, Arbeitshosen und dreckigen roten Brewster-Jacken zum Unterricht. Sein Haar war pechschwarz und verlieh seinem Aussehen, selbst wenn er lächelte, etwas verblüffend Wildes.

»Ich dachte, du hättest donnerstags *zwei* Seminare«, sagte Jeremy.

»Stimmt. Aber ich bin nur zum ersten gegangen. Mir war zu kalt.«

»Oh, puh.« Er setzte sich auf den Rand der Fensterbank und schwenkte einen Turnschuh hin und her. »Bei solchen Temperaturen«, sagte er, »würden wir in Maine schwimmen gehen.«

»In Sandhill würden wir den Notstand ausrufen.«

»Wer's glaubt, wird selig.«

Er stand auf und ruckelte am Fenster. Quietschend ging es auf; ein Windstoß blies den Gesellschaftsteil der Zeitung in Ben Joes Schoß.

»Würdest du das Fenster bitte schließen!« sagte Ben Joe.

»Gleich, gleich. Ich will nur schnell sehen, was das Thermometer sagt. Ein Grad. Ein Grad *über* Null! Nicht mal Frost.«

»Es liegt am Wind«, sagte Ben Joe.

Nachdem das Fenster wieder geschlossen war, wurde es in der Wohnung plötzlich still.

»Kommst du mit zur Drogerie, Ben Joe?«

»Auf keinen Fall.«

»Ich muß mir eine Zahnbürste kaufen.«

»Nein.«

Jeremy seufzte und ging in Richtung Schlafzimmer. Der leere Kaffeebecher baumelte an einem seiner Finger.

»Letzte Nacht«, sagte er im Gehen, »ist mir das wohlklingendste Wort der englischen Sprache eingefallen. Ehrlich. Und jetzt kann ich mich nicht mehr daran erinnern.«

»Hm«, sagte Ben Joe. Er griff hinter sich, um das Licht anzuschalten, und glättete den Gesellschaftsteil in seinem Schoß. Die Zeitung war vom vergangenen Sonntag, aber Ben Joe war bisher noch nicht verzweifelt genug gewesen, um diese Rubrik zu lesen. Das Papier auf seinen Knien raschelte leise. Es sah in dem fahlen Licht der Deckenlampe grau aus.

»Ich meine«, sagte Jeremy aus dem Schlafzimmer, »fast jeder kennt ein Wort, das *eines* der wohlklingendsten ist. Aber davon rede ich nicht. Das Wort gestern nacht war wirklich *das* Wort. Ich wollte den Englisch-Professor, den ich immer in der Mensa sehe, damit überraschen. Und dann bin ich heute morgen aufgewacht, und es war weg. In dem Wort war ein *s*, glaube ich. Ein *s*.«

»*Das* erleichtert die Suche natürlich ungemein«, sagte Ben Joe. Er grinste und lehnte den Kopf gegen die Wand.

»Wie wär's mit einem Rendezvous für heute abend, Ben Joe?«

»Wer ist sie?«

»Eine wirklich süße Studentin aus dem ersten Semester. Sie hat rote Haare und braune Augen, die Kombination, die ich am liebsten mag, und stammt aus äh –«

»Zu jung.«

Er schlug den Gesellschaftsteil auf und faltete ihn auf die Hälfte zusammen. Seine Arme ragten seitlich aus der Decke.

»Trotzdem vielen Dank«, rief er nachträglich.

»Oh, schon gut.« Jeremy stand inzwischen in der Tür und hielt ein Kopfkissen mit den Zähnen fest. »Ich habe beschlossen, das Schlafzimmer aufzuräumen«, sagte er. Seine Worte waren genuschelt, aber dennoch verständlich. »Ich habe meine Bettwäsche seit drei Wochen nicht mehr gewechselt.« Er schüttelte einen Kissenbezug auseinander, hielt ihn unter das Kissen und öffnete den Mund, um das Kissen in den Bezug rutschen zu lassen. Dann schleuderte er das Kissen in die Richtung, in der sein Bett stand, und verschwand wieder im Schlafzimmer.

Ben Joe begann mit der Lektüre des Gesellschaftsteils. Er hielt die Zeitung verkehrt herum. Im Alter von drei Jahren hatte er angefangen lesen zu lernen, aber seine Eltern wollten, daß er damit wartete, bis er zur Schule ging; sie zwangen ihn, sich ihnen gegenüber hinzusetzen, wenn sie ihm Gutenachtgeschichten vorlasen, so daß die Buchstaben für ihn auf dem Kopf standen. Seine Eltern bemerkten erst, daß er verkehrt herum las, als es bereits zu spät war. Inzwischen las er meistens richtig herum, aber wenn er gelangweilt war, begriff er auf dem Kopf stehende Wörter leichter. Er hielt die Zeitung mit gestreckten Armen und las stirnrunzelnd den auf dem Kopf stehenden Bericht über eine Goldene Hochzeit, bei der das Paar die Trauungszeremonie wiederholt hatte.

»Was sollen die vielen Limabohnen unten im Schrank?« rief Jeremy.

»Ach, laß sie liegen. Ich kümmere mich darum.«

»Das ist mir schon klar, aber was *sollen* sie da?«

»Hab ich vergessen. He, Jeremy, würdest du bei deiner Goldenen Hochzeit die Trauungszeremonie wiederholen?«

»Nie im Leben. Ich würde schon die erste auslassen.«

Auf der nächsten Seite gab es eine Reihe von Anzeigen zu studieren, die detailgetreue Skizzen der Muster von Tafelsilber und Geschirr und verschiedenen Ring-Sets enthielten. Er gähnte und machte sich daran, ein Ring-Set auszusuchen. Seine Wahl fiel schließlich auf einen sonderbar geformten Diamanten und einen Trauring, an dem ihn nur störte, daß er an beiden Seiten mit feinen Punkten verziert war. Dann entschied er sich für ein Besteckmuster und ein sehr teures Porzellanservice mit Platinrand, aber das Spiel begann ihn bereits zu langweilen, und er drehte ruckartig die Zeitung richtig herum, damit er sich unter den Bräuten diejenige aussuchen konnte, die all seinen Ansprüchen vermutlich am ehesten gerecht werden würde, und als das erledigt war, legte er den Gesellschaftsteil auf den Boden und stand auf.

»Wo ist das Kreuzworträtsel vom letzten Sonntag?« rief er.

»Das habe ich schon gelöst.«

»Du hast schon das von vorletztem Sonntag gelöst.«

»Ich habe immerhin bis *Mittwoch* gewartet, verdammt noch mal.«

Ben Joe ging ins Schlafzimmer. Jeremy saß auf dem Boden, neben sich eine Kommodenschublade. Er ging langsam einen Stapel Postkarten durch und sortierte einige aus, behielt aber die meisten. Im übrigen Teil des Zimmers herrschte das reinste Chaos. Ben Joes Bett war ungemacht. Jeremys war zwar gemacht, aber darauf türmten sich die Sachen, die er wegwerfen wollte, und auf dem Fußboden zwischen den beiden Betten lag ein Haufen schmutziger Bettwäsche.

»Sieht schlimmer aus als vorher«, sagte Ben Joe.

»Ich weiß. Das ist das Problem beim Aufräumen.«

Ben Joe stützte die Ellbogen auf die Kommode, legte das Kinn auf die Hände und schaute in den Spiegel. Der Spiegel war fleckig und verzerrte, aber Ben Joe erkannte sich immerhin – sein dünnes, unausgeprägtes Gesicht, das so gut wie nie rasiert werden mußte und im Winter eine gelbliche Farbe annahm; seine ruhigen grauen Augen, die so schmal waren, daß man ständig den Eindruck hatte, als blicke er sein Gegenüber mißtrauisch an; und sein dunkelblondes Haar, das ihm in Wellen in die Stirn hing und am Hinterkopf und an den Seiten zottelig wurde. Er sah aus wie ein Waisenkind und bewegte sich auch so. Beim Gehen ließ er die Schultern nach vorn fallen und vergrub seine Hände tief in den Taschen, so daß er die Arme nicht anwinkeln mußte und die Ellbogen in die Seiten drücken konnte. Eine seiner Schwestern hatte ihm, ohne ihn kränken zu wollen, einmal gesagt, er sehe zwar unscheinbar, aber dennoch *vertrauenswürdig* aus; wenn sich die Leute auf der Straße Fremden gegenüber so benehmen würden, wie sie wollten, würden sie auf ihn zugehen und ihm über den Kopf streichen. Er seufzte, richtete sich auf, ging im Zimmer umher und trat mit seinen bestrumpften Füßen nach Wollmäusen.

»Ich dachte, du wolltest dir eine Zahnbürste kaufen gehen«, sagte er zu Jeremy.

»Das werde ich auch. Sobald ich mit dieser Schublade fertig bin. Eine rote.«

»Eine rote was?«

»*Zahn*bürste.« Jeremy warf einen Stapel Postkarten in Richtung Papierkorb. »Ich kaufe für den Winter immer eine rote Zahnbürste.«

»Ach so.« Ben Joe setzte sich auf die Kante seines Bettes und betrachtete stirnrunzelnd die Laken auf dem Fußboden. Nach einer Weile sagte er: »Kennst du diese Zahnbürsten, wo am Stiel ein Vogel befestigt ist, der leise pfeift, wenn man hineinbläst?«

»Klar. Die sind für kleine Kinder, damit sie sich gern die Zähne putzen.«

»Ja, das weiß ich.« Er legte sich quer auf das Bett und starrte die Decke an. »Meine Schwester hatte so eine«, sagte er. »Joanne, meine ältere Schwester. Sie wohnt nicht mehr zu Hause. Aber sie hatte früher eine rosafarbene Zahnbürste, an der ein Vogel befestigt war, obwohl sie kein kleines Mädchen mehr war. Sie ging schon auf die High School, trug immer rote Kleider und viele Armreifen und schüttelte ihre schwarze Mähne. Eines Abends schrieb ich einen Philosophie-Aufsatz. Ich verließ mein Zimmer, um einen Schluck Wasser zu trinken, und fühlte mich grauenvoll – ich war ganz durcheinander und müde, aber die Gedanken schossen mir immer noch durch den Kopf wie Maschinengewehrsalven. Und in dem Moment kam Joanne aus dem Badezimmer; sie trug nichts Rotes, sondern einen wattierten weißen Morgenmantel, und blies merkwürdig verträumt in den Vogel auf ihrer Zahnbürste. Sie sah mich nicht. Aber es war so verflucht *tröstlich*. Ich ging ins Bett und schlief wie ein Stein. Die Maschinengewehre waren verstummt.« Er blieb noch eine Weile still liegen und ließ seinen Blick über die Stuckleiste unter der Decke schweifen.

»Wovon sprach ich gerade?«

»Von Zahnbürsten.«

»Oh. Mehr fällt mir dazu nicht ein.«

Er drehte sich auf die Seite und stützte sich mit dem Ellbogen ab, um zu sehen, was Jeremy gerade machte. Jeremy las alle Postkarten durch, die er aufheben wollte.

»He, Ben Joe«, sagte er.

»Hm.«

»Soll ich dir etwas Lustiges vorlesen?«

»Was?«

»Die Karte ist von einem Kumpel von mir, der irgendwo im Westen aufs College geht, mit einem Foto von einer richtig tiefen Schlucht, durch die unten ein Fluß fließt. Der Text lautet: ›Diese Schlucht macht süchtig. Habe eine Bowlingkugel runtergeworfen, um das Geräusch zu hören, und es hörte sich so toll an, daß ich zu größeren und teureren Dingen überging, und letzte Nacht warf ich mit ein paar Freunden ein Klavier hinunter.‹ Ein *Klavier*. Was glaubst du, wie es aussah, nachdem es aufgeschlagen war? Ben Joe?«

Ben Joe schaute hoch.

»Ach, du hörst mir gar nicht zu«, sagte Jeremy. Er legte die Postkarte zurück in die Schublade und nahm sich die nächste.

Ben Joe setzte sich auf und fuhr mit den Fingern durch sein Haar. »Wie spät ist es?« fragte er.

»Ich weiß nicht. So gegen elf.«

Er streckte den Arm aus und öffnete die oberste Schublade seiner eigenen Kommode. Auf der rechten Seite lag ein Stapel Briefe. Er holte den obersten heraus, sah ihn sich an, um sicherzugehen, daß er von seiner Schwester Jenny unterschrieben war (der offiziellen Briefschreiberin der Familie), und dann legte er sich erneut auf den Rücken, hielt den Brief – richtig herum – über seinen Kopf und las ihn vor:

›*Lieber Ben Joe:*
Wir haben Deine Nachricht vom 12. erhalten. Ja, natürlich geht es uns allen gut. Ich verstehe nicht, warum Du immer wieder diese Frage stellst, denn du weißt doch ganz genau, daß zuletzt vor fünf Jahren, als Susannah alle vier Weißheitszähne auf einmal gezogen wurden, jemand von uns im Krankenhaus war. Mama läßt Dir ausrichten, daß Du Dir zu viele Sorgen machst. Wir kommen wunderbar zurecht & hoffen dasselbe von Dir.

Die finanzielle Lage ist entspannt. Nächsten Monat bekommen die Zwillinge beide eine Gehaltserhöhung von der Bank, aber Lisa bekommt $6 mehr pro Monat als Jane, was zu gewissen Spannungen in der Familie führt. Tessie nimmt neuerdings nach der Schule Malunterricht, der $2 pro Stunde kostet, was wir uns, glaube ich, leisten können, & die einzige unvorhergesehene Ausgabe diesen Monat war für die Dachrinne vor Tessies & meinem Zimmer, die, weil Tessie sich darauf gestellt hat, hinuntergefallen ist. Tessie allerdings nicht. Hinuntergefallen meine ich. Ich werde nie begreifen, wieso.

Es wäre nett, wenn Du im nächsten Brief an die Familie vorschlagen würdest, daß ich in Zukunft wieder für die Lebensmitteleinkäufe zuständig sein soll. Vor allem, da Du mir die Verantwortung für die Finanzen übertragen hast. Großmama hat in letzter Zeit die Einkäufe gemacht, & die Folgen waren katastrophal. Sie holt immer das, worauf sie gerade Lust hat, Muscheltatar & eingelegte Artischockenherzen & Schweinsfüße, & wenn ich frage, wo sind das Fleisch & die Kartoffeln, sagt sie, es wäre höchste Zeit für ein paar Veränderungen bei uns. Sie treibt uns noch in den Ruin.

Anbei findest Du den monatlichen Scheck für Deinen Lebensunterhalt usw. Ich hoffe, Du wirst diesmal daran denken, mir eine Quittung zu schicken, da ich sie für meine Buchführung brauche.

Herzliche Grüße,
Deine
Jennifer

(Anlage)‹

Ben Joe faltete den Brief zusammen und setzte sich wieder auf. »Es wäre schön, wenn außer Jenny noch jemand anders aus meiner Familie das Briefeschreiben übernehmen würde«, sagte er.

»Warum?«

»Ich weiß nicht.« Er begann mit den Händen in den Taschen durchs Zimmer zu gehen. »Sie schreibt nie, was *passiert.* Nur über so blödes Zeug wie die Dachrinne.«

»Die was?« Jeremy lehnte sich zurück und starrte vor sich hin, und als Ben Joe keine Antwort gab, sagte er: »Oh, fängst du jetzt wieder von deiner Familie an? Worüber du dir alles Sorgen machst?«

Ben Joe blieb am Fenster stehen und schaute hinaus. Zwischen ihm und der Außenwelt befand sich eine Jalousie. Die Gebäude gegenüber waren in Dutzende horizontaler Streifen unterteilt.

»Jemand hat einen roten Luftballon verloren«, sagte er. »Er muß aus einem Fenster aufgestiegen sein, so hoch wie der fliegt.«

»Vielleicht ist er mit Gas gefüllt.«

»Vielleicht. Was mich beunruhigt, ist: manchmal glaube ich,

daß meine Familie keine Ahnung hat, wann man mit Bestürzung reagieren sollte – die unglaublichsten Dinge passieren, und sie erzählen es mir nicht einmal. Ich versuche ruhig zu bleiben, aber die ganze Zeit denke ich: Was geht dort vor sich? Ich frage mich, ob ich nicht alles stehen- und liegenlassen und nach Hause fahren sollte, um mich mit eigenen Augen davon zu überzeugen, daß nichts...«

Er saß jetzt auf Jeremys Bett und griff nach dem Telefon.

»Willst du zu Hause anrufen?« fragte Jeremy.

»Ich denke schon.«

»Soll ich dich allein lassen?«

»Nein, nicht nötig – Vermittlung, geben Sie mir bitte Sandhill, North Carolina, zwei vier null –«

»Ich kann Ihren Südstaatendialekt nicht verstehen«, sagte die Telefonistin. Sie war mürrisch und gereizt und sprach mit dem typischen näselnden Tonfall der New Yorker. »Haben Sie ›vier‹ oder ›fünf‹ gesagt? Sie müssen –«

»Ich habe keinen Dialekt. Ich sagte ›zwei, vier, null –‹«

»Doch, haben Sie.«

»Das stimmt nicht. Meine Mutter stammt sogar aus dem Norden.«

»Die Nummer bitte.«

»Zwei vier null, sechs sieben fünf vier. Wenn ich mit Südstaatendialekt sprechen würde, hätte ich ›vie‹ gesagt. Ohne ›r‹. Aber ich habe das ›r‹ ausgesprochen.«

»Und *Ihre* Nummer bitte?«

»Academy vier, sechs fünf fünf neun.«

»Eine bestimmte Person?«

»Nein danke.«

Das Telefon verströmte den vertrauten Geruch nach Plastik. Der Hörer in Ben Joes Hand war warm und fühlte sich bereits ein bißchen feucht an. Er haßte es zu telefonieren. Der Gedanke, mit jemandem zu sprechen und ihm zuzuhören, ohne ihn zu sehen, war für ihn genauso beklemmend wie der, keine Luft zu bekommen. Wie konnte er etwas über einen Menschen erfahren, wenn er ihn nicht sah? Manchmal glaubte er, mit seinen Ohren müsse etwas nicht stimmen; aus dem, was er hörte, erfuhr er fast nichts. Und meistens hielt er den Tonfall des Menschen, mit dem er telefonierte, für unfreundlicher, als er tatsächlich war. Er hatte schon des öfteren den Hörer aufgelegt und war tagelang gekränkt und verwirrt gewesen, und wenn er Wochen später fragte, wodurch er die Verärgerung seines Gesprächspartners ausgelöst habe, hatte er herausgefunden, daß die betreffende Person nur deshalb mit lauter Stimme gesprochen hatte, weil sie einen Fernseher übertönen mußte. Um es sich leichter zu machen, versuchte er jetzt, sich die Situation am anderen Ende der Leitung möglichst genau vorzustellen. Er stellte sich vor, wie die blasse Herbstsonne an einem Donnerstag um elf Uhr vormittags durch die hohen Erkerfenster in das Wohnzimmer des Hauses in Sandhill schien. Seine Schwestern waren vermutlich bei der Arbeit. Außer Tessie natürlich, die noch zur Schule ging. Vielleicht war sie zum Mittagessen zu Hause? Nein, dazu war es noch zu früh. Damit blieb nur seine Mutter übrig, und vielleicht war auch sie außer Haus; sie arbeitete halbtags in einer Buchhandlung. Das Telefon klingelte zweimal. Er saß angespannt gegen die Kissen gelehnt auf dem Bett und wartete.

»Hallo?« sagte seine Mutter. Er wußte sofort, daß sie es war. Zwar klangen die Stimmen seiner Schwestern sehr ähnlich, aber nur seine Mutter hörte sich am Telefon immer so an, als würde sie mit dem Schlimmsten rechnen.

»Hi«, sagte er.

»Wer ist da bitte?«

»Ich bin's. Ben Joe.«

»Ben Joe. Ist irgendwas passiert?«

»Nein, keine Sorge. Ich rufe nur an, weil ich wissen will, wie es euch geht.«

»Hast du unseren letzten Brief nicht bekommen?«

»Ja, doch, ich schätze schon. War das der über die Dachrinne, die runtergefallen ist?«

»Ich glaube ja. Hast du ihn bekommen?«

»*Ja*, ich habe ihn bekommen.«

»Oh, ich dachte nur, du wärst vielleicht in Sorge, weil du nichts von uns gehört hast.«

»Ich habe von euch gehört.«

»Das freut mich.«

Ben Joe wartete, starrte stirnrunzelnd in die Muschel und wikkelte das spiralförmige Telefonkabel um seinen Zeigefinger. Er versuchte verzweifelt sich vorzustellen, wie sie jetzt gerade aussah, aber alles, was er sah, war ihr Haar, dessen mausgraue Lokken an einer Seite des Kopfes vom Hörer plattgedrückt wurden. Das half ihm nicht weiter. Wenn es nur irgend etwas anderes wäre – Augen, Mund, wenigstens ein Stück einer Wange –, dann könnte er sich ein Bild machen, aber ausgerechnet *Haare*, um Himmels willen. Er machte einen neuen Versuch.

»Also«, sagte er, »und wie geht es euch?«

»Ganz gut.«

»Schön. Es freut mich, das zu hören.«

»Zu schade, daß du anrufst, während die Mädchen weg sind. Joanne ist die einzige, die hier ist. Sie hätten bestimmt gerne mit dir gesprochen.«

»Susannah, wolltest du sagen.«

»Was?«

»Du wolltest sagen, Susannah ist die einzige, die hier ist.«

»Nein, Susannah hat eine Ganztagsstelle angenommen. Ich dachte, Jenny hätte dir das geschrieben. Sie arbeitet jetzt in der Schulbücherei. Ich kann mir nicht vorstellen, warum das anstrengend sein sollte, aber offenbar ist es so. Sie kommt immer schlechtgelaunt nach Hause, und gestern hatte sie ein Rendezvous mit dem jungen Lowry und drückte im Royal-Crown-Kino sein Gesicht in einen Becher Popcorn. Ich habe leider vergessen, welcher Film dort lief.«

»Macht nichts«, sagte Ben Joe. »Was ich wissen will ist, welche meiner Schwestern als einzige zu Hause ist.«

»Joanne. Das habe ich dir doch gesagt.«

»Joanne?«

»Ja sicher.«

»Mama«, sagte Ben Joe, »*Joanne* ist vor sieben *Jahren* ausgezogen.«

»Ach, ich dachte, Jenny hätte es dir geschrieben.«

»Hätte mir *was* geschrieben?« Er war inzwischen aufgestanden; Jeremy schaute neugierig zu ihm herüber.

»Mir fällt ein, daß du unseren letzten Brief vielleicht doch noch nicht bekommen hast«, sagte seine Mutter. »Wenn ich es mir recht überlege, stand das über die heruntergefallene Dachrinne im *vor*letzten Brief. Der letzte müßte eigentlich heute bei dir eintreffen. War bei dir die Post heute schon da?«

»Nein.«

»Wieso, wie spät ist es denn?«

»Mama«, sagte Ben Joe, »ist Joanne zu Hause oder nicht?«

»*Ja*, sie ist zu Hause.«

»Aber warum denn? Und wann ist sie angekommen? Warum habt ihr mir nicht –«

»Sie ist weggegangen«, sagte seine Mutter nebulös.

»Jetzt gerade? Wußte sie nicht, daß ich am Telefon bin?«

»Nein, ich meine, sie hat Kansas verlassen.«

»Natürlich, sonst wäre sie ja nicht bei euch.«

»Sie hat sich von ihrem Mann getrennt und ihre kleine Tochter mitgenommen.«

»*Was*?«

Ben Joe setzte sich wieder auf die Kante von Jeremys Bett. Jeremy schaute ihn von der Seite an, stand dann auf und verließ das Zimmer.

»Ben Joe, ist mit der Verbindung irgend etwas nicht in Ordnung? Kannst du mich hören?«

»Ja, ich höre dich.«

»Also, reg dich nicht so auf. Was geschehen ist, ist geschehen, und es geht uns auch nichts an.«

Ben Joe schloß kurz die Augen; er überlegte, wie oft in seinem Leben er seine Mutter diese Worte hatte sagen hören.

»Bist du noch dran, Ben Joe?«

»Ja, Mama. Wie geht es Joanne?«

»Oh, gut. Und die Kleine ist ein Schatz. Sie ist ausgesprochen brav.«

»Hat Joanne sich sehr verändert? Wie ist sie so?«

»Ach, genau wie immer.«

»Gibst du sie mir bitte mal?«

»Sie schläft. Sie ist gestern lange aufgeblieben, um sich das Spätprogramm im Fernsehen anzuschauen.«

Ben Joe atmete tief durch, zögerte einen Moment und sagte dann: »Ich komme nach Sandhill, Mama.«

»Ben Joe –«

»Es ist nicht so schlimm, wenn ich ein paar Tage nicht zur Uni gehe. Ich will nur sehen, was bei euch los ist.«

»Es ist alles in Ordnung.«

»Das weiß ich, aber ich will mich selber davon überzeugen. Ich mache mir Sorgen.«

»Du machst dir ständig Sorgen.«

»Also bis morgen, Mama.«

»Ben *Joe* –«

Ben Joe legte bedächtig den Hörer auf. Er hatte das leichte Schwindelgefühl, das er jedesmal bekam, wenn er mit seiner Mutter, oder manchmal auch, wenn er mit einer seiner Schwestern sprach; er war verwirrt und verunsichert, als tanzte er mit seiner Familie einen Squaredance und hätte beim Händeklatschen die Hände seiner Partnerin knapp verpaßt und ins Leere getroffen. Erst nachdem er die Unterhaltung im Geiste noch einmal durchgegangen war, sie in eine logische Folge gebracht und sich eingeredet hatte, daß tatsächlich alles in Ordnung war, fühlte er sich besser. Er ging zur Tür und sagte: »Jeremy?«

»Ja, Ben Joe.« Jeremy kam herein und warf einen schnellen Blick auf Ben Joes Gesicht. »Ärger?«

»Ich fahre für ein paar Tage nach Hause. Wenn jemand von der Uni anruft, sagst du dann bitte, daß ich bald zurückkomme?«

»Mach ich.«

»Ich nehme den Nachtzug. Dann bin ich morgen früh da.« Er holte seinen Koffer unter dem Bett hervor, setzte sich und starrte ihn ausdruckslos an.

»Weißt du, es ist so«, sagte er. Er streckte die Arme mit einer hilflosen Geste aus und schaute zu Jeremy hoch, der die Hände in den Taschen seiner Arbeitshose vergraben hatte und mit sorgenvollem Gesichtsausdruck an der Wand lehnte. »Sie erzählen einem unbekümmert von irgendwelchen Geldangelegenheiten, und was passiert währenddessen? Joanne verläßt ihren Mann und kommt nach Hause zurück, nachdem sie sieben Jahre lang nur ab und zu angerufen oder einen Brief geschrieben hat.«

»Joanne«, sagte Jeremy. »Ist das die mit dem roten Kleid und den Armreifen?«

»Ja, die. Kannst du bitte, wenn du deine Zahnbürste kaufst, die Post mit raufbringen? Jede Wette, daß sie mir in einem P.S. davon berichten.«

»Willst du deine Schwester überreden, zu ihrem Mann zurückzukehren?«

»Nein, ich will sie bloß sehen.«

»Dann gehe ich jetzt die Post holen«, sagte Jeremy.

»Gut.«

Ben Joe ging zurück zu seiner Kommode. Die Schublade war immer noch offen. Er griff nach einem großen lederbezogenen Schmuckkästchen und klappte den Deckel auf. Es enthielt all den Kleinkram, von dem er nicht wußte, wo er ihn sonst aufbewahren sollte. Ben Joe schob ein paar Briefmarken, kanadische Fünfcentstücke, alte Zettel mit Adressen und verblichene Schnappschüsse zur Seite und fand schließlich die abgerissene Lasche eines Briefumschlages, die mit den Abfahrtszeiten von Zügen vollgekritzelt war. Er suchte den Nachtzug nach North Carolina heraus. Dann ging er, die Abfahrtszeit leise vor sich hin murmelnd, zu seinem Kleiderschrank, um die Sachen einzupacken, die er mitnehmen wollte.

2

DER ZUG WAR NUR HALB VOLL und machte, während er durch die Nacht rauschte, ratternde metallische Geräusche. Von den Innenwänden des engen Waggons, in dem Ben Joe saß, blätterte bereits die Farbe ab, die Polstersitze waren schmutzig, und die Metalldecke war farbig angestrichen. An der Stirnseite hing ein riesiges Schwarzweißfoto von Menschen an einem Strand in Florida, um deutlich zu machen, daß der Zug in Richtung Süden fuhr. Vielleicht war das Foto früher einmal glänzend und so verheißungsvoll gewesen, daß die Passagiere, die es anschauten, die Stunden zählten, bis sie das Motiv in Wirklichkeit sehen konnten. Aber inzwischen war die Plastikhülle über dem Bild zerkratzt und trübe, und die Menschen auf dem Foto – Dutzende winziger Gestalten in tristen altmodischen Badeanzügen, die für immer in dem Moment verharrten, in dem sie dichtgedrängt unter grau-weißgestreiften Sonnenschirmen saßen oder Hand in Hand auf die grauen Wellen zustürmten – wirkten genauso traurig und schweigsam wie die flachen regungslosen Palmen über ihnen. Ben Joe starrte das Foto so lange an, bis das eigenartige Gefühl, das es in ihm auslöste, wieder verschwand und es nur noch ein Foto war. Dann wandte er den Blick ab und betrachtete seine Mitreisenden.

Es waren hauptsächlich biedere, energische schwarze Mütter, die wie ausladende, schattenspendende Bäume über ihrer Kinderhorde residierten. Zu ihren Füßen standen Beutel mit Windeln, Papiertüten und Picknickkörbe; über ihren Köpfen, in den Gepäcknetzen, befand sich eine Unzahl Federhüte, Wollschals und robuste Mäntel aus dunklem Stoff. Genau wie Ben Joe, auf dessen Schoß eine mit Schaffell gefütterte, gefaltete Jacke lag, waren sie von Anfang an auf den Augenblick vorbereitet, in dem es in dem heißen, muffigen Waggon plötzlich zu kalt zum Schlafen sein würde. Beständig raunten sie ihren Kindern etwas zu oder verteilten an sie heiße Limonade oder Papiertaschentücher, die sie aus den Tiefen ihrer Einkaufstaschen ausgruben, sobald sie jemanden niesen hörten, egal, ob es ihr eigenes Kind war oder nicht.

»Hier ist dein Schnuller, Bertie.«

»Laß jetzt Sadie ans Fenster. Du hast lange genug dort gesessen.«

Ein dünner blonder Mann in einer Seemannsjacke ging durch den Waggon. Er trug eine Kiste voll Spielzeug, auf der mit purpurrotem Nagellack »80 cts« geschrieben stand. Bei den Kindern, die neben Ben Joe auf der anderen Seite des Ganges saßen, blieb er stehen und nahm ein Spielzeug aus der Kiste – einen Plastikesel, an dem ein Schlauch mit einem kleinen Blasebalg befestigt war. Die Kinder griffen danach; ihre Hände sahen aus wie vier kleine schwarze Spinnen.

»Wollt ihr den haben?« fragte der Mann.

Die Kinder schauten ihre Mutter an. Sie war eine gemütliche, lächelnde Frau, die mit einer Freundin auf der Sitzbank vor ihnen saß. Als sie die Stimme des Mannes hörte, drehte sie sich um, schaute ihre Kinder an, und ihr Lächeln wurde noch strahlender; dann runzelte sie die Stirn und schüttelte sacht den Kopf.

»Schaut her«, sagte der Mann.

Er drückte auf den Blasebalg, und der Esel krümmte sich, warf den Kopf in den Nacken und schlug mit den Hufen aus. Dann knickten die dünnen Plastikbeine an den falschen Stellen ein, und der Esel lag schlaff und lächerlich aussehend in der Hand des Mannes.

»Nur achtzig Cent«, sagte der Mann.

Die Kinder schauten ihn erwartungsvoll an. Das Mädchen begann mit einer Hand über den Hinterkopf ihrer Mutter zu streichen und das lockige Haar mit sanften, kurzen Bewegungen zu tätscheln.

»Wieviel, sagten Sie?« fragte die Mutter. Da sie sich nur halb umdrehte, wirkte es, als sei die Frage an die Frau neben ihr gerichtet.

»Achtzig Cent, Madam. Achtzig kleine Kupfermünzen.«

»Nein danke«, sagte die Mutter. Sie drehte sich zu ihren Kindern um und sagte: »Nein, Kinder. Wartet, bis wir in Efram sind. Dann kauf ich euch was.«

»Nur achtzig Cent«, sagte der Mann.

»Nein *danke*«, sie streckte einen Arm aus, glättete den Kragen des kleineren Kindes, des Mädchens, gab ihm einen leichten Klaps auf die Schulter und lächelte es an.

»Was ist mit Ihnen?« sagte der Mann zu Ben Joe.

»Nein.«

»Haben Sie denn keine Kinder?«

»Nein.«

»Ach so.«

Der Mann ging weiter. Vom hinteren Teil des Waggons drang immer mehr Lärm herüber; dort saßen die Männer. Einige von ihnen waren anscheinend die Ehemänner der Frauen, andere – die jüngeren, nachlässiger gekleideten, die sich auf den Sitzen lümmelten und Flachmänner dabeihatten – gehörten zu niemandem. Sie boten den verheirateten Männern zu trinken an, und ihre Unterhaltung wurde fröhlicher und lauter. Die Frauen im vorderen Teil schnalzten mißbilligend mit der Zunge.

»Lemuel Barnes, wenn du nicht still bist, komm ich gleich zu dir!« rief eine.

»Nehmt euch in acht, Männer, nehmt euch bloß in acht!«

Das kam von der Frau direkt vor Ben Joe, einer jungen, dicken Frau mit einem Baby, dessen Kopf auf der Schulter seiner Mutter lag und aussah wie ein brauner Pilz. Neben ihr saß niemand, aber sie hatte, seit sie in den Zug gestiegen war, ununterbrochen geredet, hatte ihren Ehemann im hinteren Teil zur Ordnung gerufen, das Baby beruhigt und sich mit den anderen Frauen unterhalten. Jetzt stand sie auf, drehte sich um und rief, das Baby immer noch an die Schulter gedrückt, mit durchdringender Stimme: »Ihr da hinten werdet mir noch das Baby aufwecken. Hörst du, Brandon? Ihr weckt mir noch Clara Sue auf. Ich komm gleich zu euch rüber, und dann könnt ihr was erleben!«

Sie trat in den Gang, obwohl sie ihre Drohung ganz offensichtlich nicht wahr machen wollte, und blieb stehen, als Brandon zurückrief: »Laß gut sein, Matilda, der Jackie hier, *der* is an allem schuld.«

Die anderen Frauen kicherten.

»Der Jackie, der hat sich schon danebenbenommen, eh wir aus dem Bahnhof raus waren.«

»Er hat *zwei* Flaschen dabei. Meint, eine Flasche reicht ihm nie und nimmer.«

»Der Junge braucht 'ne Frau, die ihm Manieren beibringt.«

»Eijeijei.«

Matilda lächelte in ihre Richtung und setzte sich langsam wieder hin. »Dieser Brandon soll sich in acht nehmen. Sonst muß er den Rest der Fahrt hier sitzen«, sagte sie laut zum Fenster. »Das ist mein voller Ernst.«

Ben Joe lächelte die Kinder auf der anderen Seite des Ganges an, und obwohl er die Mundwinkel so weit wie möglich auseinanderzog, starrten die Kinder mit ernsten Mienen und beunruhigtem Stirnrunzeln zurück.

Vor ihnen machte ihre Mutter eine Papiertüte auf und reichte zwei Stücke Brathähnchen nach hinten, und die Kinder nahmen sie reflexartig entgegen. Ihre Blicke waren immer noch auf Ben Joe gerichtet.

»Wenn ich zu Hause bin«, sagte ihre Mutter zu der Frau neben ihr, »verdrück ich als erstes eine Riesenportion Kohlsuppe.«

»Prima Idee«, rief Matilda.

Die Frau drehte sich um und nickte bedeutungsvoll. »In New York kriegt man nichts Richtiges zu essen«, sagte sie. »Es ist mir ein Rätsel, wie die in New York überleben.«

»Ganz meine Meinung.«

Eine Zeitlang stellten sie sich schweigend ihr Zuhause vor. Ben Joe stellte es sich für einen Moment gemeinsam mit ihnen vor, und er wußte ziemlich genau, wie ihr Zuhause aussah. Aber konnten sie sich ebenso sicher sein, woher *er* stammte? Vor hundert Jahren hätte man vielleicht einem Weißen aus Carolina auf den ersten Blick angesehen, was dieser Mann, in was für einem Haus und von was für einer Familie umgeben zu Abend essen würde. Aber jetzt nicht mehr – zumindest ihm, Ben Joe Hawkes, nicht. Er kam sich plötzlich farblos und mittelmäßig vor; er fuhr heim, in ein großes farbloses Holzhaus, das niemand eindeutig mit ihm in Verbindung bringen würde. Er betrachtete sein Spiegelbild in der dunklen Fensterscheibe, sah nur die glatten Flächen seiner Wangen und seine besorgt wirkenden, tiefliegenden Augen und runzelte die Stirn.

»Und wie sie in New York Hähnchen machen«, rief Matilda. »Sie packen es splitterfasernackt in den heißen Ofen und lassen es dort eine Weile liegen. Ich habe es mit eigenen Augen gesehen. Sogar mit zerteilten *Brat*hähnchen machen sie das.«

»Das stimmt. Ich weiß, das stimmt.«

»Die Fahrkarten bitte.«

Ben Joe schaute zu dem Schaffner hoch, der neben ihm massig aufragte und ihn über einen enormen Bauch hinweg anlächelte. Er gab ihm seine Fahrkarte, die schon ein bißchen zerfleddert war, und der Schaffner riß einen Teil davon ab.

»Sie brauchen nicht umsteigen«, sagte er. Er gab das, was von der Fahrkarte übriggeblieben war, zurück und schwenkte zum nächsten Passagier.

Jemand setzte sich neben Ben Joe, so unerwartet, daß ihm das ruckartige Hochschnellen des Sitzpolsters einen Schreck versetzte. Er wandte den Blick vom Fenster ab und stellte fest, daß sich weniger als zehn Zentimeter von ihm entfernt die spitze Nase eines lockigen Jungen befand, der sich, um Ben Joes Gesicht zu betrachten, so weit zu ihm hinübergebeugt hatte, daß er sich praktisch bei ihm anlehnte.

»Entschuldigung«, sagte der Junge. Er setzte sich wieder gerade hin, faltete die Jacke auf seinem Schoß und starrte geradeaus, auf den Kopf von Matildas Baby.

Ben Joe setzte sich energisch auf seiner Seite des Sitzes zurecht und musterte das Gesicht des Jungen. Er hielt ihn für etwa fünfzehn, einen fünfzehnjährigen New Yorker, um genau zu sein. Er sah sehr selbstbewußt aus, und sein Gesicht wirkte, nach dem Abklingen des kurzen Anflugs von Neugier, schlau und verschlossen. Als ihm Ben Joes Blick bewußt wurde, drehte er sich wieder zu ihm um und sagte erklärend: »Ich wollte bloß wissen, wie du aussiehst. Weißt du, du redest nicht viel und bist nicht betrunken oder so.«

»Aha, ich rede also nicht und bin nicht betrunken«, erwiderte Ben Joe spitz.

»Schon gut, schon gut. Aber, weißt du, ich saß bei so einem alten Mann, und der redete die ganze Zeit. Das hat mich nervös gemacht. Diese Typen hier machen mich alle nervös.«

»Das ist *dein* Problem«, sagte Ben Joe.

»Der alte Mann stirbt.«

Ben Joe schaute sich erschrocken um. »Welcher ist es?« fragte er.

»Ein Weißer, ganz hinten. Von hier kann man ihn nicht sehen.«

»Warum hast du mir das nicht schon eher gesagt? Was –«

»Reg dich ab. Er stirbt langsam, an Altersschwäche.«

»Aber –«

»Keine Sorge, es geht ihm gut.«

Ben Joe lehnte sich zurück und starrte aus dem Fenster. Das Rauschen des Zuges und die völlige Finsternis ließen alles unwirklich und wie in einem Traum erscheinen. Es fiel ihm schwer zu glauben, daß der Zug überhaupt irgendwohin fuhr; er schien sich nicht vom Fleck zu bewegen, sondern nur leicht schwankend vor einer rotierenden Leinwand zu stehen, auf der ab und zu ein paar Lichter auftauchten. Ben Joe sagte sich, daß er nach den vielen Sorgen, die er sich um seine Familie gemacht hatte, und dem verzweifelten Wunsch, sie zu sehen, nun endlich bald zu Hause sein würde, und er sagte sich noch etwas anderes, Konkreteres, nämlich, daß er, wenn er erst dort war, genau wie immer auf der Stelle traurig und verwirrt sein würde. Aber nein, Joanne war zurückgekehrt. Joanne konnte alles verändern; sie brauchte nur zu lächeln, und schon fühlte er sich sicher und hatte den Eindruck, die Dinge seien in bester Ordnung. Er schloß die Augen und stellte sich sein Zuhause vor. Er stellte sich das Haus als eine Art Zug vor, und es glitt hell erleuchtet durch die Dunkelheit. Aber wegen des Lärms in dem Zug, in dem er selber saß, konnte er die Stimmen seiner Familienmitglieder nicht verstehen. Er stand draußen vor den Fenstern und beobachtete ihre Bewegungen, ohne auch nur ein einziges Geräusch zu hören.

Seine Mutter lief bestimmt hastig im Haus herum, schürzte

angestrengt die Lippen und schüttelte ruckartig den Kopf, weil Ben Joe nicht nach Hause kommen *durfte*, das konnte sie nicht dulden, und dann ging sie in sein Zimmer, um das Bett frisch zu beziehen. Seine Großmutter stand auf der Arbeitsplatte in der Küche und überlegte, was Ben Joe von ihren Privatvorräten im obersten Regal wohl am liebsten essen würde. Und seine Schwestern, die in ihren eigenen, parfumgeschwängerten chaotischen Welten lebten, erfuhren von Ben Joes Rückkehr und dachten anschließend so lange nicht mehr an ihn, bis er tatsächlich vor ihnen stand und sie seinetwegen für kurze Zeit aus dem Häuschen sein konnten. Joanne stellte er sich lachend vor. Sie betrachtete ihre nackten Füße, die auf dem Lederpuff ihres Vaters ruhten, und lachte ohne ersichtlichen Grund entspannt vor sich hin.

(Oder? Er hatte Joanne seit sieben Jahren nicht mehr gesehen. Warum gelang es ihm nie, Ereignisse zur Kenntnis zu nehmen? Bestimmt hatte sie sich verändert und war inzwischen ruhiger und ausgeglichener. Oder trug sie etwa ein tief ausgeschnittenes, schwingendes rotes Kleid, wenn sie das Baby spazierenfuhr? Warf sie die Haare zurück und ließ ihr herausforderndes Lächeln aufblitzen, wenn sie für ihren Mann die Hemden bügelte?)

»Ein Teller Okraschoten!« rief Matilda. »Darauf hab *ich* Appetit!«

»O ja, das wär nicht schlecht. Ganz und gar nicht.«

Ben Joe griff in die Brusttasche seines Hemdes. Hinter einer zerknitterten Packung Zigaretten und einem alten Feuerzeug von seiner Mutter holte er den Brief hervor, den er erst am Vormittag bekommen hatte und der an den Rändern bereits schmutzig war. Er hielt ihn unter die winzige Glühbirne, die eine Leselampe sein sollte, und las ihn noch einmal durch.

›Lieber Ben Joe,
haben Deinen Brief vom 21. bekommen & sind froh, daß es Dir gutgeht. Es tut uns furchtbar leid, daß Du von der Impfung gegen asiatische Grippe die asiatische Grippe bekommen hast und daß du ständig frierst.

Die wichtigste Neuigkeit ist natürlich die Heimkehr von Joanne. Sie hat ihren Mann verlassen, obwohl nicht klar ist, warum, und Mama wollte natürlich gleich wissen, ob er fremdgegangen ist, das tun nämlich alle Männer, & Joanne lachte bloß über die Frage. Die Kleine ist wirklich süß & wird von allen furchtbar verwöhnt.

Tessie braucht Zahnspangen, was eine ordentliche Stange Geld kosten wird. Großmama will Dir einen dicken Pullover stricken, damit Du nicht mehr frierst, aber sie hat Deine Armlänge vergessen & läßt Dich bitten, sie ihr zu schreiben. Außerdem will sie Deine Lieblingsfarbe wissen, & wenn es immer noch Lila ist, behalt es lieber für Dich, denn jedesmal, wenn sie Dir einen lilafarbenen Pullover strickt, sieht sie abends im Bett Punkte vor den Augen.

Ben Joe, Du hast nicht geschrieben, daß Großmama nicht mehr einkaufen gehen soll. Gestern abend waren Krebsfleisch und Oliven in unserem Montagsauflauf. Sie glaubt außerdem, daß ich nicht mit Geld umgehen kann, & daher hat sie sich gestern die Kontoauszüge angeschaut und gedacht, die Bank hätte uns $ 112 zuviel gutgeschrieben, und dann hat sie das Geld, ehe der Irrtum bemerkt werden würde, schnell abgehoben und bei einer anderen Bank eingezahlt. Ich mußte heute mittag zu den Banken gehen & alles wieder rückgängig machen.

Laß bald etwas von Dir hören & sei unbesorgt.

Deine
Jennifer‹

Ben Joe steckte den Brief wieder in seine Brusttasche. Er zog an dem Hebel unter der Armlehne und drückte mit dem Rücken gegen den Sitz, um ihn schräger zu stellen. Es hatte keinen Sinn, wach zu bleiben und sich Sorgen zu machen.

Ein Mann setzte sich bei dem lockenköpfigen Jungen auf den Schoß. Der Junge war auf der Stelle wach und sagte: »He! Was fällt Ihnen –«, und wehrte sich, versuchte aufzustehen, fuchtelte mit den Armen und traf dabei vor allem Ben Joe. Der unbekannte Mann auf dem Schoß des Jungen war groß und kräftig, trug einen dicken Tweedmantel und führte, ohne ein Wort zu sagen, in aller Ruhe eine Flasche zum Mund.

»*Bran*don!« kreischte Matilda. Sie stand auf, hielt mit einer Hand weiterhin das Baby an die Schulter gedrückt, streckte die andere aus, packte Brandon bei den Haaren und schüttelte ihn energisch. »Brandon, du Nichtsnutz, du –«

»Ich hab mich bloß hier hingesetzt«, sagte Brandon.

»Du hast dich auf jemandem *drauf*gesetzt, Brandon.«

Brandon drehte sich um und schaute nach unten.

»Oh, hallo«, sagte er.

»Sie sitzen auf mir«, sagte der Junge. Er atmete schwer und sah aus, als würde er gleich anfangen zu heulen.

»Das tut mir wirklich leid, mein Junge. Ich hab dich gar nich gesehen. Ich wollte bloß dem blonden Herrn dort hallo sagen –«

»Geh runter von ihm, Brandon.«

Brandon erhob sich verwirrt und beugte sich über Ben Joes zerknautschten Sitznachbarn. »Ich hoffe sehr, ich hab dich nich irgendwie verletzt«, sagte er. »Es tut mir furchtbar leid, ehrlich.«

»*Schon* gut«, sagte der Junge. Er glättete seine Jacke, drückte sich dann tiefer in den Sitz und schloß demonstrativ die Augen.

»Schämst du dich nicht, Brandon?«

»Doch, natürlich.«

»So führt er sich sonst nie auf«, sagte sie zu Ben Joe. »Daran ist nur dieser Jackie schuld. Brandon war bisher immer eine echte Stütze für mich, eine echte – komm her und setze dich hin, Brandon.«

»Ja, gleich. Ich will nur kurz mit dem blonden –«

Er ließ sich behäbig auf der Armlehne zwischen den Sitzen nieder, aber achtete sorgfältig darauf, den Jungen nicht zu berühren. Dann beugte er sich zu Ben Joe hinüber, um ihn genauer anzuschauen.

»Sie sind bestimmt Ben Joe Hawkes«, sagte er. Nachdem er seine Flasche in die linke Hand genommen hatte, schüttelte er Ben Joe kräftig und ausgiebig die Hand. Sein Atem roch nach Gin, aber abgesehen davon, daß er sich eben auf den Jungen gesetzt hatte, benahm er sich nicht wie ein Betrunkener. Er machte einen hellwachen, scharfsinnigen Eindruck, und obwohl er anscheinend noch recht jung war, zeichneten sich an seinen Mundwinkeln die ersten Falten ab, abwärts verlaufende Falten, die seinem Gesicht einen leidenden Ausdruck verliehen.

»Ich bin Brandon Hayes. Das hier ist meine Frau Matilda. Matilda, das ist der Sohn von Dr. Philip Hawkes. Von *dem* Dr. Hawkes.«

»Tatsächlich?« sagte Matilda. Sie wandte sich, noch unsicher, Ben Joe zu, und als er nickte, schien sie erleichtert zu sein. »Sieht wirklich so aus, als wüßtest du wenigstens *etwas*, Brandon. Ich erinner mich daran, daß er einen Sohn hatte, aber ich hab ihn nie gesehen.« Sie legte das Baby auf ihre andere Schulter und setzte sich seitwärts auf den Sitz, so daß sie die beiden über die Lehne hinweg anschauen konnte. »Ihr Vater hat das Bein von meinem Brandon in Ordnung gebracht«, sagte sie. »Es war an zwei Stellen gebrochen. Brandon war damals noch ein Junge und ich ein Mädchen, und wir gingen in der Sonntagsschule in dieselbe Klasse. Das weiß ich noch genau.«

»Stimmt«, sagte Brandon. Er versuchte, es sich auf der Armlehne möglichst bequem zu machen. »Als ich Sie damals gesehen hab, waren Sie in seiner Praxis und wollten ihn zum Abendessen abholen. Sie müssen damals etwa zwölf Jahre alt gewesen sein, aber ich erinner mich noch daran. Ich kann mir Gesichter unheimlich gut merken. Seit acht Jahren habe ich den Boden von Sandhill nicht mehr betreten, aber ich erinner mich noch an viele Leute dort, die sich wahrscheinlich überhaupt nicht mehr an mich erinnern. Wie geht's Ihrem Vater denn?«

»Tja...«, sagte Ben Joe, peinlich berührt. »Er, hm, er ist tot. Ist vor über sechs Jahren gestorben.«

Brandon senkte den Blick und schüttelte den Kopf. Seine Frau stieß einen leisen, mitfühlenden Seufzer aus.

»Also wirklich«, sagte Brandon schließlich. »Also wirklich, es tut mir furchtbar leid, das hören zu müssen. Wir sind schon so lange weg, und in den Briefen von zu Hause steht nie was über die wichtigen Sachen... es tut mir furchtbar leid.«

»Wie ist es passiert?« fragte Matilda.

»Herzinfarkt.«

»Ach.« Sie begann, wie Brandon, den Kopf zu schütteln. »Aber er hatte bestimmt ein würdevolles Ende. Hab ich recht?«

Ben Joe, der sich völlig überrumpelt fühlte, antwortete nicht.

»Natürlich war es *sehr* würdevoll, Matilda«, sagte Brandon in tröstendem Tonfall.

In dem engen Raum zwischen der Wand und dem lockenköpfigen Jungen legte Ben Joe behutsam einen Fuß auf sein Knie und band sich den Schnürsenkel zu, ohne den Blick von seinem Schuh abzuwenden.

»Nun denn«, sagte Matilda. Ihre Stimme klang plötzlich sehr munter. »Wie geht's Ihrer Mutter?«

»Oh, es geht ihr gut.«

»Und Sie haben auch noch Geschwister, stimmt's? Eine ganze Horde Schwestern, wenn ich mich recht entsinne. Wie geht's denen?«

»Oh, auch gut, die älteste hat inzwischen selber ein Kind.«

»Das ist ja wunderbar. Stammt ihr Mann auch aus Sandhill?«

»Nein. Sie ist noch vor Vaters Tod aus Sandhill weggegangen, hat sich eine Arbeit gesucht und rief dann vor ein paar Jahren an, um uns zu sagen, daß sie einen jungen Mann aus Georgia geheiratet hat. Ich habe seitdem weder sie noch ihren Mann gesehen. Sie wohnen in Kansas. Aber meine Schwester ist momentan wieder zu Hause.«

»Da sind Sie bestimmt froh, sie wiederzusehen. Ihre Mutter ist doch sicher zur Geburt des Babys nach Kansas gefahren.«

»Nein, ist sie nicht.«

»Ihr Vater war ein guter Mensch«, sagte Brandon. »Ein wirklich guter Mensch.«

»Nun ja«, sagte Matilda, »Ihre Mutter hatte mit ihren eigenen Kindern vermutlich genug zu tun. Wahrscheinlich hatte sie einfach nicht die Zeit für die weite Reise nach Kansas.«

»*Ihr* Baby ist wirklich niedlich«, sagte Ben Joe.

»Nett, daß Sie das sagen. Sie heißt Clara Sue. Ich wußte, es würde ein Mädchen werden. Während ich schwanger war, wurde mein Hintern ständig dicker und dicker.«

»Also, Matilda, das interessiert ihn bestimmt nicht.«

»Ich hab's ja nur so erwähnt. Sie wollen bestimmt schlafen, Mr. Ben Joe, und ich bin sicher, Brandon ist ganz wild darauf, sich wieder seiner Ginflasche zu widmen.«

»Es war nett, Sie kennengelernt zu haben«, sagte Ben Joe. Er und Brandon standen auf und schüttelten sich die Hände, und dann ging Brandon weg, und Matilda drehte sich um und schaute wieder in Fahrtrichtung.

Nachdem Ben Joe sich hingesetzt hatte, lehnte er den Kopf gegen das Fenster, schloß die Augen und versuchte das Zittern der Scheibe, das er auf der Haut spürte, nicht zu beachten. Er hätte gerne gewußt, durch welchen Staat sie gerade fuhren. Wahrscheinlich durch den südlichen Zipfel von New Jersey. Er war sich über sein Alter im unklaren. In New York kam er sich klein und frei und allzu jung vor, in Sandhill dagegen alt und festgelegt und überaus bedeutend. Aber wie alt war er hier?

Kaum hatte er die Augen geschlossen, löste sich die Trennlinie zwischen Wachen und Schlafen auf. Er sah, wie die sonnenbeschienene Veranda vor dem Haus in Sandhill durch die Dunkelheit hinter seinen Augenlidern auf ihn zuglitt. Sein Vater trat eine Melodie summend aus dem Haus und ging durch den Vorgarten.

»Hol mich bitte ab, wenn es Zeit zum Abendessen ist, Ben Joe«, sagte er in die Luft. »Ich bin in der Praxis.«

Die Sonne beschien sein faltiges Gesicht und seine weißen Haare. Irgendwo, weit entfernt, rief Ben Joe: »Aber ich bin nicht bei dir! Ich bin hier!«

Sein Vater machte eine Bewegung, als klopfe er jemandem auf die Schulter. »Wir gehen dann gemeinsam nach Hause.«

Ben Joe rannte los und versuchte seinen Vater einzuholen, ehe er die Gartenpforte erreichte, aber er kam zu spät. Als er dort ankam, war sein Vater verschwunden, und seine Mutter war mit einem Glas Limonade in der Hand, das in der Sonne funkelte, auf die Veranda hinausgetreten.

»Du hast von deinem Vater geträumt«, sagte sie.

Aber Ben Joe sagte: »Nein. Nein, das stimmt nicht. Ich träume nie von ihm.«

Er wachte auf und stellte fest, daß der Rahmen des Zugfensters einen breiten, tiefen Abdruck auf seiner Wange hinterlassen hatte.

3

ES WAR NOCH SEHR FRÜH AM MORGEN, als Ben Joe in Sandhill ankam. Das hölzerne Bahnhofsgebäude wirkte verlassen, dahinter lag weiß und leer der Parkplatz, dessen Kiesbelag im fahlen Sonnenlicht glitzerte. Der Parkplatz wurde von einer dünnen Baumreihe begrenzt, und jenseits davon verlief, parallel zu den Bahnschienen und gesäumt von den kleinen Läden, die den Innenstadtbereich von Sandhill markierten, die Main Street. Von der Stelle gleich neben den Schienen, an der Ben Joe stand, sah er von Sandhill nur rauchende Schornsteine und weiße Kirchtürme. Die Stadt wirkte klein, sauber und makellos, wie eine Miniaturstadt aus Plastik, die zu einer Modelleisenbahn für Kinder gehörte.

Die einzigen anderen Passagiere, die in Sandhill ausstiegen, waren Brandon und seine Familie und ein kleiner alter, Tabak kauender Weißer, den Ben Joe noch nie gesehen hatte. Sie alle standen reglos in einem Grüppchen neben den Gleisen, genossen die frühe Morgensonne und lauschten dem Stampfen des Zuges, der hinter ihnen in der Ferne verschwand. Als wieder vollkommene Stille herrschte, sagte Brandon: »Wirklich ein ganz anderes Gefühl als in New York.«

Alle schauten ihn an.

»Irgendwie weicher«, sagte er. »Ich weiß auch nicht.«

Sie nickten und wandten sich wieder ab. Sie standen alle fünf so dicht und aufmerksam beieinander, daß es Ben Joe fast vorkam, als seien sie eine Familie. Die Schläfrigkeit und die plötzliche Stille schienen eine seltsame Ruhe in ihm und auch in den anderen hervorgerufen zu haben, und er hatte keine Eile, den Bahnhof zu verlassen.

»Also, von *hier* kann ich keine großen Veränderungen bemerken«, sagte Brandon. »Die Uhr am Turm der Baptistenkirche haben sie jedenfalls noch nicht repariert.«

Er hatte das Baby auf dem Arm, und mit der anderen Hand trug er einen großen gestreiften Pappkoffer. Neben ihm stand seine Frau, die eine Tüte mit Windeln an ihren Bauch preßte. Im Sonnenlicht sahen die beiden wesentlich jünger aus; Brandon war in einen kastanienbraunen Anorak mit Wollkragen eingepackt, den ebensogut ein kleiner Junge hätte tragen können, seine Frau hatte einen dünnen braunen Mantel mit zu kurzen Ärmeln an, der mädchenhaft und plump wirkte, und darunter ein einfaches, leicht ausgebleichtes blaues Kleid. Neben den beiden stand der kleine alte Mann, ebenfalls ausgebleicht, aber immer noch sehr sauber und adrett aussehend, als habe eine energische Schwiegertochter ihn wie einen Apfel mit einem sauberen weißen Lappen blankpoliert, bevor sie ihn in den Zug gesetzt hatte. Er atmete auf seltsame Weise – kurz und schnell, und nach dem Einatmen gab er jedesmal ein leises Miauen von sich. Ben Joe fragte sich, ob er wohl der war, von dem der Junge mit den Locken gesagt hatte, er würde bald sterben.

»Weiß jemand, wo die Setdown Street ist?« fragte der Alte jetzt.

»Ja, ich«, sagte Ben Joe.

»Da will ich hin. Ich wäre dir sehr verbunden, wenn du mir weiterhelfen könntest.«

»Ich zeige Ihnen den Weg.«

Ein staubiger schwarzer Chevrolet kam auf den Parkplatz gefahren. Er schien mit lachenden dunklen Gesichtern vollgestopft zu sein, drei Reihen hintereinander, und noch ehe er ganz zum Stehen gekommen war, flogen die Türen auf, und eine Horde bunt gekleideter Schwarzer kam zum Vorschein. Brandon stieß ein fröhliches Lachen aus, das fast so laut war wie ein Schrei, und rief: »He, Mensch, Matilda! Sieh doch, wer da kommt!« Das Baby wurde wach und schaute Ben Joe aus großen runden Augen an.

»Jetzt hast du Clara Sue aufgeweckt«, sagte Matilda.

»Mensch, sie sind *alle* gekommen, allesamt!«

»Mr. Ben Joe«, sagte Matilda und drehte sich halb zu ihm um, wobei sie weiterhin in Richtung des Chevrolet zu blicken schien, »kommt Ihre Familie Sie nich abholen? Weil, wir können Sie im Chevy mitnehmen, wenn Sie wollen. Der da am Steuer is Brandons Bruder.«

»Oh, ich vermute, meine Familie schläft noch«, sagte Ben Joe. »Aber der Spaziergang wird mir guttun. Trotzdem vielen Dank.«

»Was is mit Ihnen, Sir?« sagte sie zu dem alten Mann.

»Ach, ich gehe mit ihm zu Fuß. Falls es nicht zu weit ist.« Er sah Ben Joe fragend an, und Ben Joe schüttelte den Kopf.

»War nett, Sie kennengelernt zu haben«, sagte Matilda. Sie wandte sich ab und lief hinter Brandon und ihrem Baby her. Die fröhlichen Stimmen ihrer Verwandten klangen durch die kühle Luft; sie standen jetzt grinsend und unbeholfen in einer Traube neben den offenen Wagentüren, als wollten sie Brandon und Matilda ein bißchen Zeit lassen, sich wieder an sie zu gewöhnen, bevor sie alle zugleich auf sie einstürmten. Und Brandon und Matilda schienen es nicht eilig zu haben. Sie gingen langsam und betont würdevoll über den Parkplatz, voller Stolz über den großartigen Empfang. Das Baby lag bäuchlings auf Brandons Schulter und fuchtelte hilflos mit den Fäusten.

»Na, dann wollen wir mal«, sagte der alte Mann.

»Ja, auf geht's.«

»Ist es auch bestimmt nicht weit?«

»Bestimmt nicht.«

Der Alte griff nach seinem großen, brandneuen Koffer, und Ben Joe ging voraus; er schwenkte seinen eigenen leichtgewichtigen Koffer hin und her. »Dürfte gerade weit genug sein, um Ihnen Appetit aufs Frühstück zu machen«, rief er über die Schulter nach hinten.

»Das höre ich gern. Für meinen Geschmack bin ich schon viel zu lange unterwegs.«

Sie durchquerten den Bahnhof, die geräumige, warme Wartehalle mit den vielen Reihen kahler dunkler Holzbänke. Ben Joe hatte sich schon immer gefragt, wieso man in Sandhill Platz für so viele Reisende geschaffen hatte. Die Wartehalle wurde von einer schlanken Säule geteilt; die eine Hälfte war für Weiße bestimmt, die andere für Schwarze. Da sich die Zeiten geändert hatten, waren die hölzernen Buchstaben, mit denen man ›Weiße‹ und ›Farbige‹ an die Wand geschrieben hatte, entfernt worden, aber die Buchstaben hatten helle Stellen hinterlassen, und die Wörter waren immer noch deutlich zu lesen. Eine dicke rothaarige Frau saß in dem Schalterhäuschen zwischen den beiden Teilen der Wartehalle; sie schaute den alten Mann und Ben Joe mit gerunzelter Stirn an und klopfte mit einem Bleistift gegen ihre Zähne.

Sobald sie draußen waren und den kurzen Kiesweg entlangliefen, der durch die Baumreihe hindurch zur Main Street führte, wurde der Alte gesprächig.

»Du hättest das mit dem Frühstück nicht erwähnen sollen, Junge«, sagte er. »Gott, habe ich einen Hunger. Ich bin gespannt, was sie mir zu essen geben werden.«

»Wer?« fragte Ben Joe.

»Na, sie eben. Und diese Schwarzen, die mit uns ausgestiegen sind, weißt du, was die jetzt machen? Die setzen sich jetzt bei ihren Verwandten an den Tisch und lassen sich die Buchweizenpfannkuchen schmecken, mit Sirup und warmer Butter und diesen kleinen Würsten. Ich kriege schon Hunger, wenn ich nur daran denke.«

Er pfiff jetzt noch lauter beim Atmen; die Flügel seiner kleinen gebogenen Nase weiteten sich und bebten, während er immer größere Mengen Luft einsog.

»Mein Sohn hat mir den Koffer extra für diese Reise gekauft. Der war sündhaft teuer. Ich sagte zu ihm: ›Sam‹, sagte ich, ›Sohn, du sollst doch nicht soviel Geld für mich ausgeben‹, aber Sam sagte nur: ›Das ist das mindeste, was ich tun kann.‹ ›Das ist das mindeste, was ich tun kann‹, sagt er zu mir. Er wollte ja mitkommen und mich herbringen, aber ich weiß doch, wie beschäftigt er ist. Ich habe es nicht erlaubt. Gott, ich bin jetzt vierundachtzig, und ich komme gut allein zurecht, das sage ich ihm immer wieder. Ich komme allein zurecht. Wenn ich auch zugeben muß, daß der Zug ganz schön gerumpelt hat und ich Angst hatte, meine Eingeweide würden völlig durcheinandergeschüttelt werden.

Ich habe immer Angst, meine Gedärme könnten sich eines Tages versehentlich zu einem Knoten verschlingen, so wie Schnürsenkel. Hast du daran schon mal gedacht?«

»Ich glaube nicht«, sagte Ben Joe. Er machte sich allmählich Sorgen; die Stimme des Alten war inzwischen nur noch ein Keuchen, und er war so außer Atem, daß Ben Joe vor lauter Anteilnahme ebenfalls kaum Luft bekam.

»Also ich schon. Oft sogar. Ich weiß nicht, ob du meinen Sohn Sam kennst. Er ist Geschäftsmann, wie die in der Wall Street, nur daß er statt dessen in Connecticut lebt. Hat eine sehr nette Familie. Natürlich hätte er sich meiner Ansicht nach eine bessere Frau aussuchen sollen, aber ich muß zugeben, daß Sally ausgesprochen hübsch ist, und irgendwie kann ich schon verstehen, warum er sie genommen hat. Bloß insgesamt ein bißchen zu streng. Und ihre Familie gehört zu den Zeugen Jehovas. Also, ich hab ja wirklich nichts gegen andere Religionen, außer vielleicht gegen ein paar, aber ich habe gehört, bei den Zeugen Jehovas kriechen sie im Dunkeln unter Tischen und Stühlen herum, um nach Gott zu suchen. Wirklich. Gefunden haben sie ihn bisher nicht. Sally ist natürlich inzwischen übergetreten, aber trotzdem, ich weiß nicht, ich weiß nicht...«

Auf der Main Street wurde er plötzlich still. Er lief beinahe auf Zehenspitzen und blickte sich mit blassem, erstauntem Gesicht um. Ab und zu flüsterte er: »Du meine Güte, sieh sich das einer an!« Er schürzte die Lippen und starrte mit großen Augen einen ganz normalen kleinen Laden an. Ben Joe wurde nicht schlau aus ihm. Was war an Sandhill denn so seltsam? Die Main Street war breit und hell und beinahe frei von Autos; ein paar Ladenbesitzer fegten fröhlich pfeifend den Bürgersteig vor ihren Läden, und ein hübsches Mädchen, das Ben Joe nicht kannte, ging lächelnd an ihnen vorbei. Abgesehen von dem neuen Hotel gab es in der ganzen Stadt kein Gebäude, das mehr als zwei Stockwerke hatte. Über den niedrigen kleinen Läden wohnten die Besitzer mit ihren Familien. Anheimelnde Gardinen mit Blumenmustern hingen hinter den schmalen dunklen Fenstern.

Bei der dritten Abzweigung bogen sie links ab und gingen eine schmale, schattige Straße bergauf. Die Main Street war die einzige Geschäftsstraße der Stadt; kaum hatten sie sie verlassen, waren sie von großen Einfamilienhäusern umgeben, neben denen riesige alte Nußbäume in den Himmel ragten. Der Alte stieß jetzt keine erstaunten Rufe mehr aus, aber er ging immer noch auf Zehenspitzen und hatte die Augen aufgerissen. Obwohl sein weiter Mantel hauchdünn aussah und es ein ausgesprochen kühler Morgen war, glänzte sein Gesicht vor Schweiß. Leise stöhnend nahm er den Koffer in die andere Hand; dabei schlug der Koffer gegen sein Knie.

»Kommen Sie, wir tauschen für eine Weile die Koffer«, sagte Ben Joe.

»Nein, nein, nein. Weißt du, zu der Zeit, als ich Kind war, wären wir schon lange wieder aus der Stadt heraus gewesen.«

»Wie bitte, Sir?«

»Ich sagte, die Stadt ist *größer* geworden.«

»Ach so. Sie waren also schon mal hier?«

»Ich bin hier geboren. Aber ich hab die Stadt nicht mehr gesehen, seit ich achtzehn Jahre alt war. Jawohl. Ich ging weg, um meinem Onkel in Connecticut bei der Herstellung von Bettwäsche zu helfen. Obwohl mir das damals nicht gefiel. Ich wäre lieber nach Afrika gegangen.«

»Nach *Afrika*?«

»Nach Afrika.« Er blieb stehen und setzte den Koffer ab, um sich mit dem säuberlich gefalteten Taschentuch aus seiner Brusttasche die Stirn abzuwischen. »Damals gab es gerade zwei gepflasterte Straßen hier«, sagte er. »Die Main Street und die Dower Street. Ich heiße ebenfalls Dower. Die Straße ist nach meinem Vater benannt, der, kurz nachdem ich nach Norden gezogen war, raus in den Westen zog, weil die feuchte Luft hier schlecht für die Fußgelenke meiner Mutter war. Aber damals gab es keine Straße, die Setdown hieß. Ich habe keine Ahnung, wo die sein kann.«

»Es ist nicht mehr sehr weit«, sagte Ben Joe. »Haben Sie Verwandte hier?«

»Nein, habe ich nicht.«

»Wohin wollen Sie dann?«

»Altersheim.«

»Ach so.«

Ben Joe stand eine Weile schweigend da, denn er wußte nicht, was er als nächstes sagen sollte. Schließlich räusperte er sich und sagte: »Ja, das befindet sich tatsächlich dort.«

»Natürlich. Ich werde dort sterben.«

»Tja, nun ja, ich bin sicher, das wird noch eine ganze Weile dauern.«

»Da sei dir mal nicht *zu* sicher«, sagte der Alte. Ben Joes Verlegenheit schien ihn zu ärgern; er hob mit einer abrupten Bewegung seinen Koffer hoch und lief weiter den Hügel hinauf. Im Gehen sah Ben Joe ihn immer wieder von der Seite an.

»Hör auf, so zu mir 'rüber zu schielen«, sagte Mr. Dower. »Das kann ich nicht ausstehen.«

»Ich habe bloß nachgedacht.«

»Du brauchst nicht zu schielen, um nachzudenken, oder etwa doch?«

»Ich war auch eine ganze Weile weg«, sagte Ben Joe. »Für mich war es jedenfalls eine ganz Weile. Fast vier Monate. Es kommt mir aber viel länger vor, und ich hatte eigentlich nicht geplant, zurückzukehren.«

»Und was willst du dann hier?« fragte Mr. Dower bissig.

»Na ja, ich weiß nicht genau«, sagte Ben Joe. »Mir scheint, ich kann einfach nirgends bleiben, jedenfalls nicht für immer.«

»*Ich* schon. Ich kann's und ich hab's getan. Ich bin für immer weggegangen, und jetzt bin ich für immer wiedergekommen, um zu sterben.«

»Wie können Sie für immer weggegangen sein, wenn Sie wiedergekommen sind?« fragte Ben Joe.

»Weil das, was ich verlassen habe, nicht mehr da ist, deshalb. Darum kann man sagen, ich bin für immer weggegangen.«

»Das sagen alle«, sagte Ben Joe. »Aber sie machen sich was vor.«

»Soso.« Mr. Dower blieb erneut stehen und wischte sich die Stirn ab. »Wie weit noch, Junge?«

»Nicht weit. Gleich am Ende des Blocks.«

»Ganz schön lange Blocks habt ihr hier, das muß ich schon sagen. Hier«, sagte der Alte und zeigte auf ein altes Backsteinhaus, »hat Jonah Barnlott gewohnt, der meine Schwester geheiratet hat. Das hat meiner ganzen Familie das Herz gebrochen. Er war ein Nichtsnutz, dieser Jonah. Ist schließlich Arzt geworden, unten in Georgia, aber er hatte so gut wie keine Patienten. Er litt nämlich an Fußpilz, ja ja, und er war überzeugt, daß die Schuhe daran schuld waren, also lungerte er den ganzen Tag im weißen Kittel und mit eingepuderten nackten Füßen in seiner Praxis herum und legte Patiencen. Damit hat er alle Patienten vergrault. Meine Schwester hat ihn schließlich verlassen und einen Rechtsanwalt geheiratet. Rechtsanwälte sind besser. Die kümmern sich nicht so sehr ums Körperliche. Jetzt wohnt Saul Bowen in diesem Haus. *Den* kennst du doch bestimmt?«

»Nein, Sir.«

»Du kennst Saul Bowen nicht? Dieser dicke Alte, der den ganzen Tag durch die Stadt läuft und aus einer Schüssel Pudding ißt?«

»Nein, Sir.«

»Nein«, sagte Mr. Dower nach einer Weile. »Vermutlich nicht. Vermutlich nicht.«

Sie schwiegen bis zum Ende des Blocks. Die Schuhe des Alten machten ein schlurfendes, schabendes Geräusch auf dem Bürgersteig, und sein blökender Atem ging so laut und ungleichmäßig, daß Ben Joe Angst bekam.

»Sir«, sagte er an der Kreuzung, »es ist gleich an der nächsten Ecke, auf der linken Seite. Aber ich bringe Sie gerne noch bis vor die Tür.«

»Ich schaffe das schon. Ich schaffe das schon.«

»Na schön, es ist ein großes gelbes Haus mit einem Schild davor. Geht es Ihnen auch wirklich gut?«

»Ich werde demnächst sterben«, sagte der alte Mann. »Aber ansonsten geht es mir prächtig, und ich würde gerne ein Stückchen alleine laufen.«

»Also dann, auf Wiedersehen, Mr. Dower.«

»Wiedersehen, Junge.«

Der alte Mann bog in die Setdown Street ein. Bei jedem Schritt stieß der Koffer gegen sein Knie. Ben Joe sah ihm eine Zeitlang nach, aber die schäbige kleine Gestalt kämpfte sich stur ohne seine Hilfe voran, und er konnte nichts weiter tun. Schließlich wandte er sich ab und ging weiter, in Richtung seines eigenen Zuhauses.

Die Häuser in dieser Gegend waren groß und komfortabel, obgleich die meisten nicht sehr gepflegt aussahen. In manchen Vorgärten waren die Bäume so alt und so ausladend, daß der Rasen unter ihren dicht verzweigten Ästen auch jetzt, nachdem die meisten Blätter abgefallen waren, mit Rauhreif überzogen war. Ben Joe fröstelte. Er lief schneller, vorbei an breiten, menschenleeren Veranden. Seine Schritte hallten auf dem Bürgersteig. Dann war er an der Ecke angekommen; auf der anderen Straßenseite lag das Haus seiner Familie.

Eine niedrige Pforte aus Drahtgitter führte in den Vorgarten, obwohl man den dazugehörigen Zaun schon vor Jahren entfernt hatte, nachdem das letzte Kind dem Kleinkindalter entwachsen war. Der wildwachsende Rasen stand halb so hoch wie ein Weizenfeld und war mit Hartgrasstauden und späten Herbstblumen durchsetzt. Der Weg von der Pforte bis zur vorderen Veranda war rissig und uneben, und zwischen den Betonplatten wuchs Gras. Durch die vernachlässigte Grasfläche wirkte das Haus dahinter trotz der adretten Spitzengardinen vor den Fenstern irgendwie unbewohnt. Es war ein riesiges weißes Holzhaus, das einen neuen Anstrich hätte vertragen können, und möglicherweise war es das häßlichste Haus der ganzen Stadt. Runde Buntglasfenster saßen an ungewöhnlichen Stellen; das Erkerfenster an der Vorderseite war zu hoch und zu schmal, und der kleine Turm mit dem lächerlich verschnörkelten Wetterhahn sah aus, als müsse es in ihm von Spinnweben und Fledermäusen wimmeln. Es wurde gemunkelt – obwohl Ben Joe es nie geglaubt hatte –, daß seine Mutter, als sie das Haus zum erstenmal sah, in solches Gelächter ausbrach, daß sie einen Schluckauf bekam und ein Nachbar ihr ein Glas Pfefferminzwasser bringen mußte. Und während Ben Joes gesamter Kindheit wurde er immer wieder von neidischen kleinen Jungs gefragt, ob sein Zimmer im Turm lag. Er sagte immer ›ja‹, obwohl in Wirklichkeit niemand dort wohnte; der Turm war nur ein Hohlraum über der Treppe. Das einzige, was das Haus davor bewahrte, wie ein Spukschloß auszusehen, war die große, rechteckige, einladende Veranda. Dort stand eine glänzende grüne Metallschaukel, und im Sommer war die Veranda mit Badeanzügen, Colaflaschen und den sitzenden oder stehenden Gestalten der Jungs, mit denen seine Schwestern gerade gingen, übersät. Vor der Haustür konnte Ben Joe undeutlich eine zusammengerollte Zeitung erkennen. Der Anblick weckte seine Lebensgeister; vergnügt durchquerte er den Vorgarten, blieb auf der Veranda kurz stehen, um die Zeitung aufzuheben, und öffnete dann die Haustür.

Drinnen empfing ihn der moosige braune Geruch aus seiner Kindheit, der untrennbar mit dem Haus verbunden zu sein schien und der einem wunderbar vorkam, wenn man sich freute, nach Hause zu kommen, aber unerträglich, wenn man sich nicht darüber freute. Und mit ihm vermischten sich die vergänglicheren, konkreteren Gerüche – nach gebratenem Speck, Kaffee, Heizkörpern, frisch gebügelten Kleidern, Körperpuder. Er stand in der engen Diele und schaute ins Wohnzimmer, das mit robusten, häßlichen alten Möbeln vollgestopft war, die sieben heranwachsende Kinder überdauert hatten. An den Wänden hingen gediegene Ölgemälde von Schiffen auf See und sommerlichen Landschaften. Die Beistelltische waren übersät mit Krimskrams, der schon dort stand, solange Ben Joe denken konnte – kleine Porzellanfiguren, emaillierte Blumentöpfe, Trompetenschnekken. Ab und zu räumte seine Mutter sie um, aber Großmama stellte alles immer wieder an seinen ursprünglichen Platz zurück. Auf dem Boden lagen ein unterbrochenes Monopoly-Spiel, ein Paar flauschige Hausschuhe, eine Bierdose und ein rosafarbener Babypullover, der ihn an Tessie erinnerte. Er mußte jetzt wohl Joannes Baby gehören. Er setzte den Koffer ab, legte die Zeitung hin und ging ins Wohnzimmer, um den Pullover mit zwei Fingern aufzuheben. Es kam ihm so vor, als habe jedes Mädchen in der Familie ihn einmal getragen. Aber war er immer schon so winzig gewesen?

In der Küche sagte eine Stimme: »Weißt du was? Weißt du was, Jane? Ich brauche bloß ein Glas von diesem tiefgefrorenen Orangensaft in die Hand zu nehmen, schon muß ich unweigerlich an Vitamintabletten denken. Geht es dir auch so?«

Jemand antwortete. Es hätte jede von ihnen sein können; sie

hatten alle die leise, klare Stimme ihrer Mutter. Und dann sagte die erste Stimme: »Ich würde lieber mit bloßen Händen Orangen auspressen, als tiefgefrorenen Orangensaft zu trinken.«

Ben Joe lächelte und ging mit dem Pullover in der Hand durch die Diele in Richtung der Stimmen. Die Küchentür war offen, und er blieb im Türrahmen stehen und schaute zu den fünf Mädchen hinein, die um den Tisch herum saßen. »Jemand zu Hause?« fragte er.

Sie drehten sich alle gleichzeitig zu ihm um, und dann wurden ihre Stühle scharrend zurückgeschoben, fünf Wangen wurden kurz an seine gedrückt, und er wurde mit Fragen bombardiert.

»Was machst du denn hier, Ben Joe?«

»Was wird Mama dazu sagen?«

»Wie bist du denn überhaupt hereingekommen?«

»Genau, es hätte ja auch ein Dieb hereinkommen können, und wir hätten es nicht mal gemerkt.«

»Welcher Dieb kommt schon vor dem Frühstück? Außerdem gibt es hier nichts zu stehlen.«

»Wo ist dein Gepäck, Ben Joe?«

Er stand lächelnd da und kam gar nicht zu Wort. Sie umringten ihn von allen Seiten; sie sahen süß und glücklich aus in ihren pastellfarbenen Morgenmänteln, und wenn sie einen Augenblick still gewesen wären, dann hätte er gesagt, daß er froh war, sie zu sehen, auch wenn es ihnen peinlich gewesen wäre, aber sie gaben ihm keine Gelegenheit dazu. Lisa griff nach dem Babypullover in seiner Hand und hielt ihn hoch über ihren Kopf, damit die anderen ihn anschauen und darüber lachen konnten.

»Nanu, Ben Joe, du hast uns ja einen Pullover mitgebracht. Das ist wirklich nett von dir. Leider hat er nicht ganz die richtige Größe.«

»Er war so lange weg, er hat keine Ahnung, wie groß wir geworden sind.«

»Bist du nicht erschöpft?«

»Doch, das bin ich tatsächlich.« sagte Ben Joe. »Ich fühle mich, als säße mein Kopf nicht mehr richtig auf meinem Hals.«

»Ich hole dir einen Kaffee«, sagte Jenny. Sie war die Zweitjüngste – sie hatte erst im letzten Frühjahr die High School abgeschlossen –, aber von allen war sie am praktischsten veranlagt. Sie ging zum Schrank und nahm den großen Steingutbecher heraus, den Ben Joe immer benutzte. »Mama wußte nicht, ob du das mit dem Nachhausekommen ernst gemeint hast oder nicht«, erklärte sie. »Sie sagte, sie hoffe nicht, aber sie hat trotzdem dein Bett frisch bezogen.«

»Dahin werde ich mich begeben, sobald ich gefrühstückt habe. Oh, hallo, Tessie. Du bist immer noch so klein, daß ich dich fast übersehen hätte. Vielleicht ist der Pullover hier für dich bestimmt.«

»Der ist nicht für mich«, sagte Tessie. »Der ist sogar für Carol zu klein.«

»Wer ist Carol?«

»Carol ist unsere *Nichte*.«

»Oh. Wo ist denn Joanne?«

»Im Bett. Carol auch.«

»Ich hatte ganz vergessen, daß sie Carol heißt«, sagte Ben Joe. »Noch ein Mädchen, dessen Namen ich mir merken muß. Puh!« Er zog seine Jacke aus und hängte sie über die Stuhllehne. »Ist Mama schon zur Arbeit gegangen?«

»Ja. Jemand bringt ganz früh eine Ladung Bücher.«

Der mit dampfendem Kaffee gefüllte Becher wurde vor ihn hingestellt. Tessie reichte ihm einen Teller mit Zimtbrötchen und fragte: »Fällt dir etwas an mir auf?«

»Ähem…«, sagte Ben Joe. Er sah sie stirnrunzelnd an, und sie blickte stirnrunzelnd zurück. Von allen Hawkes-Kindern waren sie und Ben Joe die einzigen, die blond waren. Die anderen hatten dunkles Haar, das sie kurzgeschnitten und lockig trugen, und ihre Augen waren so dunkel, daß man nie genau wußte, wohin sie gerade schauten. Außerdem waren ihre Augen beinahe rund, während Ben Joe und Tessie die zu schmal geratenen Augen ihres Vaters hatten. Und ihre Hautfarbe war eigenartig. Manchmal wirkten sie ausgesprochen blaß, und im nächsten Moment nahm ihre Haut fast einen olivfarbenen Ton an. Aber alle Mädchen, auch Tessie, hatten spitze Gesichter, feine, etwas zu scharfe Züge und einen wachen, aufmerksamen Gesichtsausdruck; ihre Finger mit den ovalen Nägeln waren schlank und unruhig. Die Leute sagten, sie seien die hübschesten Mädchen der Stadt und auch die wankelmütigsten. Bei diesem Gedanken betrachtete Ben Joe sie lächelnd, und Tessie zupfte ungeduldig an seinem Arm und sagte: »Nicht an ihnen, an *mir.*«

»An dir.« Er wandte sich wieder ihr zu. »Du hast hinter meinem Rücken geheiratet.«

»Ach, Ben Joe!« Ihr Kichern klang wie das von Joanne, hell und glucksend. »Ich bin doch erst *zehn*«, sagte sie. »Fällt dir denn *gar nichts* an mir auf?«

»Nein.«

»Ich habe mir Ohrlöcher stechen lassen!«

»Aha«, sagte Ben Joe. Er nahm ihr Gesicht in seine Hände und drehte es zuerst auf die eine, dann auf die andere Seite, um die winzigen goldenen Ringe in ihren Ohrläppchen zu begutachten. »Warum denn das?«

»Ach, nur so. Joanne und Susannah und die Zwillinge haben auch Ohrlöcher. Warum ich nicht?«

»Hat es weh getan?«

»Ja.«

»Hast du geweint?«

»Nein. Na ja, ein paar Tränen habe ich vergossen, aber ich habe trotzdem die ganze Zeit gelächelt.«

»Tapferes Mädchen«, sagte Ben Joe. »Beeil dich jetzt lieber, sonst kommst du zu spät zur Schule.«

»Ihr werdet alle zu spät kommen«, sagte Susannah.

Die anderen standen auf und gingen hinaus; die Blau- und Rosatöne ihrer Morgenmäntel sammelten sich einen Augenblick lang im Türrahmen zu einer Traube und verschwanden dann im Flur. Ben Joe hörte, wie sie in ihren weichen Stofflatschen die Treppe hinaufstiegen, und irgendwo knallte eine Tür. »Und du?« fragte er.

»Ich habe noch eine halbe Stunde Zeit.«

»Ist Großmama schon auf?«

»Ja. Sie ist oben in ihrem Zimmer und macht aus einem alten Lederrock einen Patronengürtel für Tessie.«

Er beobachtete eine Weile schweigend, wie Susannah mit flinken, knappen Bewegungen in der Küche hantierte. Sie hatte sich kein bißchen verändert; sie leerte den Kaffeesatz zur Hälfte aus, wandte sich dann der Orangenpresse zu und wischte mit einem Schwamm die Herdplatten ab, ehe sie sich wieder an den Kaffeesatz erinnerte.

»Hast du mit Joanne gesprochen?« fragte er.

»Ja, klar.«

»Was hat sie gesagt?«

»Worüber?«

»Warum sie Gary verlassen hat.«

»Ach so.« Sie schüttete den Inhalt der Kaffeekanne ins Spülbecken, schoß dann durch die Küche und griff nach einem Sahnekännchen. »Ich weiß nicht«, sagte sie. »Das Thema kam gar nicht zur Sprache.«

»Himmel noch mal!«

»Nun, es geht mich schließlich nichts an.«

»Sie ist immerhin deine Schwester, oder?«

»Deshalb geht es mich noch lange nichts an.«

»Wann würde es dich denn etwas angehen?« fragte Ben Joe.

»Überhaupt nicht.« Sie hob eine seifenverschmierte Hand und strich sich mit dem Handrücken eine Haarsträhne aus der Stirn. »Du bist derjenige, der sich Sorgen macht. Warum redest *du* nicht mit ihr, wenn du meinst, du wüßtest, was das beste für sie ist?«

»Ich will nicht unbedingt, daß sie zu ihm zurückkehrt«, sagte Ben Joe bedächtig. »Gary ist ein scheußlicher Name. Egal, was für ein Mensch er ist. Bei dem Namen denke ich an einen G.I. mit Bürstenhaarschnitt, der das Wort ›Mama‹ auf seine Brust tätowiert hat und in dessen Zimmer haufenweise Pin-up-Girls an der Wand hängen.«

»Ach du«, sagte Susannah. »Darum geht es doch gar nicht. Geh nach oben und schlaf ein bißchen, Ben Joe. Hier wird es zugehen wie im Tollhaus, sobald Carol aufwacht.«

»Okay. Ich wünsche dir einen schönen Tag bei der Arbeit.«

»Danke.«

Er betrachtete sie noch einen Moment, aber Susannah hatte

ihn bereits vergessen. Sie war auf allen vieren unter den Tisch gekrochen, um einen ihrer Hausschuhe hervorzuholen, gerade so, als wäre Ben Joe nie dagewesen.

4

ALS ER AUFWACHTE, STAND SEINE MUTTER in der Tür und schaute ihn an. Er war nicht sicher, ob sie seinen Namen gesagt hatte oder nicht; im Schlaf hatte er geglaubt, ihre Stimme zu hören. Aber vielleicht war er auch nur aufgewacht, weil er ihren Blick gespürt hatte – den Blick aus ihren großen dunklen Augen, die denen ihrer Töchter glichen, nur daß sie ein paar Fältchen in den Augenwinkeln hatte. Sie gehörte zu den Frauen, deren Haut mit fortschreitendem Alter nicht überall faltig wurde, sondern bei denen sich statt dessen bloß ein paar tiefe Furchen um Mund und Augen bildeten, die auch bei entspanntem Gesicht deutlich sichtbar blieben. Sie lächelte, so daß die Linien um ihren Mund sich noch mehr vertieften, hatte eine Hand auf die Hüfte und die andere auf die Türklinke gelegt und betrachtete Ben Joe.

»Ben Joe Hawkes«, sagte sie schließlich, »was um alles in der Welt machst du hier?«

Ben Joe setzte sich in dem vertrauten Holzbett auf und strich sich die Haare aus der Stirn. »Ich habe es dir doch schon am Telefon erklärt«, sagte er.

»Das ist doch kein Grund…« Sie schüttelte den Kopf. »Du hast bestimmt viel zu tun… Was soll denn aus deinem Studium werden?«

»Ich brauche nicht ununterbrochen anwesend zu sein.«

»Wenn du gute Noten kriegen willst, doch. Jedenfalls, wenn ein halbwegs anständiger Rechtsanwalt aus dir werden soll.«

Ben Joe zuckte die Achseln und schob sich das Kopfkissen in den Rücken, damit er sich anlehnen konnte. Die Bettwäsche roch sauber und frisch gebügelt; seine Mutter hatte das Bett selbst gemacht und die Decke für ihn zurückgeschlagen, und dieser Gedanke gab ihm ein Gefühl der Sicherheit, auch wenn sie ihn ausschimpfte, weil er nach Hause gekommen war. Bei seiner Mutter mußte man wie ein Detektiv vorgehen, man mußte alles genau wahrnehmen: das frisch gemachte Bett, die Blumen auf der Kommode, sein Leibgericht, das sie wie selbstverständlich zum Abendessen auftischte; dann konnte man über ihre Strenge hinwegsehen. Er fragte sich, während er sie anschaute, ob seine Schwestern das wußten. Mußten sie es überhaupt wissen? Vielleicht war Ben Joe der einzige, der seine Mutter mit diesem Detektivblick beobachtete, obwohl er inzwischen ein erwachsener Mann war und ihm solche Dinge eigentlich nichts mehr ausmachen sollten.

»Hast du gefrühstückt?« fragte seine Mutter jetzt.

»Ja. Mit den Mädchen, bevor sie zur Arbeit gegangen sind.«

»Nun, ich bin zum Mittagessen hier. Ißt du einen Happen mit?«

»Ja, gut.«

Sie kam ins Zimmer und öffnete die Schranktür. Sie nahm einen Morgenmantel von der Kleiderstange und warf ihn Ben Joe zu, ohne sich darum zu kümmern, wo er landete, dann ging sie zum Fenster und zog das Rollo hoch. Er stellte fest, daß sie immer noch die weiten, wadenlangen Röcke trug, die vor ungefähr fünfzehn Jahren modern gewesen waren. Wegen ihres großen knochigen Körpers und ihres wiegenden Gangs sahen sie an ihr dennoch modisch aus. Ihr kurzes Haar, das früher so blond gewesen war wie seins und Tessies, hatte die Farbe von hellem Sand. Es hing ein bißchen zu fransig in ihr scharfgeschnittenes Gesicht, aber sie wirkte noch nicht wie eine alte Frau. Er wandte den Blick von ihr ab und stieg barfuß aus dem Bett, während er den Morgenmantel anzog.

»Du bist dünner geworden«, sagte sie. Sie hatte aufgehört, an dem Rollo herumzufummeln, und betrachtete ihn jetzt eingehend, die Hände in den Taschen ihres Rockes vergraben. »Ich wette, du hast dir dein Essen selber gekocht.«

»Stimmt. Wie spät ist es?«

»Ungefähr zwölf.«

»Ist Joanne schon auf?«

»O ja. Sie ist mit Carol im Arbeitszimmer, glaube ich.«

»Geht es ihr gut?«

»Natürlich geht es ihr gut. Und es ist allein ihre Angelegenheit, Ben Joe – wir haben kein Recht, uns einzumischen. Ich will auf keinen Fall, daß du ihr da reinredest. Und jetzt beeil dich mit dem Anziehen, ja? Das Mittagessen ist fast fertig.«

Sie rauschte zur Tür hinaus und summte leise etwas vor sich hin, während sie die Treppe hinunterging. Ben Joe seufzte und band seinen Morgenmantel zu. Jetzt war eine gute Gelegenheit, sich zu rasieren; keins von den älteren Mädchen kam zum Mittagessen nach Hause.

Als er nach unten ging, hing der Geruch des Essens – ein Sammelsurium von Resten aus dem Kühlschrank, die in kleinen Töpfen aufgewärmt wurden – schon in der Luft. Obwohl er ausgeruht war, lag ihm die Zugfahrt noch im Magen, und er verzog das Gesicht, als ihm der Essensgeruch auf der Treppe entgegenschlug. Vermutlich kochte Großmama heute; als typische Südstaatlerin ließ sie das Gemüse immer in Fett schwimmen.

Er trat in die Küche, wo seine Großmutter gerade am Herd stand und den Deckel von einem dampfenden Topf nahm. Sie war die Mutter seines Vaters und fast achtzig Jahre alt, aber sie besaß eine stählerne, grimmige Zähigkeit. Joanne verglich ihre Großmutter immer mit einer Klaviersaite. Sie war klein und knochig; ihre nackten Füße steckten in schwarzen Männerturnschuhen, und das Kleid, das sie trug, war wie üblich eine Zumutung – es bestand aus einer Art jeansblauem Überwurf, der im Nacken von einem Band zusammengehalten wurde, ansonsten hinten offen war und den Blick auf einen schwarzen Spitzenunterrock freigab. (Ihre Unterwäsche war der einzige Luxus, den sie sich gönnte; sie hatte Garnituren in sieben verschiedenen Farben in ihrer Kommodenschublade.) Während sie die Essensreste umrührte, sang sie wie gewöhnlich mit ohrenbetäubender Stimme, die scheinbar mühelos aus der Tiefe ihres schmächtigen Brustkorbs drang:

»I ain't gonna knock on your window no more,
Ain't gonna bang on your door…«

»Hallo, Großmama«, sagte Ben Joe in ihr Ohr.

Sie schnellte herum und verfehlte ihn nur knapp mit dem Topfdeckel. »Ben *Joe*!« rief sie. »Ich habe gehört, du bist heute morgen angekommen und hast mir nicht mal guten Tag gesagt. Stimmt das?«

»Du warst oben in deinem Zimmer und hast einen Patronengürtel gemacht«, sagte er.

Er umarmte sie, und sie umarmte ihn ebenfalls, so fest, daß er ihre harte, knochige Brust spürte und ihr spitzes Kinn sich in seine Schulter grub.

»Es gibt Reste«, sagte sie. »Ich weiß, was du von Resten hältst, aber warte nur bis heute abend. Du wirst schon sehen, was wir dann für feine Sachen auftischen.«

Sie deckte den Topf wieder zu und löste ihr Haar. Es war eine Angewohnheit von ihr, mindestens zwanzigmal am Tag die drei Klemmen aus ihrer Frisur zu ziehen und ihr glattes weißes Haar bis fast auf die Schultern fallen zu lassen. Dann schob sie die Klemmen zwischen die fest zusammengepreßten Lippen, drehte ihr Haar energisch um einen Finger, klatschte es in einem Dutt oben auf ihren Kopf und steckte es dort wieder mit den drei Haarklemmen fest. Das alles dauerte nicht mal eine Minute. Währenddessen redete sie ohne Unterbrechung weiter, wobei sie die Haarklemmen in einen Winkel ihres Mundes schob, damit sie beim Sprechen nicht störten.

»Es gibt Truthahn«, sagte sie, »gefüllt mit Innereien, und dazu Süßkartoffeln – Ben Joe, du mußt unbedingt mit Jenny über ihren Einkaufstrott reden. Sie ist beim Lebensmitteleinkaufen in einen regelrechten Trott verfallen. Sie kauft immer das gleiche. Keine Phantasie. Also, Jenny ist wirklich eine gute Köchin, und ich möchte, daß sie heiratet, und zwar so bald wie möglich. Ich halte nichts davon, daß ein Mädchen sich um ihre Familie kümmert und ihr Leben lang Sekretärin bleibt, wenn sie so häuslich ist wie Jenny. Sie muß eine eigene Familie gründen. Aber welcher Mann heiratet schon ein Mädchen, das ihm jeden Abend Hackfleisch vorsetzt? Sie denkt sich zwar alle möglichen raffinierten Zutaten aus, um Abwechslung hineinzubringen, aber es ist und bleibt doch Hackfleisch, und noch dazu die billige Sorte. Seit du weggegangen bist und ihr die Verantwortung für die Finanzen übertragen hast, ist sie richtiggehend *knauserig* geworden. Sie nimmt die Aufgabe viel zu ernst. Würdest du bitte alle zum Essen rufen? Deine Mutter ist oben, und die anderen sind im Arbeitszimmer.«

»Mach ich.«

Er verließ die Küche und ging in Richtung Arbeitszimmer, das auf der anderen Seite des Hauses hinter dem Wohnzimmer lag. Es war früher das Arbeitszimmer seines Vaters gewesen, und obwohl die Medizinbücher längst aus den Regalen entfernt worden waren, stand dort immer noch das zweite Telefon auf dem Schreibtisch, das sie installiert hatten, als die Mädchen in das Alter kamen, in dem sie das Familientelefon den ganzen Tag mit Beschlag belegten. Seit dem Tod ihres Vaters wurde das Zimmer als Fernsehraum genutzt, und jetzt plärrte der Apparat so laut, daß Ben Joe ihn schon hörte, bevor er das Wohnzimmer durchquert hatte. Und kaum hatte er den Raum betreten, schmerzte ihn der Krach in den Ohren. Die Jalousien waren heruntergelassen, und im ersten Moment konnte er in der Dunkelheit nur die Umrisse von drei Gestalten erkennen und den bläulichen, verschneiten Bildschirm hinter ihnen. Ein dicker Mann schrie gerade: »Na, Kinder, was meint ihr dazu? Hm? Was meint ihr?« und seine Stimme wurde von dem lauten, ärgerlichen Summen des Fernsehergerätes noch unterstrichen. Ben Joe blinzelte und sah sich um.

Das einzige, was er von Joanne sehen konnte, war ihr vom Licht des Bildschirms weiß umrissenes Profil. Sie hatte den Blick anscheinend auf etwas in ihrem Schoß gerichtet – ein Stück Stoff. Sie nähte daran; sie schob die Nadel hindurch und streckte dann ihren Arm so weit wie möglich zur Seite, um den Faden straff zu ziehen. Joanne gehörte zu denen, die anstelle von mehreren praktischen kurzen Fäden einen einzigen langen benutzten. Auf dem Rattanstuhl vor ihr saß Tessie, deren Gesicht er ebenfalls nur als silbriges Profil wahrnahm, abgesehen von einem gelben

Fleck über ihrer Stirn, wo das Licht auf ihre blonden Haare fiel. Und ganz vorne, mit dem Rücken zu Ben Joe, saß ein kleines Mädchen in einem Kinderschaukelstuhl. Von ihr konnte Ben Joe so gut wie gar nichts erkennen, außer daß sie so klein war (sie mußte im Juni gerade zwei geworden sein), daß sie mit gestreckten Beinen auf dem Stuhl saß und ihre Füße nur knapp über den Sitz hinausragten und daß sie heftig schaukelte. Er konnte ihre kleinen Hände ausmachen, die fest die Armlehnen umklammerten, und ihren Kopf, den sie vor und zurück warf, um den Stuhl zum Schaukeln zu bringen. Von dort, wo er stand, hätte er schwören können, daß sie rote Haare hatte, aber das war äußerst unwahrscheinlich. Er trat einen Schritt weiter ins Zimmer und sagte: »Hat sie etwa *rote* Haare?«

Joanne zuckte zusammen und schaute ihn an.

»Hi, Joanne«, sagte er.

»Ben Joe! Komm her! Nein, warte. Komm ins Wohnzimmer. Hier drinnen ist es ja stockdunkel.«

Sie stand auf, zog ihn hinaus ins Helle, küßte ihn hart auf beide Wangen und legte die Arme um seine Taille. Das kleine Kleid, an dem sie nähte, hielt sie noch in der Hand, aber die Nadel war vom Faden gerutscht und neben ihren Füßen auf den Teppich gefallen. Komisch, selbst die kleinste Kleinigkeit, die Joanne tat, war typisch für sie, auch jetzt noch, nach all den Jahren. Jedes der anderen Mädchen hätte die Nadel zuerst sorgfältig in den Stoff gesteckt, bevor sie ihren Bruder umarmte. »Meine Güte, bist du dünn geworden«, sagte sie. Sie lachte; ihr Haar war von der Umarmung zerzaust. »Kaum zu glauben, daß du es wirklich bist. Lebst du wieder vegetarisch?«

»Nein. Mama sagt, es liegt daran, daß ich für mich selber koche.«

»Mm-hm. Du bist auch älter geworden. Aber das macht nichts. Ich glaube, du wirst wohl nie irgendwelche nennenswerten Falten im Gesicht kriegen.«

»Das kommt daher, daß ich keinen Charakter habe«, sagte er geistesabwesend. Er versuchte herauszufinden, was an ihr anders war als früher; irgend etwas machte ihn verlegen, als wäre sie eine Fremde. Wahrscheinlich lag es zum Teil daran, wie sie angezogen war. Anstelle des gewohnten knallroten Kleides trug sie ein blaßgelbes, sackähnliches Ding, das lose von ihren Schultern herabhing. Aber sie war immer noch dünn und ihr Gesicht nur ein kleines bißchen runder als die Gesichter ihrer Schwestern. Fast augenblicklich wurde ihm klar, worin die Veränderung bestand: sie war im wesentlichen wie früher, hatte dasselbe warme, glucksende Lachen, aber sie gab sich anders. Ihre ganze Art war feiner, dachte er. Doch die Armreifen waren noch da und ebenso das verschmitzte Lächeln auf ihrem Gesicht. Er lächelte auch.

»Wie ich sehe, bist du noch nicht alt«, sagte er.

»Aber beinahe. Hast du eine gute Fahrt gehabt?«

»Ich glaube schon. Übrigens soll ich euch zum Essen rufen. Großmama deckt gerade den Tisch.«

»Ich hole die Kinder.«

Auf bloßen Füßen tappte sie wieder ins Fernsehzimmer und kam mit Carol auf dem Arm und Tessie im Schlepptau zurück, die beide im Sonnenlicht blinzelten. Der Fernseher war vergessen; Akkordeonmusik drang plärrend aus dem leeren Zimmer.

»Kennst du Carol schon?« fragte Joanne.

Ben Joe sah Carol an. Zuerst richtete er den Blick auf ihr Haar, denn er war neugierig, ob es rot war oder nicht. Es war rot. Es war topfförmig geschnitten und umrahmte ihr kleines, rundes Gesicht, das noch so jung war, daß Ben Joe darin nichts lesen konnte. »Kannst du schon sprechen?« fragte er sie.

Sie lächelte, ohne es ihm zu verraten.

»Nur wenn sie Lust hat«, sagte Joanne. »Wenn sie ein Wort nicht ganz richtig aussprechen kann, dann sagt sie es gar nicht. Eine Perfektionistin. Ich frage mich, woher sie das hat.«

»Und die roten Haare?«

»Was ist damit?«

»Woher hat sie die?«

Joanne runzelte die Stirn. »Woher kriegt man schon seine Haarfarbe«, sagte sie schließlich. »Gene natürlich.«

»Oh.«

»Ich bin richtig froh, dich zu sehen, Ben Joe«, sagte sie, als sie das Wohnzimmer durchquerten. »Wirklich. Du kannst dir gar nicht vorstellen, wie froh.«

Ben Joe lächelte verlegen zu ihr hinab und sagte nichts. Bei der Treppe blieb er stehen und rief »Mama!« nach oben, dann ging er weiter in Richtung Küche, ohne Joanne anzuschauen oder auf eine Antwort von seiner Mutter zu warten. Aber kurz bevor sie die Türschwelle erreicht hatten, sagte er: »Ich freue mich auch, dich zu sehen.«

»Das ist schön«, sagte sie fröhlich.

In der Küche war Großmama emsig dabei, das Essen auf die Teller zu verteilen. Joanne zog den alten Kinderstuhl heran und setzte Carol hinein. »Schön still sitzen«, ermahnte sie Carol und gab ihr einen leichten Klaps auf die Knie. Es war ein komisches Gefühl für Ben Joe, Joanne mit Carol zu sehen. Er hatte nie darüber nachgedacht, daß sie jetzt Mutter war und eine eigene Tochter hatte.

»Wo ist eure Mutter?« fragte Großmama.

»Sie kommt.«

»Nun, ihr Essen wird kalt. Setz dich, Joanne. Du auch, Ben Joe. Tessie, beeil dich ein bißchen. Wo ist denn deine Serviette geblieben?«

»Sie ist auf der hinteren Veranda.«

»Nun, da gehört sie aber nicht hin. Nein, nein, hol sie nicht. Iß lieber, solange das Essen noch heiß ist – so werden die Bazillen getötet. Ben Joe, mein Lieber, bist du nicht todmüde?«

»Nein, jetzt nicht mehr.«

»Na, dann werde ich dir einen ordentlichen Schlag Bohnen geben. Carol hat ihr Lätzchen auf den Boden geworfen, Joanne.« Sie häufte noch mehr Bohnen auf Ben Joes Teller und schwenkte dabei lebhaft die Kelle. Beim Anblick ihrer Hände, die so viel älter wirkten als der Rest von ihr, mußte Ben Joe an den alten Mann aus dem Zug denken. Er sagte: »Großmama, kanntest du mal einen Mann namens Dower?«

»Dower.« Sie setzte sich auf ihren Platz und strich ihre Schürze glatt. »Guter Gott, ja, den kannte ich bestimmt. Es gab hier einmal einen ganzen Haufen von Dowers, aber die meisten von ihnen sind inzwischen gestorben oder weggezogen. Es gab die guten Dowers und die bösen Dowers. Die guten waren früher einmal dicke Freunde unserer Familie. Als Teenager war ich

so oft bei ihnen, daß ich mich dort fast wie zu H[illegible]
Inzwischen sind sie wohl alle tot. Aber die bösen [illegible]
immer hier in der Gegend. Du wirst sie kaum kennen. [illegible]
keine Verwandtschaft mit den guten, wohlgemerkt. S[illegible]
außerhalb der Stadt, und sie lassen ihre Hühner in [illegible] Küche. Diese Sorte ist einfach nicht totzukriegen. Gott weiß, warum. Sie sind dürrbeinig und mondgesichtig, aber sie leben noch, wenn stärkere Naturen schon längst im Grab liegen.«

Sie hielt inne, um Atem zu schöpfen. Ben Joes Mutter kam in die Küche und schob einen Stuhl für sich an den Tisch. Carol warf erneut ihr Lätzchen auf den Boden und sagte: »Karotte.«

»Von jetzt an werden wir einen doppelten Knoten in dein Lätzchen machen müssen«, sagte Ben Joes Mutter zu ihr. Sie nahm eine rohe Karotte von einem Teller auf dem Tisch und reichte sie ihr. »Großmama, was sind denn die kleinen Dinger in der Schüssel da?«

»Geräucherte Austern. Und das Kind sollte keine Karotte essen.«

»Geräucherte *Austern*?«

»Sagte ich doch. Ich habe ein für allemal die Nase voll von Jennys Einkaufstrott. Ich mache das nicht einen Tag länger mit. Ellen, nimm ihr die Karotte weg.«

»Warum denn? Sie hat doch Zähne.«

»Aber es ist eine große *dicke* Karotte.«

»Nun, wir wollen sie ja nicht verhätscheln. Die Mädchen haben alle in ihrem Alter Karotten gegessen.«

»Nicht, wenn ich dabei war«, sagte Großmama. »Sie wird daran ersticken.«

Joanne blickte besorgt auf, und Großmama nickte ihr zu.

»An den kleinen Stücken. Sie wird ersticken. Ich kenne mich da aus.«

»Ach, sei nicht albern«, sagte Ellen Hawkes.

Joanne nahm Carol die Karotte aus der Hand und ersetzte sie sofort durch einen Keks, ehe Carol anfangen konnte zu schreien. Ben Joes Mutter gab auf und wandte sich wieder ihrem Essen zu. Weder sie noch Großmama maßen solchen kleinen Querelen zwischen ihnen große Bedeutung bei. Großmama behauptete,

Ellen Hawkes sei hartherzig, und Ellen Hawkes behauptete, Großmama sei weichherzig. Der Rest der Familie hatte sich an ihre Streitereien ebenso gewöhnt wie sie selber. Sie aßen gutgelaunt weiter, und Carol knabberte an ihrem Keks.

»Ich habe dich nach den Dowers gefragt«, erklärte Ben Joe, »weil ich auf dem Bahnhof einen alten Mann kennengelernt habe, der so heißt. Er sagt, er sei hier in Sandhill geboren.«

»Das ist ja komisch. Gehört er zu den guten oder zu den bösen Dowers?«

»Nun, Großmama, ich glaube kaum, daß er mir das gesagt hätte.«

»Wenn er einer von den bösen wäre, hätte er es gesagt. Er hätte behauptet, er gehöre zu den guten Dowers.«

Joanne lachte.

»Er hat gesagt, eine Straße sei nach seinem Vater benannt worden«, sagte Ben Joe. »Daran erinnere ich mich. Er sagte, zu seiner Zeit seien die Main Street und die Dower Street die einzigen richtigen Straßen in der Stadt gewesen.«

Großmama blickte plötzlich interessiert auf. »Das stimmt«, sagte sie. »Das stimmt, so war es früher.«

Carol stieß ihre Milch um. Sie tropfte von der Platte des Kinderstuhls in ihren Schoß, und als sie die kühle Feuchtigkeit spürte, kreischte sie.

»Ich hole einen Lappen«, sagte Tessie.

Sie stand auf und wollte zum Waschbecken gehen, aber ihre Mutter packte sie am Rocksaum. »Du bleibst schön sitzen, junge Dame. Du mußt in einer Viertelstunde in der Schule sein.«

»Es geht doch ganz schnell, Mama.«

Aber Joanne hatte bereits nach der Küchenrolle gegriffen und hob Carol aus ihrem Stuhl, um die Milch aufzuwischen. »Ist ja schon gut«, sagte sie besänftigend, obwohl Carol jetzt nur noch aus Freude über ihre eigene Stimme kreischte und dabei war, die Haarklemmen aus Joannes Frisur zu ziehen.

»Er ist damals weggegangen, um seinem Onkel in Connecticut beim Herstellen von Bettwäsche zu helfen!« rief Ben Joe laut, um den Tumult zu übertönen.

Seine Mutter hörte auf zu kauen und starrte ihn an.

»Ich rede von Mr. Dower. Und dann zog seine Familie weg, weil seine Mutter Probleme mit den Knöcheln hatte...«

»Ben Joe«, sagte seine Mutter, »wenn ihr Kinder doch nur ab und zu daran denken würdet, daß ich euch immer eingeschärft habe, niemals, unter *gar keinen* Umständen, mit diesen merkwürdigen Leuten zu sprechen, die ihr anscheinend überall trefft...«

»Wie alt war er, als er ins Bettwäschen-Geschäft einstieg?« fragte Großmama.

»Achtzehn hat er gesagt.«

»Herr im Himmel!« Sie legte ihre Gabel auf den Tisch und starrte Ben Joe an. »Also, das kann niemand anderer als *Jamie* Dower gewesen sein. Jamie Dower, ist es denn die Möglichkeit! Herr im Himmel!«

»War er ein guter Dower?«

»Der Beste von allen. Jawohl. Er war sechs Jahre älter als ich, aber du kannst dir gar nicht vorstellen, wie verknallt ich in ihn war. Er war der Grund, weshalb ich so oft bei den Dowers war – ich folgte ihm überall hin. Er war sozusagen mein Adam.«

»Dein *Adam*?« sagte Tessie. »Was hatte er denn an?«

Ihre Mutter schob ihren Teller näher zu ihr hin. »Trödel nicht so, Tessie, iß deine Bohnen.«

»Wohin wollte er?« fragte Großmama.

»Nun, äh – ins Altersheim, hat er gesagt.«

»Ins Altersheim.« Sie schüttelte den Kopf. »Du liebe Güte, wer hätte das gedacht? Er war ein so gutaussehender Junge, weißt du – ziemlich groß für damalige Verhältnisse, wenn auch nicht im Vergleich mit manchen von diesen Basketballspielern, die man heutzutage sieht. Und er kleidete sich gern elegant. Was hätten wir wohl dazu gesagt, frage ich mich, wenn uns jemand erzählt hätte, wo Jamie Dower eines Tages landen würde?«

»Tessie«, sagte Ellen Hawkes, »ich zähle jetzt bis fünf, und wenn ich damit fertig bin, dann hast du deine Milch ausgetrunken. Was ist denn das da vorne auf deinem Kleid? Eine Bohne?«

»Ach nichts«, sagte Tessie. Sie trank den Rest ihrer Milch und wischte sich mit dem Handrücken den weißen Schnurrbart von der Oberlippe.

»Ein seltsam aussehendes Nichts.«

»Also, ich muß los. Wiedersehen, Mama. Wiedersehen zusammen.«

Sie griff nach ihrer Jacke und verschwand durch die Küchentür. Ihre Mutter schaute ihr nach und schüttelte den Kopf. »Man muß sie förmlich in die Schule *schleifen*«, sagte sie. »Manchmal glaube ich, daß es in dieser Familie mit der Intelligenz gegen Ende irgendwie bergab gegangen ist.«

»Sie ist ziemlich helle«, sagte Großmama.

»Nun, vielleicht. Aber nicht so helle wie Joanne und Ben Joe es waren – bei weitem nicht.«

»Unsinn«, sagte Großmama. Sie fing an, die Teller einzusammeln und die Reste herunterzukratzen, blieb aber auf ihrem Stuhl sitzen. »In dieser Familie wird viel zuviel Wert auf Intelligenz gelegt. Wozu soll das gut sein? Joanne ist nach einem Jahr vom College abgegangen, und die anderen, außer Ben Joe, haben gar nicht erst angefangen zu studieren. Und sieh dir Ben Joe doch an. Er hat seine Zeit damit verbracht, herauszufinden, wofür ihm sein großartiger Verstand gegeben wurde. Zuerst interessierte er sich für Naturwissenschaften, dann für Kunst, dann für Philosophie – der reinste Mischmasch. Und was hat er jetzt davon? Gar nichts. Liest bloß noch Krimis.«

»Ihr wißt ja alle beide nicht, wovon ihr redet«, sagte Ben Joe vergnügt. Er hatte das schon öfter zu hören bekommen; er hörte nur mit halbem Ohr hin, während er mit dem Stuhl wippte und zusah, wie seine Großmutter die Teller abkratzte. »Und ph, warum sollten die Mädchen wohl aufs College gehen? Ich finde, sie haben ganz recht, wenn sie sich das ersparen...«

»Kein Wunder«, sagte seine Mutter, »absolut kein Wunder. Du kennst ja nichts anderes als das *Sandhill* College. Da hättest du gleich zu Hause bleiben können, wenn du mich fragst...«

»Das ist nicht seine Schuld«, sagte Großmama.

»Nun, *meine* auch nicht.«

»Wenn mein Sohn dabei etwas zu sagen gehabt hätte«, sagte Großmama, »dann wäre Ben Joe nach Harvard gegangen, jawohl.«

»Dein Sohn hätte etwas zu sagen haben können. Wenn er zurückgekommen wäre, hätte er etwas zu sagen haben können, und zwar *mit Freuden*, aber was hat er statt dessen getan?« Sie saß jetzt kerzengerade und umklammerte ihre Gabel so fest, daß ihre Fingerknöchel weiß hervortraten.

»Und wer hat ihn dazu getrieben?« brüllte Großmama. »Wer hat denn hier eine so kalte Atmosphäre verbreitet, daß er es vorzog, woanders zu leben?«

Ben Joe räusperte sich. »Also«, sagte er, »ich hätte bestimmt ein Stipendium für Harvard bekommen, wenn ich bessere Noten gehabt hätte. Niemand ist schuld, außer mir selber...«

»Wem war es denn ganz egal, daß er wegging?« schrie Großmama triumphierend und übertönte damit Ben Joe. »Beantworte mir diese Frage! Los, beantworte mir...«

»Das reicht jetzt«, sagte Ellen Hawkes.

Sie ließ die Gabel los und stand auf, plötzlich ganz ruhig. »Ich bin gegen sechs wieder zu Hause«, sagte sie zu Joanne und Ben Joe. Sie nickten schweigend; sie schob ihren Stuhl unter den Tisch und ging hinaus. Joanne starrte auf die Tischdecke, als könne sie ihre Augen unmöglich davon abwenden.

»Keks«, sagte Carol.

Ben Joe reichte ihr einen. Sie nahm ihn und fing sofort an, ihn über ihrem Tablett zu zerbröseln.

»Es tut mir wirklich leid«, sagte Großmama nach einer Weile. »Es gab keinen Grund, so mit ihr zu reden. Ich wollte das Thema eigentlich nicht aufbringen.«

Joanne nickte und starrte weiter die Tischdecke an. »Ich dachte, dieses Thema wäre inzwischen erledigt«, sagte sie.

»O nein. Nein, ich habe es nur in meinen Gedanken ein Stückchen nach hinten geschoben, das ist alles. Du hast ja das Schlimmste gar nicht mitbekommen. Alles ging weiter wie gehabt, nachdem du deswegen auf und davon gegangen warst, dabei hätte sie doch wenigstens versuchen können, sich zu ändern. Na ja, Reden ist Silber, Schweigen...«

Sie seufzte und stand auf, um den Stapel Teller zum Waschbecken zu tragen. »Ben Joe, mein Lieber«, rief sie über ihre Schulter, »meinst du, Jamie Dower würde sich über Besuch freuen?«

»Ich wüßte nicht, warum er sich nicht freuen sollte, Großmama.«

»Dann gehen wir beide diese Woche hin. Ich werde mir noch überlegen, wann.«

Joanne stand auf, um Großmama zu helfen. Sie sah immer noch blaß und sehr ernst aus. Eine Weile beobachtete Ben Joe die beiden, wie sie sich schnell und sicher in der Küche bewegten, aber dann fing Carol an, die Kekskrümel in seine Richtung zu pusten, und er drehte sich zu ihr um und hob sie aus ihrem Stuhl.

»Schläft sie mittags?« fragte er Joanne.

»Ja, schon, aber ich lese gerade ein Buch, in dem steht, daß Kinder immer von derselben Person ins Bett gebracht werden sollen. Laß es lieber mich machen.«

»In Ordnung.« Er ging mit Carol auf dem Arm ins Wohnzimmer. »Wir wollen ja nicht, daß du verhaltensgestört wirst«, erklärte er ihr. Sie lächelte und nuckelte an ihrem Keks.

Im Wohnzimmer setzte er sich in den Schaukelstuhl. Er sammelte die breiige Keksmasse aus Carols Hand und tat sie in den Aschenbecher, dann begann er gedankenverloren zu schaukeln. Carols Kopf fiel schwer auf seine Brust; ihre roten Haare kitzelten ihn unter dem Kinn. Er spürte das bleierne Gewicht ihres kleinen Körpers, aber er war noch immer nicht überzeugt, daß sie echt war, und er blieb lange so sitzen, schaukelte vor sich hin und betrachtete über ihren Kopf hinweg stirnrunzelnd die verblichene Tapete.

5

AM ABEND BEGANN BEN JOE DIE LAST DES LEBENS zu Hause wieder auf seinen Schultern zu spüren, und er kam sich behäbig und alt und müde vor. Er hatte zuviel gegessen; sein Bauch schmerzte, aber das wollte er niemandem gegenüber zugeben oder verraten, indem er sich hinlegte, denn er fürchtete, die Gefühle seiner Mutter und seiner Großmutter zu verletzen, die sich mit dem Kochen besondere Mühe gemacht hatten. Daher streifte er ziellos durchs Haus, auf der Suche nach etwas, womit er sich beschäftigen oder worüber er sich Gedanken machen konnte. Im Arbeitszimmer sahen Tessie und Jenny fern. Sie starrten mit finsterer Miene auf den Bildschirm und schauten nicht einmal hoch, als er für einen Moment in der Tür stehenblieb. Die Zwillinge, die jetzt, da sie älter waren, verschiedenfarbige Kleidung trugen, aber ansonsten immer noch vollkommen identisch aussahen, machten in der Küche gemeinsam mit zwei Verehrern Popcorn, und Susannah und seine Großmutter spielten Honeymoon-Bridge. Keiner von ihnen schien seine Anwesenheit zu bemerken. Er ging nach oben, in der Hoffnung, dort jemanden zu finden, der sich mit ihm unterhalten würde, aber seine Mutter saß an der Nähmaschine, hatte lauter Stecknadeln zwischen den Lippen und richtete ihre volle Aufmerksamkeit auf den Kragen eines Kleides für Tessie, und Joanne badete Carol. Er konnte die beiden durch die angelehnte Tür hören – Carol planschte und quiekte vergnügt, Joanne redete leise und beruhigend auf sie ein und lachte gelegentlich mit.

»Darf ich reinkommen?« rief Ben Joe.

»Carol, macht es dir was aus, wenn ein Mann dir beim Baden zuschaut?«

Carol planschte noch lauter, wahrscheinlich schlug sie mit den Handflächen aufs Wasser, und sie lachte.

»Also, zumindest hat sie nicht nein gesagt«, sagte Joanne.

Ben Joe schob die Tür auf und ging hinein. Im Badezimmer war es warm und dunstig, und überall lagen Handtücher und abgelegte Kleidungsstücke herum. Joanne kniete, mit einem Frotteebademantel bekleidet, neben der Badewanne. Ihr Haar hing naß und strähnig herab, und ihr Gesicht glänzte noch feucht von dem Bad, das sie selbst genommen hatte. Sie hatte die Ärmel des Bademantels bis zu den Ellbogen aufgerollt, damit sie Carol besser baden konnte, die umringt von unzähligen, das Wasser fast vollständig bedeckenden Plastikspielsachen in der Wanne saß und Ben Joe anlachte.

»Sie kann unmöglich eine echte Hawkes sein«, sagte Ben Joe. »Kein Schaumbad.«

»Oh, damit wird sie noch früh genug anfangen.«

Ben Joe lehnte sich gegen das Waschbecken. Einen Fuß stellte er auf einen niedrigen alten Hocker, auf dem stand: ›Um eine Aufgabe zu erledigen, die mir über den Kopf gewachsen ist.‹ Er drückte versuchsweise sein gesamtes Körpergewicht gegen den Rand des Waschbeckens, beschloß, kein Risiko einzugehen, und stellte sich wieder aufrecht hin.

»Ich wollte dir noch sagen, daß du nicht gekränkt sein solltest«, sagte Joanne.

»Was?«

»Du brauchst nicht gekränkt zu sein, wegen dem, was Großmama gesagt hat. Über den Mischmasch in deinem Kopf. Ich hatte schon den ganzen Tag vor, dir zu sagen, daß sie es nicht so meint. Sie hat es aus purer Streitlust gesagt.«

»Ich bin nicht gekränkt.«

»Gut.«

Sie begann mit routinierten Bewegungen Carols Haare einzuseifen, und unter ihren geschickten, kräftigen Fingern verwandelte sich die hellrote Farbe in ein dunkles Kastanienbraun. Erst jetzt fiel ihm auf, daß sie keinen Ehering trug. Was hatte sie damit gemacht? Er stellte sich vor, wie sie ihn Gary ins Gesicht geworfen hatte, aber das erschien ihm unwahrscheinlich. Sogar in ihren launischsten Phasen hätte Joanne niemals etwas Derartiges getan. Nein, es sähe ihr eher ähnlich, zu verschwinden, ohne Gary ein Wort zu sagen. Oder vielleicht hatte Gary *sie* verlassen, auch das war möglich.

»Wo ist dein Ehering?« fragte er.

»In meinem Schmuckkästchen.«

»Wieso, um alles in der Welt?«

»Ach, ich weiß nicht. Ich hatte vor, ihn zu tragen, damit die Leute nicht denken, ich sei eine ledige Mutter, aber als ich hier ankam, meinte Mama, das sei nicht nötig. Sie trägt *ihren* nie, sagte sie. Das würde sie nur an die Vergangenheit erinnern.«

Sie nahm Carols Kopf in beide Hände, tauchte ihn blitzschnell unter Wasser, und als Carol einen spitzen Schrei ausstieß, saß sie mit gespültem, klatschnassem Haar bereits wieder aufrecht in der Wanne.

»Mama ist der letzte Mensch, nach dessen Rat ich mich richten würde«, sagte Ben Joe.

»Sei nicht so gemein.«

»Bin ich gar nicht. Sie will, daß du dein Problem löst, indem du sagst: ›Der kann mir gestohlen bleiben‹! Du hast ja erlebt, was sie davon hatte.«

»Mama ist nicht so gefühllos, wie Großmama dir ständig einredet, Ben Joe. Das weißt du genau.«

»Ja, ich weiß.«

»Übrigens bin ich in einer anderen Lage als sie.«

»In was für einer Lage bist du denn?« fragte Ben Joe.

Joanne schubste eine Gummiente an. Sie glitt in Carols Richtung, die sie aber keines Blickes würdigte. Carol hob und senkte eines ihrer runden Knie, beobachtete, wie es naß und glänzend auftauchte, und senkte es wieder, wenn soviel Wasser hinuntergelaufen war, daß auf ihrer Haut nur noch Tropfen zu sehen waren.

Auch Joanne beobachtete gedankenversunken das Knie, und Ben Joe beobachtete Joanne.

»Mir gefiel immer besonders das erste Rendezvous mit einem Jungen«, sagte sie nach einer Weile. »Dafür war ich Spezialistin. Ich hatte immer das Richtige an – nichts allzu Elegantes, um ihn nicht einzuschüchtern, und nichts allzu Lässiges, damit er nicht glaubte, er sei mir vollkommen gleichgültig – und ich wußte genau, wie ich mich benehmen und was ich sagen mußte, und wenn sich die Verabredung dem Ende zuneigte, hatte ich es entweder geschafft, daß er bis über beide Ohren in mich verliebt war, oder wußte zumindest, warum nicht. Aber die folgenden Verabredungen waren anders. Was sollte ich tun, wenn ein Junge erst einmal in mich verliebt war? Welches Ziel konnte ich danach noch anstreben? Schließlich gewöhnte ich mir an, mich auf ›erste Rendezvous‹ zu beschränken. Ich machte das so gut, daß ich bei jedem Treffen, egal mit wem, den Eindruck erwecken konnte, als sei ich beim ersten Rendezvous – auch wenn es in Wirklichkeit schon das *siebte* oder überhaupt kein Rendezvous war. Ich konnte mich sogar Familienmitgliedern gegenüber so benehmen, als sei ich mit ihnen bei einem ersten Rendezvous – ich überlegte, wie es mir in einer bestimmten Situation gelingen würde, daß sie mich liebten, und richtete mich einfach danach.«

Sie beugte sich plötzlich vor, stützte die Ellbogen auf den Rand der Wanne, starrte ins Wasser und dann in Carols übermütig wirkendes Gesicht.

»Und dann habe ich geheiratet«, sagte sie.

Ben Joe wartete ab, ohne weiter in sie zu dringen. Joanne stand auf, griff nach einem Handtuch und blieb dann gedankenverloren stehen.

»Das Problem ist«, sagte sie, »daß man irgendwann aufhören muß, mit den Armreifen zu klimpern und die Nächte durchzutanzen. Man muß ab und zu eine Pause einlegen. Gary wäre das vermutlich ganz recht gewesen, aber mir nicht. Ich wußte nicht, was ich machen sollte, wenn ich eine Pause einlegte, und wurde daher immer unausstehlicher. Er bekam von mir ständig zu hören, was für eine schlechte Ehefrau ich sei. Einmal weckte ich ihn mitten in der Nacht auf und warf ihm vor, mir nicht zu glauben, daß ich ihn liebte. Er war schlaftrunken und wußte gar nicht, worauf ich hinauswollte. Er sagte, natürlich glaube er mir, und schlief wieder ein, und ich lag wach in der Dunkelheit, zählte die Staubkörner, die durch die Luft schwebten, und überlegte lange, was für eine Frisur ich mir machen lassen wollte und wie ich

Gary überreden könnte, mit mir tanzen zu gehen.« Sie betrachtete stirnrunzelnd das Handtuch. »Irgendwann konnte ich mich selbst nicht mehr ertragen«, sagte sie. »Da bin ich gegangen.«

Sie wickelte Carol in das Handtuch und hob sie aus der Wanne.

»Warum bist du ausgerechnet *hierher*gekommen?« fragte Ben Joe.

Sie trocknete Carol eine Weile schweigend ab. Dann sagte sie: »Weißt du, ich will, daß Carol bei Leuten ist, die sie kennen, wenn ich mir wieder eine Arbeit suche. Das ist der Grund.«

Sie hatte Carol trockengerieben, streifte ihr ein weißes Flanellnachthemd über den Kopf und sagte dabei: »Wo ist Carol denn? Ich kann Carol gar nicht sehen. Wo ist sie nur?« bis Carols kleiner Kopf durch den Halsausschnitt des Nachthemdes rutschte und ihr rundes grinsendes Gesicht zum Vorschein kam.

»Außerdem«, sagte sie, »ist es hier nicht mehr so wie damals, als ich wegging. Selbst wenn ich wollte, wäre es nicht mehr so wie früher.«

»So ein Unsinn«, sagte Ben Joe.

»Was?«

»Du und Mama. Du und die Mädchen. Und sogar Mr. Dower. Natürlich ist hier alles noch wie früher. Wie sollte es denn auch sonst sein? Du führst immer wieder dasselbe blöde Argument an, um dir etwas vorzumachen –«

»Ist ja schon gut«, sagte Joanne beschwichtigend. Sie hob Carol hoch. »Und *doch* ist es nicht mehr ganz so wie früher, oder?«

Resigniert gab er auf und ging hinter ihr her, als sie das Badezimmer verließ. Sie würde für keines seiner Argumente zugänglich sein; dazu war sie viel zu aufgekratzt. Während sie den Flur entlangging, gab sie Carol kurze Schmatzer auf die Wange und redete fröhlich auf sie ein. Vor dem Zimmer ihrer Mutter blieb sie stehen und schaute hinein. »Sie muß unten sein«, sagte sie. »Komm mit, Ben Joe. Ich will dich etwas fragen.«

»Was denn?« fragte er mißtrauisch.

»Komm *mit*.«

Er folgte ihr in ihr Zimmer. Es war mit Joannes Krimskrams vollgestopft, und das alte weiße Gitterbett war vom Dachboden geholt und neben Joannes Bett gestellt worden. Davon abgesehen sah das Zimmer fast genauso aus wie zu dem Zeitpunkt, als sie ausgezogen war. Riesige Stofftiere, die ihre Verehrer vor langer Zeit auf dem Jahrmarkt gewonnen hatten, lagen auf dem Fenstersitz herum, Parfumfläschchen und Haarreifen und Haarklemmen waren auf der Kommode verstreut. Joanne legte Carol vorsichtig ins Bett und sagte: »Wo warst du, als Vater starb?«

»Wo – o nein«, sagte Ben Joe. »Nein, fang nicht wieder davon an.«

»Warum nicht?« Sie beugte sich hinunter, um Carol einen Gutenachtkuß zu geben, richtete sich wieder auf und schaute ihn direkt an. »Das ist ungerecht, Ben Joe. Niemand erzählt mir jemals etwas darüber. Ich habe sogar die Familie in einem Brief gebeten, mir alles zu erzählen. Aber niemand hat den Brief beantwortet.«

»Na ja, du warst eben nicht da«, sagte Ben Joe.

»Das ist egal.« Sie breitete eine Decke über Carol aus und steckte sie an den Ecken fest. »Es ist passiert, kurz nachdem Jenny angefangen hat, die Briefe der Familie zu schreiben«, sagte sie. »Aber ich weiß noch, daß Jenny diesen einen Brief nicht geschrieben hat. Sie machte eine Phase durch, in der sie über Vaters Tod weder sprechen noch schreiben konnte. Das weiß ich von Susannah. Daher haben die Zwillinge den Brief geschrieben. Jane und Lisa haben sich um alles gekümmert, obwohl keine von beiden freiwillig einen Stift in die Hand nehmen würde, was man ihrem Brief auch anmerkte. Aber vermutlich war es ganz gut so – daß die beiden den Brief geschrieben haben, meine ich –, denn Jenny hätte wahrscheinlich eine Liste mit den Ausgaben für die Beerdigung geschickt. Oder hätte sie so etwas damals noch nicht gemacht? Wann hat Jenny angefangen, alles von der praktischen Seite zu sehen? Wie auch immer, ich bekam also eine Nachricht, in der es hieß: ›Vater ist gestern abend verschieden, mußte aber keine Schmerzen leiden‹ – als ob irgend jemand wissen konnte, was er gespürt hat –, und das ist alles, was ich jemals erfahren habe. Was ist damals passiert, Ben Joe?«

»Was spielt es schon für eine Rolle?« fragte er.

»Was?«

»Wer gewonnen hat. Mama oder diese andere Frau.«

»Nun, genau das ist –«

»Ich weiß.«

Sie drehte die Lampe herum, damit das Licht Carol nicht blendete, und setzte sich ans Fußende des Bettes. »Darüber nachzudenken fällt mir nicht leicht. Und eigentlich geht es mich ja auch gar nichts an. Aber aus verschiedenen Gründen ist es wichtig für mich, die Wahrheit zu erfahren.«

Er wandte den Blick von ihr ab und suchte in seiner zerknitterten Zigarettenpackung nach der letzten Zigarette.

»Hier, nimm eine von meinen.«

»Nein, die sind mit Menthol.«

»Du wirst es überleben.«

Sie warf ihm die Packung zu. Sie fiel vor seinen Füßen auf den Boden, und er hob sie auf und lehnte sich gegen die Kommode.

»Zwei Wochen vor seinem Tod«, sagte Joanne, »war er zu Hause. Das weiß ich. Jenny hat es in einem Brief an mich ganz wunderbar formuliert. Sie schrieb: ›Du wirst dich freuen zu erfahren, daß Vati von seinem Ausflug zurück ist‹ – *Ausflug*, ihre Wortwahl ist wirklich aufschlußreich – ›und jetzt wieder zu Hause wohnt.‹ Also, wo war er, als er starb. Immer noch zu Hause?«

»Bei Lili Belle«, sagte Ben Joe.

»Bei – oh.« Sie schüttelte den Kopf. »In letzter Zeit habe ich an ihren Namen gar nicht mehr gedacht«, sagte sie. »Das liegt an Großmama, die von ihr immer als dem ›anderen Haus‹ spricht.«

»Also, er hatte nicht vor, dort zum Sterben hinzugehen«, sagte Ben Joe. »Er hatte einfach ein bißchen zuviel getrunken. Er ist losgegangen, um Eiswürfel zu holen, und hat dann vergessen, in welchem Haus er wohnte. Mama hat es Lili Belle erklärt.«

»*Mama* hat es *Lili* Belle erklärt?«

»Ja, natürlich. Lili Belle hat sie sofort angerufen, nachdem er gestorben war. Als er bei Lili Belle ankam, hatte er Schmerzen in der Brust, und kurz danach ist er gestorben. Daraufhin hat

Lili Belle Mama angerufen, und Mama hat ihr bei der Gelegenheit erklärt, daß er eigentlich zu unserem Haus gehen wollte und nicht zu ihrem; es war bloß ein Versehen. Und Lili Belle hatte schließlich doch nicht gewonnen.«

»Das sieht für mich aber ganz so aus.«

»Er ist aus *Versehen* zu ihr gegangen.«

»Pah!« sagte Joanne. Sie drehte sich um, schaute nach Carol und wandte sich dann wieder an Ben Joe. »Was ist mit dem kleinen Jungen, dem Kind von Vater und Lili Belle? Der nach ihm benannt wurde. Was man von *dir* nicht behaupten kann. Soweit ich weiß, lautet *dein* Name nicht Phillip. Glaubst du, er hätte eine Frau mit einem Baby namens Phillip endgültig verlassen?«

»Darum geht es gar nicht. Weißt du, Joanne, manchmal frage ich mich, auf wessen Seite du stehst.«

Sie lächelte, drückte ihre Zigarette aus und erhob sich. »Laß dir deswegen keine grauen Haare wachsen«, sagte sie. »Komm jetzt, lassen wir Carol in Ruhe einschlafen. Ich will mir noch die Nägel machen, und ich nehme an, du willst ein paar Freunde besuchen.«

»Ich wüßte nicht, wen.«

Aber er richtete sich dennoch auf und verließ hinter Joanne das Zimmer. Im Flur tätschelte sie ihm flüchtig den Arm und verschwand im Badezimmer. Er ging zum Treppenabsatz am Ende des Flurs, von wo man die lange Treppe hinunterblicken konnte, blieb dort stehen und legte eine Hand auf das Geländer.

»Weißt du, wo die Papiernagelfeilen sind?« rief Joanne aus dem Badezimmer.

Er antwortete nicht, stützte beide Ellbogen auf das Geländer und starrte gedankenversunken nach unten.

»Oh, schon gut. Ich habe sie gefunden.«

Er mußte an eine Nacht vor sechs Jahren denken. Diese Stelle erinnerte ihn immer daran. Er hatte in seinem Zimmer gelernt, und gegen zehn Uhr abends hatte er beschlossen, nach unten zu gehen, um sich ein Bier zu holen. Noch ganz benebelt von den vielen Daten und Fakten in seinem Kopf, war er den Flur entlanggeschlurft, hatte eine Hand auf das Geländer gelegt und wollte gerade auf die oberste Treppenstufe treten, als der Lärm begann. Er konnte das Geräusch immer noch hören, obwohl er sich immer wieder nach Kräften bemühte, es aus seiner Erinnerung zu verdrängen. Zuerst dachte er, ein zorniger Bulle würde schnaubend und brüllend das Haus umkreisen. Aber dafür war das Geräusch zu schrill und zu durchdringend. Dann dachte er, es müsse eine Autohupe sein. Kerry Jamisons Auto hatte eine Hupe, die so klang. Nur war Kerry Jamison ein wohlerzogener junger Mann und hupte niemals, wenn er Ben Joe besuchen kam. Und auf keinen Fall fuhr er über den sorgfältig gepflegten Rasen der Familie Hawkes.

Im ganzen Haus kamen die Mädchen aus den verschiedenen Zimmern gelaufen und fragten, was der Lärm zu bedeuten habe. Tessie, die fast noch ein Baby war und schon seit Stunden hätte schlafen sollen, öffnete die Tür ihres Zimmers einen Spalt und spähte nach draußen, um Ben Joe zu fragen, ob sie mit den anderen nach unten gehen dürfe, denn draußen spiele jemand Trompete, der einfach nicht aufhören wolle. Sie sprach im Flüsterton; ihre Mutter lag nebenan lesend im Bett und würde bestimmt nein sagen, wenn sie hörte, worum Tessie bat. Allerdings war damals weder Tessie noch Ben Joe klar, daß ihre Mutter in ihrem Zimmer telefonierte und gerade von Lili Belle Mosely erfuhr, daß ihr Ehemann tot war. Es wäre ihr in dem Moment egal gewesen, ob Tessie jemals wieder ins Bett gehen würde, aber das konnte Tessie natürlich nicht wissen, und sie fuhr flüsternd fort: »Darf ich, Ben Joe? Sag ja. Darf ich?«

»*Nein*«, sagte Ben Joe. »Ich gehe nach unten, und egal was es ist, ich werde dafür sorgen, daß es aufhört. Geh wieder ins Bett, Tessie.«

»Aber ich ängstige mich so sehr, Ben –«

Die Tür des Zimmers ihrer Mutter ging auf. Tessie schlüpfte in dem Moment zurück in ihr Zimmer, als Ellen Hawkes auf den Flur gerannt kam. Genau wie die zwei Figuren eines Wetterhäuschens. Ellen trug einen blauen Baumwollschlafanzug, ihr Haar war zerzaust, und sie bemühte sich, im Laufen einen khakifarbenen Regenmantel ihres Ehemannes anzuziehen.

»Euer Vater ist tot«, sagte sie und stürmte die Treppe hinunter.

Ben Joe legte beide Hände auf das Geländer und beugte sich

vor. Seine Mutter war schon an dem kleinen Absatz in der Biegung der Treppe vorbei und befand sich jetzt direkt unter ihm. Sie rannte immer noch. Er konnte von oben auf ihren Kopf sehen, und jedesmal, wenn sie ruckartig auf eine Stufe trat, hoben sich ihre Locken ein wenig. »Euer Vater ist tot«, wiederholte sie für die Mädchen im Erdgeschoß. Ihre Stimme war unterlegt von dem unheimlichen Geräusch, das sich draußen schnaubend und brüllend auf die Vorderseite des Hauses zubewegte.

Ben Joe ließ das Geländer los und lief seiner Mutter so schnell hinterher, daß die Schöße seines offenen Hemdes flatterten. Er trug keine Schuhe. Auf einer der Stufen rutschte sein bestrumpfter Fuß aus, und er fiel beinah zu Boden, aber er fing sich wieder und lief weiter. Am Ende der Treppe empfingen ihn die bleichen fassungslosen Mädchen. Tessie war aus ihrem Zimmer gekommen und stand am oberen Absatz, wo Ben Joe vor kurzem gestanden hatte, schaute auf die anderen hinunter und begann zu weinen, ohne zu wissen, warum. Sie hatte den Kopf zwischen die Streben gesteckt, weil sie noch nicht groß genug war, um über das Geländer zu schauen. Ihre Mutter, die sich im Erdgeschoß am Treppenpfosten festhielt, während sie ihre Füße in ein Paar von Susannahs Slippern zwängte, schaute kurz zu Tessie hoch und sagte: »Sie hat ihren Kopf bestimmt wieder zwischen den Streben eingeklemmt. Einer von euch muß sie da rausholen.«

Tessies Kopf, der sich deutlich vor dem Hintergrund der Kuppel über der Treppe abzeichnete, sah aus wie ein winziger gelber Kreis. Das Haus wirkte plötzlich riesig. Die ganze Welt wirkte riesig.

»Wo willst du hin?« fragte Ben Joe seine Mutter.

»Zum Haus der Freundin eures Vaters«, sagte sie ausdruckslos. »Ich bin bald zurück. Großmama schläft. Weckt sie nicht auf. Und versucht bitte, Tessies Kopf diesmal herauszubekommen, ohne die Streben abzusägen, ja?«

Ben Joe nickte. Das Ganze kam ihm unwirklich vor. Die Situation war verheerend und alptraumhaft, und gleichzeitig wurden unbedeutende, praktische Dinge geregelt. Seine Mutter klopfte ihm auf die Schulter, drehte sich dann abrupt um und trat durch die Haustür hinaus in die mondlose Frühherbstnacht. Während sie über die Veranda ging, schwoll das unheimliche jaulende Geräusch von draußen an; als sie die Stufen zum Vorgarten hinunterstieg, tauchte ein Soldat auf, der auf einem Dudelsack spielte. Er war klein, richtete den Blick mit ernster Miene auf sein Instrument und marschierte in gerader Linie über den Rasen zur anderen Seite des Hauses. Sein Weg kreuzte sich mit Ellens, und für einen Augenblick waren die beiden nur wenige Zentimeter voneinander entfernt, aber sie blieben weder stehen, noch schauten sie sich an. Jenny, die mit ihren Geschwistern auf der Veranda stand, sagte: »Es ist ein *Dudelsack*.«

Hinterm Haus ließ ihre Mutter den Wagen an, und das Motorengeräusch übertönte den durchdringenden Klang des Dudelsacks. Kurz danach glitten die gelben, von aufgewirbelten Staubkörnern durchzogenen Lichtkegel der beiden Scheinwerfer rückwärts zur Straße, schwenkten ruckartig herum und verschwanden.

Susannah hörte auf, dem Wagen nachzustarren, schaute Jenny an und versuchte, ihre Gedanken zu ordnen und zu überlegen, was als nächstes getan werden mußte.

»So einen Dudelsack habe ich noch nie gehört«, sagte sie schließlich. »Mit Dudelsäcken spielt man doch Melodien. Der hier gibt nur einen einzigen Ton von sich.«

»Vielleicht kann der Mann noch nicht spielen«, sagte Jenny. Sie war damals erst zwölf, ein dünnes, nervöses junges Mädchen, sie zitterte und schien verzweifelt bemüht zu sein, nicht die Fassung zu verlieren. »So wird es sein«, sagte sie. »Er übt diesen Ton eine Zeitlang, dann geht er zum nächsten über und dann zum –«

»Aber das wird er jedenfalls *nicht* auf unserem Grundstück tun«, sagte Susannah. »Lauf nach hinten, Ben Joe, und sorg dafür, daß er aufhört.«

Aber das war nicht nötig; der Soldat hatte das Haus erneut umrundet. Offensichtlich freute er sich über die Zuschauer. Er bog in gehetztem Laufschritt um die Ecke. Er warf seine kurzen Beine so schnell es ging nach vorn, und sobald er in das Licht der Veranda getaucht war, verfiel er in ein gemächliches Schlendern, um möglichst lange vor ihnen zu paradieren. Sein Brustkorb hob und senkte sich wegen des hohen Tempos, das er angeschlagen hatte, und das grauenvolle, jaulende Geräusch klang jetzt abgehackt und atemlos.

»Ähem...«, sagte Ben Joe. Er trat von der Veranda herunter, und der kleine Soldat blieb stehen. »Würden Sie das bitte woanders machen.«

Der Soldat grinste. Er hatte ein kleines hageres Gesicht, dessen Haut sich beim Lächeln über den Knochen spannte und im Licht schimmerte. »Nein, Sir«, sagte er. »Nein, Sir. Der Mann hat nein gesagt.«

»Was?«

»Ihr Vater. ›Nein‹, hat er gesagt. ›Nein‹.«

»Ich verstehe nicht –«

»Ich war per Anhalter unterwegs und hab Ihren Vater getroffen. Er fragte mich, ob ich darauf spielen kann, und ich sagte, ja, aber nicht mit diesem Ding, denn bis auf ein Rohr sind alle kaputt. Er sagte, ›egal‹, ›egal‹, sagte er. Ich sollte zum Spaß um sein Haus gehen und spielen, bis er zurückkommt. Wenn er wiederkommt, krieg ich von ihm eine Flasche Schnaps. Als Belohnung.«

Er grinste erneut und nahm das Mundstück zwischen die Lippen, aber Ben Joe hielt ihn mit der Hand vorsichtig am Arm fest. »Er wird nicht zurückkommen«, sagte er. Er wandte sich an Susannah. »Hol eine Flasche Bourbon, Susannah. Bourbon ist Ihnen doch recht, mein Freund?«

»O ja, o ja –«

Jenny wurde plötzlich lebendig. Sie rannte die Stufen hinunter und riß Ben Joes Hand von dem Arm des Soldaten. »Laß ihn in Ruhe«, sagte sie. »Stör ihn nicht. Laß ihn weiterspielen.« Sie war bleich und sah gequält aus. Ben Joe dachte, sie würde umfallen, wenn ihr Schüttelfrost noch stärker wurde.

»Er hat keine Lust, weiterzuspielen«, sagte er zu ihr.

»Laß ihn in Ruhe.«

Susannah kam aus dem Haus und schlug die Gittertür hinter sich zu. »Hier«, sagte sie.

»Recht herzlichen Dank. Es ist mir eine große –«

»Los, spielen Sie«, sagte Jenny zu dem Soldaten.

Susannah hielt dem Soldaten über Jennys Kopf hinweg die

Flasche entgegen; er streckte den Arm aus, und Jenny griff nach der Flasche, verfehlte sie aber.

»Warten Sie«, sagte sie.

»Es würde nichts ändern, wenn wir ihn bitten, weiterzuspielen«, erklärte Ben Joe ihr in sanftem Tonfall. »Und wenn er spielt bis du alt und grau bist, würde er nicht zurück –«

»Warten Sie, *warten* Sie!«

Sie war jetzt stocksteif, zitterte nicht mehr, aber ihre Hände waren krampfhaft zu Fäusten geballt, und Tränen rannen ihr über das Gesicht. Als Ben Joe ihr eine Hand auf die Schulter legte, wirbelte sie herum, und sie wollte ihn zwar nicht schlagen, ließ aber den Arm ausgestreckt, so daß sie die Faust mit voller Wucht in seinen Magen stieß und er dadurch für einen Moment keine Luft bekam. Der Soldat schnalzte verblüfft mit der Zunge. Ben Joe fing an zu husten und beugte sich vor, aber er hielt Jenny fest, drückte ihre Arme gegen ihren Körper und umklammerte sie, während er und Susannah sie zur Veranda führten.

»Wie oft soll ich es dir denn noch sagen!« schrie sie. »Jetzt hast du ihn weggeschickt, und er wird *nie* wieder zurückkommen –«

Der Soldat mißverstand sie, lächelte erfreut und winkte ihr mit der Flasche zu. »Klar komme ich wieder«, versicherte er. »Mach dir darüber keine Sorgen, mein Kind!«

Er ging pfeifend zur Straße. Auf der Veranda nahmen Jane und Lisa Jenny von Ben Joe in Empfang, der sich anschließend über das Geländer beugte und hustend nach Luft rang.

Susannah klopfte ihm beständig auf den Rücken. »Gleich ist es vorbei«, sagte sie ununterbrochen, »gleich ist es vorbei, gleich ist es vorbei.«

Sie tat, was sie konnte, aber sie schaffte es nicht, die Worte so auszusprechen, wie sie aus Joannes Mund geklungen hätten.

Und in dem Moment sehnte er sich stärker nach Joanne als nach jedem anderen Menschen auf der Welt. Er dachte, daß es den andern vermutlich genauso ging. Wenn Joanne in diesem Augenblick die Stufen heraufkäme, würde sie jeden einzelnen von ihnen fest in die Arme schließen und weinen und sie sanft streicheln; und dann würden sie ebenfalls anfangen zu weinen und ihr alle geheimen Ängste erzählen, die ihnen in diesem Moment im Kopf herumschwirrten, und dann würde ihnen klarwerden, was eigentlich passiert war. Wenn ihnen nur endlich irgend etwas klar würde, damit langsam alles wieder besser werden könnte.

Aber Joanne kam nicht die Stufen hoch, und als sein Hustenanfall vorbei war, richtete Ben Joe sich auf und ging hinter Susannah zurück ins Haus. Oben im ersten Stock weinte Tessie.

»Die Zwillinge sollen Jenny eine von Vaters Schlaftabletten geben«, sagte Ben Joe zu Susannah. »Ich werde versuchen, Tessie aus dem Geländer zu befreien.«

Jetzt, sechs Jahre später, glaubt er immer noch zu wissen, zwischen welchen beiden Streben Tessies Kopf verhakt gewesen war. Alle sieben Kinder, von Joanne bis zu Tessie, waren mindestens einmal im Leben in diesem Geländer eingeklemmt gewesen. Aber er glaubte zu wissen, zwischen welchen beiden Streben Tessies Kopf an *jenem* Abend gesteckt hatte, weil er die Situation immer noch vollkommen klar vor sich sah. Er hatte beruhigend auf Tessie eingeredet, der so etwas nicht zum erstenmal passiert war und die keine große Angst hatte, und während er versuchte, sie zu befreien, dachte er mehr oder weniger dasselbe, was er in einem solchen Fall jedesmal dachte: Er nahm sich fest vor, ein Gitter anzubringen, damit diese lächerlichen Vorkommnisse aufhörten. Auch wenn Großmutter dagegen war, weil es den optischen Eindruck des Geländers zerstören würde. Seine Hände konnten Tessies Kopf spüren – das dünne, weiche Haar, die festen, kompakten Knochen ihres Schädels. Er hatte ihr Gesicht sanft herumgedreht, ihre kleinen Ohren an ihren Kopf gedrückt und Tessie zwischen den Streben herausgezogen und sie hochgehoben, um sie wieder ins Bett zu bringen. In dem Moment, als er am Geländer stand und ihr Gewicht an seiner Schulter spürte, durchfuhr ihn zum ersten Mal ein Gefühl der Trauer – es war nur ein kurzer Stoß, aber er verschlug ihm den Atem. Er konnte sich noch genau daran erinnern. Daran und an das kleine Flanellnachthemd, das Tessie getragen hatte, und an die leisen Geräusche von Jenny, die in ihrem und Tessies Zimmer weinte...

Er sah es noch so deutlich vor sich, daß er Joanne davon hätte erzählen und ihr durch die Erzählung beweisen können, daß Lili

Belle nicht gewonnen hatte. Denn wenn sein Vater *absichtlich* zu Lili Belle gegangen wäre, hätte er den Witz mit dem Dudelsackspieler nicht gemacht. Er liebte jedes einzelne seiner Kinder, und er hätte ihnen niemals einen gemeinen Streich gespielt. Aber obwohl er daran gedacht hatte, ihr das zu erzählen, hatte Ben Joe sich dagegen entschieden. Es gehörte zu den Dingen, die in diesem Haushalt niemals erwähnt wurden. Noch nicht einmal er und seine anderen Schwestern erwähnten es.

Gab es sonst noch etwas, über das sie nie redeten? Er schaute die Treppe hinunter, runzelte die Stirn und überlegte, was sich hinter dem kühlen, strahlenden Lächeln der Mädchen verbarg. Worüber dachten sie abends vor dem Einschlafen nach? Er beugte sich weiter nach unten und lauschte. Die Zwillinge plapperten in der Küche; im Wohnzimmer lachte jemand, und Tessie kicherte kurz. Ihn überkam ein Gefühl der Bewunderung für sie. Er kam sich vor, als beobachte er einen Mann, der in Afrika gewesen ist, wie er im Salon Tee trinkt und Konversation macht, und sich noch nicht einnmal in Gedanken mit alldem beschäftigt, was er erfahren und erlebt hat. Hinter Ben Joe tappte Joanne mit einen Paket Papiernagelfeilen zurück in ihr Zimmer, aber er drehte sich nicht um. Er hing seinen Gedanken nach und ließ seine Hand geistesabwesend auf dem Treppengeländer liegen.

6

SCHLIESSLICH GING ER NACH UNTEN, um zu sehen, ob inzwischen jemand Zeit hatte, mit ihm zu reden. Zuerst versuchte er es bei seiner Mutter, die sich zu den anderen ins Wohnzimmer gesetzt hatte und mit winzigen Stichen einen weißen Kragen nähte.

»Ist Tessies Kleid fertig?« fragte er.

»Offensichtlich nicht, da ich noch daran nähe.«

Er blieb mitten im Zimmer stehen und kaute auf dem Daumennagel, während er versuchte, sich eine andere Gesprächseröffnung einfallen zu lassen.

»Wie läuft es in der Buchhandlung?« fragte er schließlich.

»Ganz gut. Was ist los mit dir, Ben Joe, hast du heute abend nichts vor?«

»Nein, nichts Bestimmtes.«

»Du bist furchtbar unruhig.«

Er deutete diese Bemerkung als Aufforderung, Platz zu nehmen, und setzte sich sofort auf das lederne Kissen neben seiner Mutter. Auf dem Sofa ihm gegenüber sammelten Susannah und Großmutter die Karten ein, die zwischen ihnen lagen, und Susannah begann sie zu mischen. In ihren Händen machten die Karten kurze knallende Geräusche.

»Carol sieht wirklich nicht aus wie eine Hawkes, oder was meint ihr?« sagte er.

Seine Mutter hielt das Kleid mit ausgestreckten Armen hoch und betrachtete es stirnrunzelnd. »Nein, eigentlich nicht«, sagte sie nach einer Weile. Sie legte das Kleid wieder in ihren Schoß und fügte dann, weil sie das Gefühl hatte, von ihr werde eine weitere Äußerung erwartet, hinzu: »Aber es ist wohl noch zu früh, das zu sagen.«

»Da bin ich anderer Meinung«, sagte Großmama. »Sie hat die Hawkes-Nase, soviel ist klar. Klein und spitz. Und sie hat Joannes kleines spitzes Kinn.«

Es entstand wieder eine Pause. Susannah begann die Karten auszuteilen. In gleichmäßigem Rhythmus gab sie abwechselnd schwungvoll ihrer Großmutter und dann vorsichtig sich selber jeweils eine Karte. Ben Joe stand wieder auf und schlenderte hinüber zu den Spielerinnen.

»Ich dachte, wir könnten heute abend vielleicht Jamie Dower besuchen, Großmama«, sagte er. »Der Wagen wird nicht gebraucht.«

»Oh, also, lieber nicht Ben Joe. Nicht heute abend.«

»Warum nicht?«

»Nun ja...« Sie studierte stirnrunzelnd die Karten in ihrer Hand. »Ich warte lieber noch ein Weilchen«, sagte sie. »Bis er sich häuslich eingerichtet hat.«

»Häuslich eingerichtet?«

»Man kann kein guter Gastgeber sein, wenn man sich selber noch wie ein Gast fühlt, oder? Laß ihm ein paar Tage Zeit.«

»Ein paar *Tage*?« sagte Ben Joes Mutter. »Wie lange hast du vor hierzubleiben, Ben Joe?«

»Ich weiß nicht.«

»Also ich finde, du solltest in ein paar Tagen nicht mehr hier sein. Die Universität wird nicht ewig auf dich warten.«

»Nun ja«, sagte Ben Joe. Er ging auf und ab, vergrub die Hände in den Hosentaschen und trat, wenn er am Couchtisch vorbeikam, leicht gegen eins der Beine. »Susannah?«

»Hm?«

»Wo sind die Gitarre, das Stundenglas und die anderen Sachen?«

»Ich weiß nicht genau.«

»Was heißt das, du weißt nicht genau?«

Sie strich sich eine Haarsträhne mit dem Handrücken aus der Stirn, nahm eine Karte vom rechten Rand ihres Blattes und steckte sie an den linken Rand.

»Ich habe dich damals gefragt, ob du die Sachen haben willst«, sagte Ben Joe. »Ich habe dich gefragt, ob du gut auf sie achtgeben würdest. ›Ja, Ben Joe. O ja, Ben Joe.‹« Er verwandelte seine Stimme, als Imitation ihres Tonfalls, in ein kindisches Quieken. Susannah war die einzige seiner Schwestern, zu der er jemals unfreundlich war – vielleicht, weil er wegen ihres distanzierten, schroffen Wesens glaubte, ihre Haltung ihm gegenüber würde sich durch nichts, was er tat, ändern. »Ich kann es mir gut vorstellen«, sagte er jetzt. »Jede Wette, daß der ganze Kram irgendwo vor sich hin schimmelt.«

»Im Winter?« sagte Großmama.

»Ich biete zwei Pik«, sagte Susannah. »Ben Joe, ich bin sicher, alles liegt noch genau da, wo du es hingelegt hast. Außer der Gitarre. Für die übrigen Sachen habe ich noch keine Verwendung gefunden.«

»Und wo ist die Gitarre jetzt, da du eine Verwendung für sie gefunden hast? In der Badewanne? Im Garten, als Spalier für eine Tomatenstaude?«

»Im *Winter*?« sagte Großmama erneut. »Eine Tomatenstaude im Winter?«

Ellen Hawkes lachte. Als die anderen sich umdrehten und sie anschauten, hörte sie auf und wandte sich, immer noch lächelnd, wieder ihrer Näharbeit zu.

»Ich muß schon sagen«, verkündete Großmama, »du hast keine Ahnung von den *Jahreszeiten*, Ben Joe.«

»Wo ist die Gitarre?«

»Unter der Couch im Arbeitszimmer.«

»Aha, da lag ich also gar nicht so falsch. Genau dort, wo sie hingehört.«

»Ben Joe«, sagte seine Mutter, »es gibt keinen Grund, sich wegen ein paar Gegenständen aufzuregen, die du bereits vor Monaten verschenkt hast. Was ist heute abend mit dir los?«

»Aber ich hänge sehr an ihnen. Sie haben mir, während ich weg war, gefehlt.«

»Dann hättest du sie nicht verschenken sollen. Und du bist sowieso zu alt, um an solchen Dingen zu hängen. Warum hörst du nicht auf herumzulaufen und liest etwas?«

Er nahm die Zeitung vom Couchtisch und begann lustlos im Stehen zu lesen.

»Und nicht verkehrt herum!« sagte seine Mutter.

»Ach, zum Teufel.«

Er schmiß die Zeitung hin und ging in Richtung Arbeitszimmer.

»Du brauchst jemanden, der dich an der Leine spazierenführt«, sagte Susannah. »Willst du bieten oder nicht, Großmama?«

»Passe.«

Ben Joe steckte den Kopf durch die Tür zum Arbeitszimmer. »Tessie«, sagte er.

»Schscht.«

»Tess, ich will dich was fragen.«

»Ich sehe fern.«

»Im Moment läuft doch bloß eine Zigarettenwerbung.«

»Laß sie in Ruhe«, sagte Jenny. »Und mach die Tür zu. Der Krach wird die anderen stören.«

»Will eine von euch mit ins Kino kommen?«

Tessie schüttelte den Kopf, ohne die Augen vom Bildschirm abzuwenden. »Es gibt nur das übliche«, sagte sie. »*Phantom der Oper*.«

»Warum kommst du nicht rein und siehst fern?« fragte Jenny.

»Ich habe keine Lust. Ich will lieber etwas unternehmen.«

»Dann mach bitte die Tür hinter dir zu.«

Er machte die Tür zu und ging zurück ins Wohnzimmer.

»Was ist denn mit den ganzen Jungs, mit denen du früher immer losgezogen bist?« fragte seine Mutter.

»Die sind alle in den Norden gezogen. Schon vor langer Zeit.«

»Kennst du denn hier keine Mädchen mehr?«

»Die auch.«

»Was?«

»Die sind auch in den Norden gezogen.«

»Ach so.«

»Großmama«, sagte Susannah, »wenn du dein Blatt weiterhin so schräg hältst, muß ich schon die Augen zumachen, um nicht zu sehen, was für Karten du hast.«

»Was ist mit Shelley Domer?« fragte seine Mutter.

»Oh, Mama, das war meine *erste* Freundin. Ihre Familie ist vor sieben Jahren nach Savannah gezogen.«

»Großmama, war das nicht Shelley Domer, die wir neulich gesehen haben?«

»Ja, das war sie«, sagte Großmama. »Du hast bestimmt noch Karo, Susannah. Ich bin mir ganz sicher.«

»Habe ich aber nicht. Soll ich dir meine Karten zeigen?«

»Was sie wohl hier will?« fragte Ben Joe.

»Ich weiß nicht«, sagte seine Mutter. »Ihre Eltern haben, glaube ich, das Haus hier im Ort behalten. Sie hatten immer vor, irgendwann zurückzukommen.«

»Willst du damit sagen, daß sie in ihrem alten Haus wohnt?«

»Sie würde dort wohl kaum die Veranda fegen, wenn es *nicht* so wäre, oder?«

»Besuch sie doch, wenn du sowieso nichts Besseres zu tun hast«, sagte Großmama. »Dann bist du beschäftigt. Du hast dich doch früher ziemlich oft mit ihr getroffen.«

»Ja, sie war ganz nett.«

»Ist das alles, was dir zu ihr einfällt? *Pik* ist Trumpf, Susannah. Konzentrier dich aufs Spiel. Das einzige, was *ich* jemals gegen Shelley Domer einzuwenden hatte, war, offengestanden, ihre Familie.«

»Was, um Himmels willen, war daran auszusetzen?«

»Also, ich will nicht behaupten, daß sie kein Geld hatten. Oder daß sie unfreundlich waren. Aber Geld und Freundlichkeit ist nicht alles, was zählt. Mrs. Domer ging immer in alten, ausgetretenen Slippern, die mit Gänseblümchen verziert waren, zum Einkaufen, und Shelley, nun ja, sie war ein niedliches Mädchen, und sie konnte auch nichts dafür, aber ich habe oft genug erlebt, daß sie einen geblümten Kattunrock zu einer karierten Bluse trug, als sei sie die Tochter eines Landarbeiters. Und im Winter trug sie eine Hose unter ihrem Kleid, und das spricht allemal für sich. Als wäre es nicht schon schlimm genug, daß sie die gleichen wäßrig-blauen Augen und den gleichen leeren Blick wie die bösen Dowers hatte –«

»Also, jemand, der schwarze Männerturnschuhe zum Einkaufen trägt, sollte –«, hub Ellen Hawkes an.

»Ich kann mir das erlauben. Ich komme aus einer anderen Familie und brauche mir keine Sorgen um meinen Ruf zu machen.«

Ben Joes Mutter biß einen Faden von der Naht des weißen Kragens ab. »Also, ich verstehe nicht, was Slipper damit zu tun haben«, sagte sie. »Shelley Domer kann nun wirklich nichts für ihre Vorfahren. Nein, das einzige, was mir an ihr nicht gefiel, war, daß sie immer wie eine Klette an Ben Joe hing. Keine von *meinen* Töchter ist jemals einem Jungen hinterhergelaufen. Ich habe ihnen beigebracht, stolz zu sein und –«

»Stolz bringt nichts«, unterbrach Großmama sie schnippisch. »Genau das gefiel mir an dem Mädchen am besten. Sie war so lieb zu Ben Joe. Ich weiß noch, wie sie früher jeden Tag nach der Schule auf ihn gewartet hat. Sogar im Winter. So lange, bis er irgendwann nach draußen ging und ihr guten Tag sagte.«

»Genau das meinte ich –«

»Ach, schon gut«, sagte Ben Joe. »Ich gehe sie besuchen, während ihr zwei euch streitet.« Er holte seine Jacke aus dem Schrank in der Diele. »Soll ich jemandem von unterwegs etwas mitbringen?«

»Nein, vielen Dank. Mach dir einen schönen Abend.«

»In Ordnung.«

Draußen wurde es langsam kalt. Sein Kragen stand offen, und er fror ein bißchen am Hals, aber er ging zum Ausgleich einfach etwas schneller. Die Hände in den Taschen und die Lippen zu einem tonlosen Pfeifen gespitzt, lief er nach Osten, vorbei an einer Reihe mittelgroßer, mittelalter Häuser, aus denen kaum hörbar die Geräusche von Fernsehern oder Radios drangen. Gelegentlich sah er die Bewohner eines Hauses, die hinter Spitzengardinen durch ein Zimmer gingen, aber der Bürgersteig war menschenleer. Ein Hund rannte, seine Leine hinter sich herziehend, an ihm vorbei, aber niemand versuchte ihn einzuholen. Und vor einem Haus schaukelte eine alte Frau in einem Herrenmantel auf einer ungemütlichen Verandaschaukel.

»He«, sagte sie.

»He«, sagte Ben Joe.

»Kein Mond zu sehen heute.«

»Nein.«

Er bog in die Evers Street ab und verlangsamte seine Schritte. Er brauchte über den Weg nicht nachzudenken. Während der Jahre auf der High School war er ihm in Fleisch und Blut übergegangen, wie das allmorgendliche Hinabsteigen der Treppe, an das man sich, wenn man am Frühstückstisch darüber nachdenkt, beim besten Willen nicht mehr erinnern kann. Als er die ersten Male diesen Weg gegangen war, hatte er unterwegs tatsächlich gezittert, sein Haar war an den Kopf geklatscht gewesen, sein Gesicht hatte, wegen der Mühe, die es ihn kostete, sein Zähneklappern zu unterdrücken, hager ausgesehen, und er war in der letzten halben Stunde, bevor er das Haus verlassen hatte, aus lauter Nervosität fünf- oder sechsmal zur Toilette gegangen. Aber nach und nach wurde der Weg ihm zur Gewohnheit. Oft ging er ihn, obwohl er keine feste Verabredung getroffen hatte, nur um mit Shelley im Wohnzimmer zu sitzen und mit ihr zu reden. Sie war nicht sehr schlagfertig und unterhielt ihn nicht mit atemlosem Geplauder und perlendem Lachen, so wie seine Schwestern ihre Verehrer unterhielten, aber sie hörte ihm zu. Was immer er auch erzählte, sie hörte zu und lächelte ihn die ganze Zeit glücklich an, und wenn er verstummt war, umarmte sie ihn einfach oder sagte ihm, wie gut ihr der Haarschnitt gefiel, den ihm der Friseur diese Woche gemacht hatte, aber er wußte, daß sie das, was er ihr sagen wollte, dennoch verstanden hatte. Er lächelte im Dunkeln vor sich hin, als er daran dachte, und ging quer über ein unbebautes Grundstück zur Holland Street, wo das Haus der Domers stand.

Drinnen brannte Licht. Das Haus sah aus wie immer – groß, behaglich und leicht renovierungsbedürftig, umgeben von einer dicken Schicht aus dem Laub mehrerer Jahre. Er wunderte sich, daß der kleine, ordentliche Mr. Domer das Laub noch nicht weggeharkt hatte. Als Ben Joe den Vorgarten durchquerte, raschelten die Blätter um seine Knöchel herum. Er stieg die lange Vordertreppe hoch. Damals waren er und Shelley im Sommer immer auf der obersten Stufe stehengeblieben, wenn er sie abends nach Hause brachte. Sie hatten dann nach oben geschaut und in dem offenen Fenster über ihnen undeutlich das kleine dreieckige Gesicht und Teile des weißen Nachthemds von Shelleys Schwester

Phoebe gesehen, die sie verstohlen beobachtete. Sie mußte etwa sieben gewesen sein, als er und Shelley zum ersten Mal miteinander ausgingen. Die Cartoons in der *Saturday Evening Post* hatten Phoebe glauben lassen, daß alle Jungs ihre Freundinnen auf den Stufen vor deren Haustüren küßten, und jeden Abend hatte sie in ihrem Zimmer erwartungsvoll auf der Lauer gelegen und aus dem Fenster geschaut. Wie alt mochte sie jetzt sein? Vermutlich sechzehn oder siebzehn. Und sie würde nicht mehr am Fenster stehen. Er sah jetzt bloß die Fensterscheibe und die bewegungslosen weißen Organdyvorhänge dahinter.

Er klopfte zweimal. Eine Person kam näher und schaute durch das Fenster in der Tür, aber er konnte wegen des Fliegengitters nur ihre Silhouette erkennen. Dann öffnete Shelley die Tür und ließ ihn eintreten. Sie schien verblüfft zu sein; ihr Mund stand etwas offen.

»Ben Joe«, sagte sie. »Bist du es?«

»Natürlich bin ich's. Habe ich mich inzwischen derartig verändert?«

»Nein, nein, es ist nur so lange... Also, erst mal: hallo.«

»Hallo.«

Shelley stand unschlüssig vor ihm. Ihr Gesicht nahm mehr und mehr einen glücklichen und etwas ängstlichen Ausdruck an. Sie hatte nie gewußt, wie man Gäste begrüßt. Die Mädchen, mit denen er nach ihr befreundet gewesen war, wären auf ihn zugelaufen, hätten »Du *meine* Güte« gekreischt und ihn schmatzend auf den Mund geküßt, auch wenn sie sich an seinen Namen beim besten Willen nicht erinnern konnten. Aber Shelley war anders. Shelley stand steif vor ihm, drückte mit den Händen ein paar Falten an den Seiten ihres Rocks zusammen und lächelte ihn an.

»Mama hat dich gesehen, als du die Veranda gefegt hast«, sagte er. »Ich bin für ein paar Tage nach Hause gekommen. Ich dachte, ich schaue mal vorbei, um zu sehen, wie es dir geht.«

»Oh, also, mir geht es gut. Es ist bloß komisch, dich wiederzusehen, ich glaube...«

Sie ging fast geräuschlos an ihm vorbei, um die Tür hinter ihm zu schließen, und er drehte sich um und beobachtete sie.

Sie hatte sich leicht verändert; das konnte er trotz der trüben

Beleuchtung in der Diele erkennen. Ihr Haar, das ihr früher bis fast auf die Schultern gefallen und so glatt und blond gewesen war, daß es ihn an Maissirup erinnert hatte, war jetzt am Hinterkopf mit ein paar Haarnadeln nachlässig zu einem Knoten zusammengesteckt, der dem Dutt seiner Großmutter ähnelte. Ihr Gesicht war inzwischen hübscher und ausgeprägter, aber sie war immer noch so dünn und wirkte so hilflos, daß man sie eher für fünfzehn als für fünfundzwanzig gehalten hätte. Zum Teil lag es auch an ihrer Blässe, dem Fehlen von Schminke, ihren hellblauen Augen und daran, daß sie alte Kleider trug, die ihrer Mutter gehört haben mußten und mehrere Nummern zu groß für sie waren. Der knöchellange schmutzig-rosafarbene Rock hatte Ziehharmonika-Falten; der alte ausgeleierte kastanienbraune Pullover erweckte aus irgendeinem Grund den Eindruck, als würden ihre Schulterblätter weiter hervorstehen als ihre Brüste. Aber sie bewegte sich noch genauso wie immer – beinah furchtsam und geräuschlos und scheinbar in Zeitlupe. Jetzt ließ sie langsam die Rockfalten los, als würde sie sich ganz bewußt zwingen, sich zu entspannen, und schaute auf ihre Kleidung herab.

»Hör mal, Ben Joe«, sagte sie, »ich muß mir etwas anderes anziehen. Ich wußte nicht, daß ich noch Besuch bekommen würde. Warte bitte im Wohnzimmer auf mich. Ich komme gleich –«

»Aber ich werde nicht lange bleiben«, sagte Ben Joe. »Ich wollte bloß hallo sagen.«

»Warte bitte im Wohnzimmer.«

Sie drehte sich um und lief die geschwungene Treppe hinauf, und Ben Joe mußte allein ins Wohnzimmer gehen. Er nahm an dem Ende des Sofas Platz, das dem Kamin, in dem kein Feuer brannte, am nächsten war. Das Zimmer kam ihm vor wie das riesige Wohnzimmer eines seit langem nicht mehr benutzten Sommerhauses. Die Domers hatten anscheinend, als sie nach Süden zogen, alle Gegenstände zurückgelassen, die sie nicht besonders mochten, die aber zum Wegwerfen zu schade waren. Mehrere Korbsessel und das abgewetzte Sofa standen auf dem völlig nackten Holzfußboden, und die wenigen Ziergegenstände waren wertlos – eine Spanielhündin aus Porzellan, an deren Halsband drei Welpen mit dünnen goldfarbenen Ketten angekettet waren; ein uraltes, riesiges gerahmtes Foto von einer Baseballmannschaft; ein mit Rosenknospen bemalter, rissiger Porzellanschuh voller Erde, aber ohne Pflanzen. Ben Joe erschauderte. Früher, während seiner High-School-Zeit, war dies ein heiteres Zimmer gewesen.

Er hörte Shelleys Schritte auf der Treppe, und kurz darauf betrat sie das Wohnzimmer und ging mit verbindlichem Lächeln an ihm vorbei. Die Sachen, die sie jetzt trug, ein weißer Rock und ein weißer Pullover, paßten ihr besser als das, was sie zuvor angehabt hatte. Sie hatte ihr Haar gekämmt, allerdings mußte er mit Bedauern feststellen, daß es wieder zu einem Knoten zusammengesteckt war, und sie hatte etwas Lippenstift aufgelegt.

»Ich hole dir eine Tasse Kaffee«, sagte sie.

»Nein, ich will keinen.«

»Er ist schon fertig, Ben Joe. Bleib sitzen, ich bin –«

»Nein, *bitte*. Ich will keinen.«

»Na schön.«

Sie setzte sich auf die Kante von einem der Korbsessel und legte die Hände auf die Knie.

»Wo ist Phoebe?« fragte Ben Joe.

»Phoebe?«

»Phoebe, deine *Schwester*.«

»Oh«, sagte sie. Ihr schien der Atem zu stocken. Sie rang kurz nach Luft und sagte: »Phoebe und Mutter und Vater sind alle drei tot. Das kannst du noch nicht wissen, es ist erst vor ein paar Monaten passiert –«

»O nein, ich hätte niemals –«

»Sie hatten einen Autounfall.«

»Das tut mir leid«, sagte Ben Joe. Er dachte an die kleine weiße Gestalt am Fenster, die ihm immer noch beinah realer als Shelley selbst vorkam. Er beobachtete, wie Shelley an einem Perlmuttknopf ihres Pullovers herumspielte. »Niemand hat es mir erzählt«, sagte er hilflos.

»Ich bin erst seit einiger Zeit wieder hier. Nur wenige Leute wissen darüber Bescheid.«

»War... wie alt war Phoebe?«

»Siebzehn.«

»Oh.« Er verstummte von neuem und zupfte vorsichtig an einem der kleinen Baumwollbällchen auf dem Sofabezug.

»Wie geht es *deinen* Schwestern?« fragte Shelley plötzlich.

»Es geht ihnen gut.« Fast auf der Stelle hatte er deswegen ein schlechtes Gewissen. Er dachte einen Augenblick nach und fuhr dann fort: »Allerdings hat Joanne ihren Mann verlassen.«

»Sie hat ihn verlassen?«

»Ja.«

»Na so was.«

»Sie wohnt momentan wieder zu Hause.«

»Ach.«

»Sie und ihr Baby.«

»Ich hole dir eine Tasse Kaffee«, sagte Shelley.

»Nein, warte, ich muß –«

»Er ist schon gebrüht.« Sie stand auf und rannte fast in die Küche, schaffte es allerdings auch in diesem Fall, sich wie in Zeitlupe zu bewegen. Als Ben Joe allein war, rutschte er unbehaglich auf seinem Platz hin und her und schlug die Beine übereinander.

»Du hast bestimmt auch Hunger«, sagte sie, als sie wieder ins Zimmer kam.

»Nein, ich habe schon gegessen.«

»Ich finde, du bist zu dünn, Ben Joe. Ich habe beim Piggly-Wiggly einen Marmorkuchen gekauft. Er schmeckt natürlich nicht wie selbstgemacht, aber trotzdem –«

»Shelley, ich möchte wirklich nichts.«

»Ist ja schon gut, Ben Joe.«

Sie trug ein lädiertes Blechtablett, auf dem zwei Tassen Kaffee, eine Zuckerdose und ein Sahnekännchen standen, die nicht zusammenpaßten. Als sie es auf den Couchtisch stellte, klirrte alles so übertrieben laut wie das Teegeschirr in Filmen.

»Nimm ordentlich Zucker«, sagte sie. »Ich finde, du bist eindeutig zu dünn.« Sie schwebte wie ein Schatten neben ihm, während er sich eine Kaffeetasse nahm. Er roch jetzt ihr Parfum – ein leichter blumiger Duft –, und als sie sich über den Tisch beugte, um ihm die Zuckerdose zu geben, roch er sogar Parfum in ihrem Haar. Dann nahm sie wieder in ihrem Sessel Platz, und er lehnte sich entspannt gegen die Sofakissen.

»Offenbar muß ich mich nach so langer Zeit erst wieder an dich gewöhnen«, sagte Shelley. »Bist du in Redestimmung?«

Das hatte er vergessen. Sie hatte ihm diese Frage immer gestellt, um ihm Gelegenheit zu geben, etwas zu sagen, ehe sie selber langsam und ziellos zu plaudern begann. Dieses Mal schwieg er, um ihr die Verantwortung für den Fortgang der Unterhaltung zu überlassen, und lächelte sie über seine Kaffeetasse hinweg an, denn er freute sich plötzlich, daß sie sich an früher erinnert hatte. Shelley wartete noch einen Moment und machte es sich in ihrem Sessel bequem. Wenn die ersten verlegenen Augenblicke überstanden waren, konnte Shelley ganz locker und entspannt sein.

»Ich weiß nicht, ob es ein Fehler war oder nicht«, sagte sie schließlich, »einfach hierher zurückzukommen. Aber der Verlust meiner Familie traf mich so unvorbereitet. Ich hing irgendwie vollkommen in der Luft. Und daher beschloß ich, wieder nach Sandhill zu ziehen. Ich weiß gar nicht, warum, der einzige Grund, der mir einfällt, ist, daß ich in Georgia in einem Kindergarten für die Kinder von berufstätigen Müttern mitgearbeitet habe und ich es so *leid* war, du machst dir keine Vorstellung, wie sehr. Und ich wußte keinen anderen Ausweg. Ich glaube, ich habe etwas gegen Georgia. Ganz im Ernst. Wenn ich irgend etwas überhaupt nicht leiden kann, dann sind das zerfetzte Zirkusplakate an alten Scheunen. Weißt du, was ich meine? Und Seven-up-Reklameschilder. Und Georgia ist damit geradezu übersät, obwohl das Mädchen, mit dem ich zusammenarbeitete, mir einmal gesagt hat, sie finde es snobistisch von mir, eine solche Bemerkung zu machen. Das war unser Problem dort unten – der Abschaum hielt uns für snobistisch, und die Snobs hielten uns für Abschaum. Mein Vater hat sich zwar mühsam hocharbeiten müssen, aber du weißt ja, was für ein wundervoller Mensch er war, und es hätte doch wenigstens *etwas* zählen sollen, daß er mütterlicherseits von den Montagues abstammte. Und an der Familie meiner Mutter gibt es ebenfalls nichts auszusetzten. Aber wie auch immer, ich fühlte mich dort einsam. Wir gehörten einfach nirgendwo richtig dazu. Früher in Sandhill war das anders. Ich habe Sandhill nie vergessen. Und ich trage immer noch dein Foto bei mir.«

Sie strahlte Ben Joe an.

»Das, auf dem du so trottelig dreinschaust«, sagte sie, »das wir im Fotomaten von dir gemacht haben. Mutter hat mich oft aufgezogen, weil ich es behalten habe – sie sagte, ich solle es endlich wegwerfen. Obwohl sie dich immer sehr gerne mochte. Als ich nach unserem Umzug von dir den Brief bekam, in dem stand, daß du jetzt mit Gloria Herman zusammen wärst, dachte ich, Mutter würde in Tränen ausbrechen. Sie sagte, Gloria sei flatterhaft und vorlaut. Ich war jedoch der Meinung, du wüßtest besser als Mutter, wer die Richtige für dich sei. Und zumindest hast du es mir offen und ehrlich mitgeteilt. Das habe ich Mutter auch gesagt. Und dann hat mir einen Monat später Susan Harpton geschrieben, daß Gloria wegen eines anderen Jungen mit dir Schluß gemacht habe und du nun mit Pat Locker gehen würdest. Danach habe ich es nicht mehr geschafft, auf dem laufenden zu bleiben. Aber ich war dir nicht böse. So etwas passiert, wenn man weit voneinander entfernt wohnt.«

»Also, das ist ziemlich lange her«, sagte Ben Joe.

»Das stimmt, ich weiß. Mach dir keine Sorgen, Ben Joe. Ich bin jetzt mit einem wirklich netten Mann befreundet. Du würdest ihn mögen. Er heißt John Horner, und er hat vor kurzem eine Baufirma in Sandhill gegründet. Kennst du ihn?«

»Horner?« Ben Joe runzelte die Stirn. »Nicht, daß ich wüßte«, sagte er.

»Also, du würdest ihn bestimmt mögen. Natürlich ist es noch nichts Ernstes. – Ich bin erst seit etwa einem Monat wieder hier. Er ist ein schrecklich lieber Kerl. Ich weiß jedoch nicht, ob ich ihn schon heiraten will.«

»Hat er dir einen Antrag gemacht?«

»Nein. Aber das wird er vermutlich demnächst tun.«

Die Vorstellung, daß Shelley jemand anderen heiraten würde, erstaunte ihn. Er musterte sie plötzlich, als wäre sie eine Fremde. Lächelnd erwiderte sie seinen Blick.

»Natürlich«, sagte sie, »war ich überrascht, daß er mich *überhaupt* um ein Rendezvous gebeten hat. Aber ich dachte, es könnte vielleicht mit ihm klappen, wenn er die Geduld aufbrächte, die ersten paar Verabredungen durchzustehen, damit ich mich an ihn gewöhnen könnte und nicht mehr so albern und verlegen wäre. Und so war es. Er hatte Geduld.«

»Es freut mich, das zu hören.«

Sie nickte und schloß damit dieses Thema ab. Dann schaute sie eine Weile angestrengt ins Leere, als sei sie im Geiste auf der Suche nach einem neuen Gesprächsstoff.

»Oh, weißt du was«, sagte sie schließlich. »Weißt du, Ben Joe, ich war furchtbar traurig, als ich das von deinem Vater hörte. Ich habe dir geschrieben, und du hast nicht geantwortet. Aber ich hoffe, er ist sanft entschlafen. Er war ein guter Mensch, dein Vater.«

»Vielen Dank«, sagte Ben Joe.

»Susan Harpton hat mir davon erzählt. Und davon, daß du nach der Schule in der Bank gearbeitet hast und daß Joanne geheiratet hat und so weiter. Sie sagte, die ganze Stadt vermisse deinen Vater.«

»Ich auch«, sagte Ben Joe. »Ich habe mir damals angewöhnt, Zug zu fahren.«

»Was?«

»Zug. Mit dem Zug fahren. Ich bin andauernd mit dem Zug herumgefahren. Einmal habe ich auf diese Weise einen ganzen Monatslohn ausgegeben. Mutter hat daraufhin einen Schreikrampf bekommen – die Familie lebte zu der Zeit fast ausschließlich von dem, was ich verdiente.«

»Oh«, sagte Shelley. Sie runzelte die Stirn; sie befand sich jetzt auf unsicherem Terrain. »Also, wie auch immer, ich wollte dir bloß sagen, daß er mir gefehlt hat. Und auch wenn er sein Leben ein bißchen anders als die meisten Menschen geführt hat, nahm ihm das, glaube ich, niemand übel. Nicht deinem Vater. Erinnerst du dich noch, daß er, wenn er getrunken hatte, immer irgend jemanden bat, ihm etwas vorzusingen? ›Life is Like a Mountain Railroad‹ mochte er besonders gerne. Unzählige Male habe ich ihm das vorgesungen.«

»Und ›Nobody Knows the Trouble I've Seen‹«, sagte Ben Joe.

»Stimmt.« Sie lächelte in ihre Kaffeetasse und schaute dann

wieder hoch, da ihr ein weiteres Thema eingefallen war. »Ich habe gehört, du studierst in New York Jura«, sagte sie. »Mrs. Murphy hat es mir erzählt. Sie ist diejenige, die in all den Jahren ab und zu im Haus nach dem Rechten gesehen hat. Sie ist nett, allerdings habe ich, nachdem ich zurückkam, entdeckt, daß sie die Fotoalben durchgeblättert und Mutters Liebesbriefe gelesen hat. Als deine Mutter und deine Großmutter auf der Straße vorbeigingen, während ich gerade die Veranda fegte, rief ich ›hallo‹ und wollte mich bei ihnen nach dir erkundigen, aber sie hörten mich nicht, denn deine Großmama sang wie üblich aus voller Kehle, und deine Mutter bemühte sich angestrengt, sie zum Schweigen zu bringen. Als deine Großmutter mich sah, erkannte sie mich jedoch auf der Stelle. Sie rief mir lauthals zu, daß du noch nicht verheiratet seist, was ich aber schon wußte, und kurz darauf erinnerte sich auch deine Mutter an mich. Bei deiner Mutter dauert es immer ein bißchen, ehe sie jemanden erkennt, aber ich stimme Mrs. Murphy nicht zu, die behauptet, das sei pure Absicht. Die Leute in der Stadt waren schon immer der Ansicht, sie sei kaltherzig, aber ich glaube, sie sagen das nur, weil sie deinen Vater vergöttert haben und nicht wollten, daß ihn jemand verletzt. Ich will damit nicht behaupten, sie habe ihn *absichtlich* verletzt. Ich vermute, sie ist einfach ein bißchen zu stolz und glaubt, Stolz sei dasselbe wie Würde, und versucht daher nicht, sich zu ändern. Mrs. Murphy sagt, sie sei unzählige Male zu deiner Mutter gegangen und habe ihr gesagt, sie brauche nichts weiter zu tun, als in Tränen auszubrechen, und sobald die ersten Tränen flössen, solle sie zum Haus von... äh... dorthin, wo dein Vater wohnte, gehen und ihn bitten, zurückzukommen, aber deine Mutter warf bloß den Kopf zurück, sagte ›Das ist mir doch egal‹ und bot Mrs. Murphy ein Stück Bisquittorte an. Es sei einzig und allein die Sache des Doktors, sagte sie immer, und gehe sonst niemanden etwas an. Aber wenn es nicht auch die Sache der *Ehefrau* des Doktors war, wieso haben sie dann geheiratet?

Also, jedenfalls hatte ich keine Gelegenheit zu fragen, wie es dir im Norden gefällt, da deine Mutter und deine Großmama in Eile waren. Aber ich weiß, daß man in New York sehr einsam sein kann. Ich bin einmal dorthin gefahren, um für eine presbyterianische Gemeinde zu arbeiten, und ich bin einen Monat lang geblieben. Ich habe mir ein Zimmer mit einem Mädchen, das ich kennengelernt hatte, geteilt, aber sie entpuppte sich als nicht ganz richtig im Kopf. Sie lief um vier Uhr morgens in einem Chiffonkleid mit einer Kerze in der Hand durch die Wohnung und redete davon, ihren schwanengleichen Hals vom Regen benetzen zu lassen. Schließlich bin ich zurück nach Hause gefahren. Ich war schon immer ein Familienmensch. Meine Familie fehlt mir furchtbar. Sogar Phoebe, obwohl sie nicht besonders nett war. Am Abend bevor sie... bevor sie starb, an dem Abend, an dem ich sie das letzte Mal lebend sah, war sie mit ihrem Freund in der Küche, und als –«

»Phoebe hatte einen *Freund*?« fragte Ben Joe.

»Wieso, ja, und als ich hereinkam, raubten sie gerade die Spardose meiner Mutter aus. Die Dose hatte die Form einer Indianerfigur, und der Schlitz war oben auf dem Kopf, und meine Mutter steckte immer ihr Wechselgeld hinein, um sich später irgendwelche Kleinigkeiten davon zu kaufen. Phoebe und ihr Freund plünderten diese Spardose, weil sie Geld fürs Kino brauchten. Der Freund hatte gerade sein Taschenmesser herausgeholt, um es in den Schlitz zu stecken, und Phoebe hielt ihm die Hand entgegen und sagte ›Skalpell‹. Und danach habe ich sie nie wieder gesehen. Ich bin schrecklich froh, daß du mich besuchst, Ben Joe. Du hast mir all die Jahre gefehlt.«

»Ich bin auch froh, *dich* wiederzusehen«, sagte Ben Joe. Er lächelte sie eine Weile schweigend an, und dann schaute er auf seine Armbanduhr und stand auf. »Ich muß los. Ich habe die letzte Nacht im Zug verbracht. Ich muß dringend Schlaf nachholen.«

»Oh, geh bitte noch nicht.«

»Doch, ich muß.«

Er nahm seine Jacke vom Sofa und zog sie an, während er Shelley zur Haustür folgte. Draußen regnete es; überrascht blieben beide stehen und schauten in den Vorgarten.

»Komm lieber nicht mit raus«, sagte Ben Joe.

»Ich bin nicht aus Zucker.«

»Nein, bleib lieber drinnen.«

»Ich will dich noch bis zur Straße bringen«, sagte Shelley.

Sie wirkte ernst, und es kam ihm so vor, als mache sie sich Sorgen um ihn. Ohne nachzudenken sagte Ben Joe: »Also, dieser Jack Horner –«

»John Horner.«

»*John* Horner. Meinst du, es würde ihn stören, wenn ich wieder einmal vorbeikäme?«

»Ich weiß nicht, ich – komm einfach trotzdem, Ben Joe. Komm einfach trotzdem.«

Sie lächelte jetzt, schaute zu ihm hoch, und ihre himmelblauen Augen erstrahlten im Licht der Verandalampe. Ihr Gesicht war so nah, daß er sich bloß hinunterzubeugen brauchte, um sie zu küssen. Er hatte sie, Phoebes Hoffnungen zum Trotz, noch nie auf den Verandastufen geküßt; er hatte sie an dunkeln Straßenrändern im alten Buick seiner Mutter geküßt, während ihre dünnen, warmen Arme um seinen Hals lagen und der blumige Duft ihres Parfums ihn einhüllte. Ihr Gesicht befand sich noch immer nur wenige Zentimeter unter seinem. Sie schaute zu ihm hoch. Aber als er sich gerade vorbeugen wollte, kam ihm in den Sinn, daß er mit einem Kuß vielleicht wieder eine Verpflichtung eingehen würde; vielleicht würde alles von vorn beginnen, und die verschiedenen Phasen seines Lebens würden in seinem Kopf noch stärker durcheinandergeraten, als sie es ohnehin schon waren. Daher entfernte er sich von ihrem blassen ovalen Gesicht und sagte: »Ist dir Sonntag abend recht? Gegen neun?«

»Ja.«

»Gut.«

Er schaute sie noch einen Augenblick lang an und gab sich dann einen Ruck.

»Dann bis Sonntag.«

»Gute Nacht, Ben Joe.«

»Gute Nacht.«

Er drehte sich um und ging die breiten Stufen vorsichtig hinunter, um auf der dicken Schicht aus feuchten Blättern nicht auszurutschen. Vom Regen war nur noch ein unregelmäßiges Tröpfeln übrig, und gelegentlich landete ein kühler Wassertropfen auf Ben Joes Gesicht. Sobald er den Vorgarten verlassen hatte, schob er die Hände tief in die Hosentaschen und versuchte, während er sehr langsam die Straße entlangging, seine Gedanken zu ordnen. Aber seine Gedanken ließen sich nicht ordnen; er hatte das Gefühl, als würde er niemals wieder den Grund für irgend etwas, das er tat, verstehen. Das Wasser der Pfützen auf dem Bürgersteig drang durch seine Schuhe, und er rannte den Rest des Weges bis nach Hause.

7

DER NÄCHSTE TAG WAR EIN SAMSTAG. Ben Joe erwachte mit einem Gefühl der Leere und Langeweile; er trödelte so lange mit dem Frühstück herum, bis alles kalt war; dann ging er wieder in sein Zimmer, legte sich falsch rum auf das ungemachte Bett und las einen Krimi. Als der Vormittag halb vorbei war, klopfte eines der Mädchen an die Tür und rief: »Ben Joe?«

»Mm-hm.«

»Ich bin's, Lisa. Darf ich reinkommen?«

»Meinetwegen.«

Sie steckte den Kopf durch die Tür und lächelte. Sie war viel ruhiger als ihre Zwillingsschwester; daran hatte Ben Joe sie zuerst auseinanderhalten können. Sie trug ein hübsches blaues Kostüm und hochhackige Schuhe. »Wir fahren in die Stadt«, sagte sie. »Willst du mit?«

»Mußt du dich *so* fein machen, bloß um in die Stadt zu fahren?«

»Man weiß nie, wen man trifft.« Sie grinste und kam an sein Bett, um ihm eine Postkarte zu geben. »Post«, sagte sie. »Wer ist Jeremy?«

»Mein Mitbewohner. Mußt du unbedingt meine Post lesen?«

Er schaute sich das Bild an – es zeigte das Guggenheim-Museum in einem unwirklichen, gelbweißen Farbton –, drehte die Karte dann um und las, was dort in ausladender, runder Handschrift stand:

›Lieber Ben J.,
Ich hoffe, Du taust da unten ein bißchen auf. Ich habe mir Deine Smokingjacke ausgeliehen. Das Mädchen mit den krau-

sen Haaren ruft dauernd an und will wissen, wann Du wiederkommst. Ich habe ihr gesagt, am Montag, war das richtig? Pack eine von Deinen Schwestern in einen Koffer und bring sie mit. Jeremy‹

»Welche wirst du einpacken?« sagte Lisa.

»Was?«

»Welche Schwester?«

»Oh. Weiß nicht. Wieso – willst du von hier weg?«

»Und ob«, sagte Lisa. Sie ließ sich auf das Fußende des Bettes fallen und schaute ihre Schuhe an. »Die Jungs in dieser Stadt habe ich nämlich schon alle durch.«

»Was ist mit den beiden, mit denen du und Jane gestern abend verabredet wart?«

»Die fangen an, mich zu langweilen. Ich denke oft, vielleicht könnte ich in einer anderen Stadt neu anfangen.«

»Ja, das Gefühl kenne ich«, sagte Ben Joe. Er drehte die Postkarte wieder um und betrachtete sie stirnrunzelnd. »Ich frage mich, ob ich wohl schon Tests oder Prüfungen verpaßt habe. Jeremy hat recht – ich muß bald wieder zurück.«

»Also, willst du nun mit in die Stadt oder nicht?«

»Nein, ich glaube nicht.«

Lisa stand auf und ging zur Tür; Ben Joe blickte ihr gedankenvoll nach. »Mach dir keine Sorgen«, sagte er, als sie auf der Schwelle stand. »Es tauchen immer wieder neue Jungs auf.«

»Ich weiß. Schrei, wenn du es dir anders überlegst und doch mit in die Stadt willst, Ben Joe.«

»Mach ich.«

Er starrte ein paar Minuten lang die geschlossene Tür an, dann stand er auf und tappte auf Strümpfen zur Kommode. In der obersten Schublade sah es aus wie in der von Jeremy in New York – sie war vollgestopft mit Postkarten und Briefumschlägen und alten Scheckvordrucken. Er warf die Karte oben auf den Stapel und wühlte dann ziellos in den Papieren herum. Ganz unten lag ein Bündel mit Shelleys Briefen aus Savannah, säuberlich mit einem Band zusammengebunden. Und einige Postkarten aus der Zeit, als sein Vater Ärztekongresse besucht hatte. Sie waren in einem trockenen, förmlichen Tonfall verfaßt; seinem Vater war es schwergefallen, sich schriftlich auszudrücken. Ben Joe schob alles unachtsam wieder übereinander und wollte die Schublade gerade schließen, als er etwas Pinkfarbenes in der rechten Ecke bemerkte. Die Farbe war ungewöhnlich – ein tiefes Rosa, fast Magentarot, für Briefpapier völlig ungeeignet –, und sie war ihm die ganzen letzten sechs Jahre im Gedächtnis haftengeblieben. Wenn er etwas in einer ähnlichen Farbe sah, ein Kleid oder auch eine Anzeige in einer Illustrierten, zuckte er jedesmal zusammen. Er zog den Umschlag hervor und zwang sich, ihn eingehend zu betrachten. Die Adresse der Praxis seines Vaters in der Main Street stand in großen, schrägen, mit Bleistift geschriebenen Buchstaben darauf. Aber sein Vater hatte den Brief nie zu sehen bekommen; Ben Joe hatte ihn aus dem Briefkasten genommen, als er eines Tages seinen Vater abholen wollte, um mit ihm zum Essen nach Hause zu gehen. Er hatte das ›L.B.M.‹ in der linken oberen Ecke bemerkt und den Brief einfach in die Tasche gesteckt. Jetzt starrte er den Brief an, ohne ihn zu öffnen. Er lag flach auf seiner Hand. Nachdem er ihn so lange angestarrt hatte, daß er ihn selbst mit geschlossenen Augen noch vor sich gesehen hätte, steckte er ihn unvermittelt in seine Hemdtasche, hob seine Turnschuhe vom Boden auf, stürmte aus dem Zimmer und knallte die Tür hinter sich zu.

»Lisa!« rief er.

Seine Großmutter polierte gerade auf dem Treppenabsatz das Geländer und sang dabei ein kleines bißchen leiser als sonst, weil sie sich vollkommen auf ihre Arbeit konzentrierte.

»When I was *si-ingle*,
I wandered at my *e-ease*.
Now that I am *ma-arried*,
Got a flat-heeled man to please...«

»Großmama«, sagte Ben Joe, »ist Lisa schon losgefahren?«

Sie faltete ihren Lappen neu zusammen und betrachtete ihn lächelnd, sang aber weiter, denn sie war gerade bei der lautesten Stelle des Liedes angelangt, und sie ließ sich niemals an einer lauten Stelle unterbrechen:

»And it's oh, *Lo-o-ord,*
I wish I was but one lone girl again...«

»Ach, zum Teufel«, sagte Ben Joe. Er lief polternd und zwei Stufen auf einmal nehmend die Treppe hinunter. Die Turnschuhe hielt er immer noch in den Händen. »Lisa!«

»Was ist los, Ben Joe?«

Er stieg über Carol hinweg, die damit beschäftigt war, Zahnstocher senkrecht in die Noppen des Flurläufers zu stecken. Lisa war im Wohnzimmer und stritt mit Jenny und Joanne wegen der Einkaufsliste.

»Wenn sie all diese ausgefallenen Sachen haben will«, sagte Jenny gerade, »dann soll sie sie verdammt noch mal selber kaufen, das ist jedenfalls meine Meinung.«

Joanne nahm ihr die Liste aus der Hand und ließ einen Finger über die Posten gleiten. »Also«, sagte sie schließlich, »ich schätze, es würde uns nicht direkt schaden, wenn wir mal Burgunder zum Essen trinken würden...«

»Aber *ich* bin diejenige, der Ben Joe die Verantwortung für die Finanzen übertragen hat. Was ist denn neuerdings mit Großmama los? Ben Joe, ich möchte, daß du dir das hier ansiehst.«

Ben Joe setzte sich auf das Sofa und zog seine Turnschuhe an. »Ich fahre doch mit euch in die Stadt«, sagte er.

»Sieh dir das an, Ben Joe! *Ich* soll dieses ganze alberne Zeug für Großmama kaufen. Sie kann mir mit ihrem Burgunder den Buckel runterrutschen. Sie singt absichtlich schon den ganzen Morgen da oben aus voller Brust, bloß damit man keine Gelegenheit hat, sie zu fragen, wozu sie Burgunder braucht und Käsegebäck und Bratheringe...«

»Ach, sie hat einfach die Nase voll davon, immer dasselbe zu essen«, sagte Ben Joe. »Fahrt ihr sofort los? Wenn nicht, dann gehe ich nämlich zu Fuß...«

»Nein, wir kommen schon. Los jetzt, Joanne.«

Jenny ging voraus. In ihrem offenen Trenchcoat sah sie vernünftig und geschäftsmäßig aus. An der Haustür nahm sie die Autoschlüssel von einem Haken an der Wand und steckte sie in die Manteltasche. »Wo ist Tessie?« fragte sie Lisa.

»Im Auto. Sie sagt, ihr beide wollt Schuhe kaufen gehen, und sie kann es kaum erwarten.«

»Gut. Mach die Tür hinter dir zu, Ben Joe.«

Sie liefen über den mit Unkraut durchwucherten Rasen zur Auffahrt neben dem Haus, wo der Wagen stand. Drinnen saß Tessie in einem kurzärmeligen karierten Kleid auf dem Vordersitz und wippte ungeduldig auf und ab.

»Wo ist deine Jacke?« fragte Jenny, als sie die Tür öffnete.

»Im Haus.«

»Dann hol sie.«

»Ach, Jenny...«

»Jenny, wirklich«, sagte Ben Joe. »Ich habe es eilig.«

»Nun, es muß aber sein. Lauf und hol die Jacke, Tessie.«

Tessie stürmte los, und Jenny machte den Motor an, damit er sich warmlief. Sie blieb angesichts solcher kleinen Widrigkeiten gelassen; sie wartete geduldig, während Ben Joe, der zwischen Joanne und Lisa eingezwängt saß, mit den Fingern auf seine Oberschenkel trommelte und unruhig hin und her rutschte. Als Tessie mit langsamen, schlurfenden Schritten aus dem Haus kam und sich im Gehen eine alte Kordjacke überzog, beugte Ben Joe sich nach vorn und rief: »Jetzt mach schon, Tessie!«

»Was ist denn mit *dir* los?« fragte Jenny. Sie lehnte sich hinüber und öffnete die Tür für Tessie. »Wieso hast du es plötzlich so verdammt eilig?«

»Ich habe allerhand zu erledigen.«

»Vor zehn Minuten wolltest du noch den ganzen Tag zu Hause bleiben«, sagte Lisa.

»Aber jetzt nicht mehr.«

»Was hast du denn vor?«

»Ach, nichts Besonderes.« Er lehnte sich zurück, schob die Hände zwischen seine Knie und starrte aus dem Fenster, während der Wagen die Auffahrt hinunter auf die Straße rollte. »Ich muß mich um Verschiedenes kümmern«, sagte er, »und Jeremys Karte hat mich daran erinnert, daß ich nicht ewig Zeit habe.«

»Du solltest deinen alten Musiklehrer besuchen«, sagte Lisa. »Und Miss Potter, deine Lehrerin in der dritten Klasse. Sie fragt jedesmal nach dir, wenn ich sie treffe.«

»Mach ich.«

»Sie will wissen, ob du schon ein berühmter Dichter geworden bist. Sie sagt, du hättest bei ihr im Englischunterricht dein erstes Gedicht geschrieben.«

»Daran kann *ich* mich aber nicht erinnern.«

»Nun, sie schon. Sie sagt, es ging so: ›Mein Fisch, meine Katze, meine kleine Welt‹, und sie hat es aufgehoben, falls du eines Tages berühmt wirst.«

»Meine Güte«, sagte Ben Joe. »Jenny, wie weit fährst du in die Stadt rein?«

»Nur bis zum A & P.«

»Und zum Schuhgeschäft«, erinnerte sie Tessie.

»Und zum Schuhgeschäft. Warum fragst du?«

»Weiter nicht?« fragte Ben Joe.

»Nein. Was wäre denn *weiter*?«

»Wo willst du denn überhaupt hin?« fragte Joanne ihn.

Er warf ihr einen finsteren Blick zu und sagte nichts, und Joanne schaute wieder aus dem Fenster. Sie fuhren immer noch an Vorgärten und Einfamilienhäusern vorbei; Jenny fuhr so langsam, daß ein zügig ausschreitender Fußgänger ohne weiteres mit dem Wagen hätte Schritt halten können. Irgendwann sagte Joanne: »Stand da nicht das Haus der Edmonds?«

Ben Joe beugte sich vor, um zu sehen, wohin sie zeigte. Zwischen zwei Häusern klaffte eine Lücke, in der nur noch eine rußbedeckte Steintreppe und ein Kamin aus gelben Ziegeln standen.

»Ja genau«, sagte er. »Es ist kurz nachdem du weggingst abgebrannt.«

»Das hat mir niemand erzählt.«

»Du bist mal mit dem Sohn gegangen, nicht wahr?« Er hatte die beiden einmal gesehen, als sie sich im Arbeitszimmer küßten; Bobby umarmte sie und küßte ihren Nacken, und Ben Joe hatte leise das Zimmer wieder verlassen.

»Das hatte ich vergessen«, sagte Joanne.

Manchmal dachte er, seine Schwestern müßten schon senil auf die Welt gekommen sein.

Vor dem A & P in der Main Street parkte Jenny. »Wir werden eine Weile hier sein, und danach gehen wir zu Barton's und kaufen Schuhe für Tessie«, sagte sie. »Wenn du dann wieder am Auto bist, kannst du mit zurückfahren. Wenn nicht, gehst du eben später zu Fuß nach Hause. Beeil dich, Ben Joe, Lisa will raus.«

Ben Joe saß vorgebeugt da, stieg aber nicht aus. Lisa knuffte ihn ungeduldig. »Na los, Ben Joe. Ich dachte, du hättest es eilig.«

»Schon gut, schon gut.«

Er kletterte langsam aus dem Wagen und blieb, die Hände in den Hosentaschen vergraben, neben Joanne auf dem Bürgersteig stehen.

»Also dann«, sagte er.

Joanne sah ihn neugierig an. Jenny und Tessie hatten sich bereits auf den Weg zum A & P gemacht, und Lisa betrachtete einen Pullover im Schaufenster nebenan.

»Vielleicht begleite ich dich«, sagte Joanne.

»Nein.«

»Wohin willst du denn?«

»Äh – erst mal will ich Miss Potter besuchen. Geh nur, mach deine Einkäufe. Vielleicht können wir uns später bei Stacy's auf einen Kaffee treffen.«

»Na gut.«

Sie sah ihn immer noch mit ihrem typischen Lächeln an. Er wünschte, sie wäre nicht so neugierig. Die anderen hatten zwar keinen Respekt vor seiner Privatsphäre, sie platzten ständig unangemeldet in sein Zimmer oder lasen seine Postkarten, aber wenigstens versuchten sie nicht so hartnäckig wie Joanne herauszufinden, was er vorhatte. Manchmal hatte er den Eindruck, sie sei ihm tatsächlich auf die Schliche gekommen – so wie jetzt, wo sie ihm regungslos und mit diesem wissenden Lächeln auf dem Gesicht gegenüberstand. Er starrte sie finster an.

»Bis später«, sagte er.

»Bis später.«

Aber sie ging immer noch nicht weg, deshalb drehte er sich abrupt um und lief mit forschem Schritt in Richtung Drogerie. Als er drinnen war, schaute er durch die Glastür und sah, daß sie ihm jetzt den Rücken gekehrt hatte; sie wartete ruhig, bis die Straße frei war und sie hinübergehen konnte.

In der Drogerie roch es wie bei ihm zu Hause, wenn sich alle Mädchen gleichzeitig zum Ausgehen fertigmachten. Würzig und parfumiert, eine Mischung aus verschiedenen Düften, die sich miteinander verbanden und bei ihm einen Niesreiz auslösten. Er ging in den hinteren Teil des Ladens, wo die Toilettenartikel standen. Nachdem er ausführlich die Preise und die Markennamen verglichen hatte, nahm er eine Packung Rasierklingen vom obersten Regal, ging dann zum Zeitschriftenständer und wählte ein Kreuzworträtsel-Buch aus, das ähnlich wie Comic-Hefte auf grauem Papier gedruckt war und dessen Anblick ihn deprimieren würde, noch ehe er das erste Rätsel gelöst hatte. Er zahlte an der Kasse; er legte einem weißhaarigen Mann, den er noch nie gesehen hatte, den Betrag passend hin.

»Ich brauche keine Tüte«, sagte er.

Er steckte die Rasierklingen in seine Brusttasche, zu dem rosafarbenen Umschlag und seinen Zigaretten. Das Rätselheft rollte er achtlos zusammen und stopfte es in die Gesäßtasche seiner Hose. Dann schaute er erneut auf die Straße hinaus. Diesmal war keine von seinen Schwestern zu sehen. Er lächelte dem Mann an der Kasse zum Abschied zu und verließ den Laden.

Hinter dem A & P, dem letzten Geschäft auf der Main Street, begann das Wohnviertel der Fabrikarbeiter. Zunächst kamen große alte Häuser, die von wohlhabenden Familien gebaut worden waren, aber inzwischen grau und schäbig aussahen und Schilder mit der Aufschrift ›Zimmer zu vermieten‹ trugen. Aus den dazwischenliegenden, einst mit Rasen bedeckten und von Eichen beschatteten Gartenflächen waren jetzt gepflasterte Tankstellen geworden. Weiter die Straße hinunter schlossen sich kleinere, unscheinbarere Häuser, zumeist Doppelhäuser, an. Kinder in zu engen Pullovern und mit schmutzigen Gesichtern spielten auf den Veranden; in den Vorgärten türmten sich alte Reifen und verrostete Eisenteile. Hinter den Dächern aus Teerpappe ragten kaum erkennbar die hohen, rauchenden Schornsteine der Textilfabrik auf, in der all diese Leute arbeiteten. Sie stellten blauen Jeansstoff her, tagein, tagaus. In Richtung dieser Schornsteine lief Ben Joe jetzt. Er überquerte ein unbebautes Grundstück, auf dem kniehohes Unkraut und Dornenbüsche wuchsen, und stolperte über einen verrosteten alten Ofen. Dann erreichte er den Kiesweg, der hinunter zu dem schlammigen kleinen Fluß führte, an dem die Fabrik lag. Gegenüber der Fabrik stand das Haus von Lili Belle Mosely.

Er war schon oft dort gewesen. Zum erstenmal, als sein Vater noch lebte und bei Lili Belle wohnte, als wäre er bei ihr zu Hause. Seine Patienten riefen ihn nachts dort an, wenn er gebraucht wurde. Ursprünglich hatte er in dem Haus nur ein Zimmer gemietet; die Leute sagten, er habe eines Abends, nachdem er den Arm eines Fabrikarbeiters versorgt hatte und sich gerade auf den Heimweg machen wollte, plötzlich erkannt, daß er den Gedanken nicht ertragen konnte, zu sich nach Hause zu gehen, und deshalb habe er angehalten und ein Zimmer gemietet. Als seine Frau davon hörte, hatte sie nichts dazu sagen wollen und nur gemeint, das sei seine Angelegenheit, und sie könne es nicht ändern. Sie sagte das gleiche, als sie hörte, daß er sich das Zimmer mit der Tochter der Vermieterin teilte; und das gleiche, als sie von der Geburt des kleinen Phillip erfuhr. Aber Ben Joe, der sich nicht damit abfinden wollte, daß es allein die Angelegenheit seines Vaters war, hatte ihn eines Abends bei Lili Belle besucht, mit klopfendem Herzen und vor Verlegenheit weit aufgerissenen Augen. Sie hatten ihn zum Abendessen eingeladen – grüne Bohnen mit fettem Speck, in Mazola schwimmende Bratkartoffeln und Schweinekoteletts, die mit Fett überzogen waren, das weiß wurde, als er sie auf seinem Teller kalt werden ließ. Es ging ausgesprochen vergnügt zu, und sein Vater aß so viel, wie Ben Joe ihn seit Jahren nicht hatte essen sehen. Ben Joe hatte es nicht über sich gebracht, auch nur mit einem Wort zu erwähnen, daß sein Vater wieder nach Hause kommen sollte. Er hatte es nicht einmal versucht.

Als er jetzt vor dem breiten, geduckten Haus mit der schmuddeligen Veranda stand, hatte er im Geiste vor Augen, wie er damals ausgesehen haben mußte, als er herauskam. Mit gesenktem Kopf, verwirrtem Gesichtsausdruck und zögernden Schritten. Nicht nur das eine Mal, sondern oft, denn er war immer wieder hingegangen. Anfangs, um seinen Vater zu besuchen. Dann starb sein Vater und hinterließ die Anweisung, daß Lili Belle und ihr

Sohn jeden Monat ein bißchen Geld erhalten sollten. Ben Joes Mutter hätte dagegen Widerspruch einlegen können, tat es aber nicht; sie sagte, es sei die Mühe nicht wert. Also brachte Ben Joe das Geld einmal im Monat persönlich zu Lili Belle. Und einmal im Monat fragte seine Mutter: »Ben Joe, hast du alle Rechnungen beglichen?« Und Ben Joe antwortete: »Ja, habe ich«, ohne je zu verraten, daß er das Geld für Lilli Belle persönlich überbracht hatte. Monat für Monat hatte er es ihr vorbeigebracht, bis er nach New York gezogen war und Jenny die Geldangelegenheiten übertragen hatte. Jenny schickte das Geld wie abgemacht per Post, in einem schlichten Umschlag. Sie hatte dabei bestimmt nicht das Gefühl, das Ben Joe immer hatte, wenn er seine Mutter schuldbewußt anschaute und sich fragte, warum er sie immer noch anlog und eine Frau besuchte, deren Name zu Hause niemals ausgesprochen wurde. Er hätte nicht sagen können, warum er es tat. Als er im letzten High-School-Jahr war, kam sein Vater eines Tages für eine Stunde nach Hause (nachdem er ungefähr ein Jahr weg gewesen war), um zu erklären, daß er sein Leben lang Geld gespart hatte, damit Ben Joe nach Harvard gehen könne, und daß er jetzt genug zusammen habe. Ellen Hawkes sagte, sie würde nicht einen Cent davon annehmen, es sei denn, er käme nach Hause zurück, und er entgegnete, er habe nicht den Eindruck, daß es ihr wirklich etwas ausmachen würde, wenn er nie wiederkäme. Ellen Hawkes gab darauf keine Antwort. Also ging Ben Joe in Sandhill aufs College. Aber obwohl er wußte, daß er wegen Lili Belle nicht nach Harvard gehen konnte, besuchte er sie weiterhin, unterhielt sich mit ihr über das Wetter und warf den kleinen Phillip in die Luft und fing ihn lachend wieder auf.

Er ging durch den ungepflegten kleinen Vorgarten und stieg die Stufen zur Veranda hinauf. Seine Schritte klangen auf den Holzbrettern hohl. Er klopfte an die Tür und wartete, dann klopfte er ein zweites Mal. Die Gardine wurde an einer Ecke langsam angehoben. Die Tür ging auf.

»Lili Belle?« sagte er.

»Ich bin's, Junge.«

Ihre alte Mutter stand hinter der Tür im Dunkeln. Ben Joe hatte sie nur selten gesehen. Sie war dick und aufgedunsen, aber sehr würdevoll. Seit dem Tag, an dem ihre Tochter das Baby bekommen hatte, verließ sie aus Scham kaum noch das Haus. Jetzt schlug sie hinter ihm die Tür zu und fragte: »Was willst du hier?«

»Ich möchte Lili Belle besuchen.«

»Hm.« Sie verschränkte ihre dicken Arme unter dem regalartig vorstehenden Brustteil ihres schwarzen Kreppkleides. »Lilian Belle ist sehr müde, Benjamin«, sagte sie. »Sie hat ihre eigenen Sorgen. Was willst du von ihr?«

»Ich werde nicht lange bleiben. Ich möchte sie nur einen Augenblick sprechen. Es ist wichtig.«

»Na gut, ich sage ihr Bescheid. Aber ich weiß nicht, ich weiß nicht.«

»Vielen Dank, Mrs. Mosely.«

Er folgte ihr über den engen, muffigen Flur in das fast völlig dunkle Wohnzimmer. Vor dem heruntergezogenen Rollo konnte er die Umrisse einer Lampe erkennen, die zwei Schirme mit Fransen hatte. Mrs. Mosely stand wie ein Berg vor ihm und versperrte die Sicht auf den Rest des Zimmers; sie rief hinein: »Wieder da.«

Lili Belle saß im Dunkeln in einem Rattansessel. Sie machte eine kleine Bewegung und fragte: »Hast du etwas gesagt, Mama?«

»Wieder da, um uns auf die Nerven zu gehen.«

»Wer?«

»Er.« Sie wies mit einem Daumen hinter sich. »Ben Joe.«

»Ach du meine Güte. Benjy, mein Lieber, komm doch rein!« Sie stand auf und lief zum Fenster, um das Rollo hochzuziehen. In der rechten Hand hielt sie eine Schale Suppe, die sie ungeschickt in die linke Hand nahm, während sie mit dem Rollo kämpfte. Plötzlich wurde es hell im Zimmer. Das Licht verschaffte Ben Joe ein Gefühl der Erleichterung; es würde nicht so schlimm werden, wie er befürchtet hatte. Er vergaß immer, wie gelassen er wurde, sobald er Lili Belle sah.

»Es ist gut, Mama«, sagte sie jetzt. »Du kannst ruhig gehen. Komm herein, Benjy, mein Lieber. Bitte entschuldige, daß ich hier so im Dunkeln sitze, aber mir tun die Augen weh.«

»Das macht doch nichts«, sagte Ben Joe.

Er betrachtete sie eingehend, und ihm fiel auf, wie müde sie aussah. Vor neun Jahren, als sein Vater sie kennenlernte, war sie ungefähr zwanzig gewesen. Dem Aussehen nach hätte sie jetzt jedes Alter haben können. Ihr Gesicht hatte keine klare Form bekommen, es wirkte noch genauso vage und unausgeprägt wie früher. Sie hatte widerspenstiges, farbloses Haar und war noch nie eine Schönheit gewesen, aber sie war groß und kräftig, und die Leute schauten zweimal hin, wenn sie ihr auf der Straße begegneten. Sie hatte kein Gramm Fett am Leib. Wenn sie ging, schienen ihre Knochen lose zu schwingen; sie berührte niemals hart den Boden, und trotz ihres starken Körperbaus wirkte sie weder knochig noch plump. Aber Ben Joe bemerkte erste Falten um ihre Augen und ihren Mund, und ihre Gesichtshaut sah blaß und trocken aus.

»Setz dich doch«, sagte sie jetzt. »Warte mal...« Ihr Blick glitt über die Stühle im Raum, auf der Suche nach dem bequemsten. Als sie ihn gefunden hatte, drückte sie Ben Joe die Suppenschale in die Hand und zog den Stuhl für ihn heran. »Wenn wir das gewußt hätten«, sagte sie, »hätte ich ein bißchen aufgeräumt. Warum hat uns keiner gesagt, daß du wieder da bist?«

»Ich bin gestern erst gekommen.«

»Setz dich. Oje, gib her, ich nehme dir die Suppenschale ab. Wie gefällt es dir in New York?«

»Ganz gut.« Er setzte sich auf den Stuhl und streckte die Beine aus. Auf dem Tisch am Fenster, zwischen den Zierdeckchen und den Blumentöpfen und den lackierten Babyschuhen, stand ein Foto von seinem Vater. Es war eine Aufnahme aus der Zeit, als er noch den Schnurrbart trug, lange bevor er Lili Belle kennenlernte, aber er sah darauf fast genauso aus wie an dem Tag, als er starb: zerzauste, damals noch schwarze Haare mit wenigen grauen Strähnen, von Fältchen umgebene graue Augen und ein breites, entspanntes Lächeln. Abgesehen von Großmamas Schlafzimmer, in das Ben Joes Mutter nie einen Fuß setzte, war dies vermutlich der einzige Ort auf der Welt, an dem ein Bild von Phillip Hawkes stand. Ben Joe langte hinüber, drehte das Foto ein Stück zu sich hin und betrachtete es nachdenklich.

»Du mußt Mamas unhöfliches Benehmen entschuldigen«, sagte Lili Belle. »Sie ist in letzter Zeit oft so. Neulich kam einer unserer Mieter herein, um zu fragen, wo die sauberen Handtücher sind, und Mama hat ihm mit dem Pfannkuchenwender auf die Brust gehauen. Sie hat ihn zwar nicht verletzt, aber es hat mich einige Mühe gekostet, ihn zu beschwichtigen.«

»Stimmt es, daß du Kummer hast?« fragte Ben Joe.

»Das kann man wohl sagen. Deshalb saß ich ja hier wie ein Gespenst im Dunkeln. Der kleine Phillip liegt mit Lungenentzündung im Krankenhaus, und mir tun die Augen weh, weil ich so oft nachts an seinem Bett gesessen habe. Keine Ahnung, wo er sich das geholt hat. Die Leute sagen, ich kümmere mich viel zuviel um ihn, also kann er sich wohl kaum erkältet haben. Obwohl er gerne durch Pfützen läuft. Das könnte es vielleicht gewesen sein. Ich habe es ihm immer wieder gesagt. Als die Lage ernst war und ich Grund zur Sorge hatte, war ich schier *besessen* von dem Gedanken an die Pfützen. Mir kam sogar eines Nachts im Traum die Idee, mit einem Staubsauger loszugehen und alle Pfützen leerzusaugen. Aber jetzt sind die Sorgen vorbei. Der Doktor sagt, in zehn oder vierzehn Tagen kann er wieder nach Hause.«

»Wie lange ist er schon drin?« fragte Ben Joe.

»Zwei Wochen.«

»Und was ist mit der Krankenhausrechnung?«

»Die werde ich langsam abstottern. Seit Phillip zur Schule geht, arbeite ich halbtags in der Fabrik; ganztags will ich nicht, denn ich möchte zu Hause sein, falls er mich braucht. Mama würde sich natürlich um ihn kümmern – sie sagt zwar, sie schämt sich, daß er geboren wurde, aber ich habe gemerkt, wie gern sie ihn hat. Aber ich will selber für ihn dasein. Ich werde ganztags arbeiten, bis alle Rechnungen bezahlt sind, und dann wieder halbtags.«

»Wir haben etwas Geld auf dem Sparbuch«, sagte Ben Joe.

»Nein, Benjy, das möchte ich nicht.«

»Aber wir rühren das Geld sowieso nicht an. Vater hat es gespart, und Mama will es partout nicht ausgeben – sie sagt, es ist nur für Notfälle. Du hast recht, du solltest nicht arbeiten, wenn der Kleine zu Hause ist.«

»Ich würde es nicht annehmen. Es ist mir schon nicht recht, daß wir überhaupt etwas von euch nehmen. Deine Schwester Jenny hat es immer pünktlich gebracht.«

»Sie hat was?«

»Du weißt schon: das Einmal-im-Monat-Geld. Sie hat es nie versäumt.«

»Aber ich dachte – schickt sie es denn nicht per Post?«

»Aber nein.« Lili Belle hörte auf, mit den Falten ihres Rockes zu spielen, und schaute zu ihm hoch. »Keiner von euch beiden hat es je per Post geschickt«, sagte sie. »Als sie zum erstenmal kam, sagte sie, sie würde es vorbeibringen, genau wie du es immer getan hast.«

»Teufel noch mal.« Ben Joe beugte sich vor und stützte die Ellbogen auf seine Knie. »Ich möchte wissen, wie sie das herausgekriegt hat.«

»Oh, Mädchen sind schlauer, als du denkst.« Sie lachte. Dann wurde sie wieder still und betrachtete ihre Hände. »Sie ist ein sehr nettes Mädchen«, sagte sie. »Beim erstenmal war ich zu ihr bloß höflich, weißt du, ich meine, was deiner Mama gehört, gehört deiner Mama, und ich wollte nicht den Eindruck erwecken, daß ich mich mit einer Tochter deiner Mama anfreunden will. Aber sie war so freundlich – sie blieb eine Weile und zeigte dem kleinen Phillip, wie man dieses Spiel spielt, bei dem die Schere den Stein schneidet und der Stein das Papier bedeckt oder so ähnlich. Sie kann richtig gut mit Kindern umgehen.«

»Das stimmt«, sagte Ben Joe. Er saß eine Weile schweigend da, dann räusperte er sich und sagte: »Lili Belle?«

»Hm?«

»Ich möchte mit dir über etwas Bestimmtes reden.«

»Nur zu, ich höre.«

»Ich dachte, ich sollte es dir endlich sagen, falls ich längere Zeit nicht mehr nach Sandhill komme. Ich dachte …«

Er schwieg.

»Ich höre dir zu«, sagte sie. Ihr Gesicht wirkte sanft und interessiert; Ben Joe fragte sich, ob sie wohl wütend sein würde, wenn er zu Ende gesprochen hatte. Konnte Lili Belle überhaupt wütend werden?

»Ich habe hier einen Brief«, sagte er schuldbewußt.

»Einen ...?«

»Brief. Brief.« Er berührte seine Hemdtasche, aus der eine Ecke des Umschlags hervorschaute. »Einen, äh ...«

»Ach *so*, ja.«

»Wie bitte?«

»Der Brief.«

»Ja. Und ich wollte, also, ich wollte ihn dir geben, weil ...«

»Mein lieber Benjy, ich habe ihn schon einmal gesehen.«

»Ich weiß. Das ist es ja ...«

»Nein, ich meine, ich habe ihn bei *dir* schon mal gesehen.« Sie lachte leise. Er sah sie verblüfft an. »Klar. Bei deinem ersten Besuch, nachdem dein Vater gestorben war, habe ich ihn gesehen. Ein rosa Zipfel, der aus deiner Tasche ragte, genau wie jetzt. Du hattest mich zwei Monate lang nicht besucht, und dann kamst du, aber du erwähntest den Brief mit keinem Wort. Ich dachte mir, du hättest ihn wohl in der Praxis von deinem Vater gefunden und ihn gelesen – den Brief, in dem ich ihn bat, zu mir und dem kleinen Phillip zurückzukommen. Ich hatte Angst, daß du gekommen wärst, um mich wegen des Briefes auszulachen.«

»Warum auslachen?«

»Wegen meiner Rechtschreibung natürlich.«

»Weswegen?«

»Der Rechtschreibung. Ich war noch nie sehr gut in Rechtschreibung.«

»Oh«, sagte er. Etwas anderes fiel ihm nicht ein, er war zu überrascht. Einen Augenblick lang starrte er sie nur mit leerem Blick an, dann mußte er seinerseits lächeln.

»Als du den Brief dann gar nicht erwähntest«, sagte sie jetzt, »dachte ich mir, du hättest ihn wahrscheinlich bloß mitgebracht, um mir zu zeigen, daß er bei dir gut aufgehoben war. Um mir zu zeigen, daß du ihn aus seiner Praxis mitgenommen hast, nachdem er gestorben war, damit ihn niemand anders findet. War das der Grund, warum du ihn mitgebracht hattest, Ben Joe?«

»Nein, Lili Belle«, sagte er.

»Nein?«

»Nein, ich habe den Brief an mich genommen, *bevor* er gestorben ist. Ich bin hier, um dir zu sagen, daß ich ihn genommen habe, bevor er ihn überhaupt *gesehen* hat.«

Er traute sich nicht, sie anzuschauen. Als er es schließlich doch tat, nachdem sie so lange geschwiegen hatte, daß er sie einfach anschauen mußte, sah er, daß sie nicht entsetzt oder wütend war, sondern immer noch über diese Neuigkeit nachdachte. Sie bewegte den Kopf hin und her und überlegte, wie das, was sie eben erfahren hatte, mit dem, was sie schon wußte, zusammenpaßte.

»Es tut mir wahnsinnig leid, Lili Belle«, sagte er. »Die Sache liegt mir schon lange im Magen, und die einzige Möglichkeit, sie jetzt noch zu bereinigen, war, herzukommen, es dir zu erzählen und dir zu sagen, wie leid es mir tut.«

»Ist schon gut, Ben Joe.« Sie fuhr sich nervös mit der Zunge über die Lippen und blickte immer noch stirnrunzelnd ins Leere. »Ist schon gut – es hätte sowieso nichts geändert, nicht wahr? Ich glaube, alles wäre genauso geschehen, wie es geschehen ist, ob mit oder ohne Brief.«

»Aber ich...«

»Du hast nichts Unrechtes getan, Benjy. Also, mir scheint, eure Familie ist ein bißchen seltsam manchmal. Ich meine das nicht als Beleidigung. Es ist einfach nicht *normal*, mich zu besuchen oder auch nur auf der Straße mit mir zu sprechen, aber das tust du, und irgendwie bin ich fast erleichtert zu erfahren, daß du auch etwas im Interesse deiner Mutter getan hast, wie die meisten Leute es tun würden.«

»Also –« Ben Joe stockte, unsicher, was er sagen sollte. »Was mir zu schaffen machte«, sagte er, »ist der Gedanke, daß Vater vielleicht zu dir zurückgegangen wäre, sobald er den Brief erhalten hätte. Und wer weiß, vielleicht hätte er dann nicht eine Woche später den Herzinfarkt gehabt. Großmama macht sich die größten Vorwürfe, weil sie vergessen hatte, die Eiswürfelschalen zu füllen. Sie sagt, deshalb ist er gestorben – weil er in die Stadt gegangen ist, um Eis zu holen. Obwohl Mama sagt, er hätte bloß nach nebenan zu den Nachbarn gehen müssen, wenn er nüchtern genug gewesen wäre, daran zu denken. Aber manchmal, wenn Großmama wieder von den Eiswürfelschalen anfängt, würde ich ihr am liebsten deinen Brief zeigen, um ihr zu beweisen, daß es nicht ihre Schuld ist.«

»Also *deine* ist es ganz bestimmt nicht«, sagte Lili Belle. Sie beugte sich vor und rieb sich erschöpft die Augen, dann lehnte sie ihren Kopf wieder an und sagte lächelnd: »Ich glaube kaum, daß mein Brief sein Verhalten irgendwie beeinflußt hätte, weder so noch so. Wenn deine Mutter nur ein Wort gesagt hätte, wäre er bei ihr geblieben, das war immer klar. Er wollte nur, daß sie ihn darum bittet. Aber sie tat es nicht. Er wartete zwei Wochen, und ich schätze, er hätte in jedem Fall so lange gewartet, selbst wenn ich ihm *vierzehn* Briefe geschickt hätte. Dann kam er zu mir zurück, ohne es eigentlich zu wollen. Er war nur betrunken und müde, und ich nahm ihn auf.«

»Aber wir wissen es nicht genau«, sagte Ben Joe.

»Was?«

»Wir wissen nicht genau, ob dein Brief ihn nicht doch beeinflußt hätte, früher zurückzukommen, wir können nicht wissen...«

»Benjy, mein Lieber, mach dir keine Sorgen. Im Leben weiß man nie etwas genau. Mach dir keine Sorgen.«

Sie schwiegen beide einen Moment. Lili Belle schaukelte ruhig mit ihrem Sessel vor und zurück und füllte die Stille mit den leisen, knarrenden Geräuschen. Dann setzte sie sich aufrecht hin und sagte: »Und wie lange wirst du in der Stadt bleiben?«

»Ich weiß noch nicht. Wohl nicht sehr lange.«

»Ich habe gehört, deine älteste Schwester ist auch wieder hier.«

»Das stimmt.«

»Na, das kommt wieder in Ordnung. Ihr Mann wird herkommen, um sie zu holen, du wirst schon sehen. Sie ist ein sehr hübsches Mädchen – ich habe sie ein paarmal in der Stadt gesehen –, und er wird sie bestimmt zurückhaben wollen. Wart's nur ab.«

»Kann schon sein.«

»Kennst du meinen Bruder? Freeman? Also, Freeman...«

»Ich dachte, er heißt Donald?«

»Nein, er hat seinen Namen geändert. Das wollte ich dir gerade erzählen. Er sagte, er habe von dieser Stadt und von blauem Jeansstoff die Nase voll und er wolle frei sein, also änderte er seinen Namen in Freeman, ging nach New York und wurde Kellner in einem Schnellrestaurant. Es gefällt ihm richtig gut, wie es scheint. Er hat uns eine Ansichtskarte geschickt, auf der stand: ›Also dieses New York ist echt eine klasse Stadt.‹ Das hat er geschrieben, ›echt eine klasse Stadt‹. Es fiel mir ein, weil du doch auch in New York wohnst.«

Ihr Kopf lag jetzt wieder an der Rückenlehne des Schaukelstuhls und rollte müde hin und her. Wie viele Nächte hatte sie wohl am Bett des kleinen Phillip gewacht?

»Du bist müde«, sagte Ben Joe. »Ich werde gehen, Lili Belle. Hier ist der Brief.«

Er zog den rosafarbenen Umschlag aus seiner Brusttasche und legte ihn ihr in eine Hand. Sie nahm ihn teilnahmslos entgegen und hörte auf zu schaukeln, um ihn zu betrachten.

»Du liebe Zeit«, sagte sie. »Du liebe Zeit.«

Weiter sagte sie nichts, obwohl Ben Joe wartete. Sie ließ den Brief in ihren Schoß fallen und fing wieder an zu schaukeln.

»Ich finde allein hinaus«, sagte er schließlich. »Und ich werde die Krankenhausrechnung bezahlen, Lili Belle. Sobald ich das Geld von der Bank geholt habe.«

»Nein, Benjy, das möchte ich nicht...«

Sie war aufgestanden und wollte protestieren, aber er zog seine Jacke an und ging schnell hinaus. »Grüß den kleinen Phil von mir!« rief er über die Schulter zurück.

»Also...«

Er rannte die Verandastufen hinunter und durchquerte den Vorgarten. Der Himmel über dem Fluß war aufgewühlt und finster, und ein kalter Wind zog herauf. Im Gehen steckte Ben Joe die Hände tief in die Hosentaschen und krümmte die Schultern, um sich vor der Kälte zu schützen.

8

ALS ER AUF DER BANK ALLES ERLEDIGT hatte, machte er sich auf den Weg zu Stacy's. Es war ein kleines, wenig einladend wirkendes Café, aber für ihn und seine Freunde war es, als sie auf die High School gingen, ihr zweites Zuhause gewesen. Früher oder später war damals jeder, den man treffen wollte, dort vorbeigekommen. Ben Joe betrachtete jetzt die schmutziggraue Vorderseite des Gebäudes, während er darauf wartete, daß die Ampel umsprang, und fragte sich, warum es ihm dort je gefallen hatte. Das düstere, verschmierte Schaufenster hing voller Neonreklameschilder für Bier und voller handgeschriebener Pizza-Plakate. Davor lungerten zwei sonderbar aussehende High-School-Jungs herum und beobachteten die Passanten. Als Ben Joe über die Straße ging und sich ihnen näherte, wandte er die Augen von ihnen ab und starrte auf den Türknauf des Cafés, um ihren feixenden Blicken auszuweichen. Aber auch drinnen wurde es nicht besser. In dem trüben Licht entdeckte er, nur sporadisch von dem blinkenden Regenbogen der Musikbox beleuchtet, weitere Gruppen herumlungernder Jungs in Lederjacken. Es waren auch ein paar Mädchen unter ihnen, mit unglaublich hochtoupierten Haaren und mit Röcken, die deutlich über den Knien endeten. Erst nachdem er einige Male geblinzelt und seine Blicke in die hintersten Ecken hatte schweifen lassen, entdeckte er Joanne.

Sie saß in einer Nische, ihr roter Mantel lag unordentlich hinter ihr, und auf dem Tisch vor ihr stand eine Tasse Kaffee. Aber sie hatte den Kaffee nicht angerührt. Sie starrte mit leicht geöffnetem Mund und nachdenklichem Blick auf die leere Tanzfläche.

»Hi«, sagte Ben Joe.

Sie zuckte ein wenig zusammen und schaute zu ihm hoch. »Oh, hi«, sagte sie. Sie drehte sich zur Registrierkasse um und rief: »Stacy!«

Stacy war eine dicke blonde Frau, die alle Menschen unter vierzig haßte. Niemand wußte, warum ausgerechnet ihr Lokal der Treffpunkt der Jungs und Mädchen von der High School war. Sie kam den Gang entlanggestapft, murmelte leise etwas vor sich hin, und ihre breiten Füße klatschten bei jedem Schritt schwer auf den Fußboden.

»*Was*«, sagte sie.

»Ben Joe ist jetzt da.«

»Aha!« Sie starrte ihn regungslos mit zusammengekniffenen Augen an.

»Was willst du?«

»Kaffee. Mit Schlagsahne.«

»Mit *was*?«

»Schlagsahne.«

»Schlagsahne, hm. Schlagsahne. Meine Güte, Schlagsahne.« Murmelnd ging sie wieder weg.

»Sieben Jahre sind vergangen, und sie hat sich kein bißchen verändert«, sagte Joanne. »Wie lange warst du nicht mehr hier, Ben Joe?«

»Ach, ich weiß nicht. Ein paar Jahre. Warum?«

»Ich habe bloß überlegt. Ich glaube, früher war hier mehr los.«

»Mm.«

»Kommt es dir nicht auch so vor?«

»Kann schon sein.«

»In einen der Tische ist eine Inschrift geritzt«, sagte sie. »Sie lautet: ›Zum Andenken an Joanne für ihren Mut.‹ Buddy Holler hat das an dem Tag gemacht, an dem ich während des Chemieunterrichts einfach rausgegangen bin, weil ich so gelangweilt war.«

Ben Joe lächelte sie über den Tisch hinweg an. Er hörte ihr nicht zu; er war lediglich froh über ihr fröhliches Plappern. Eben noch war er auf einem sehr schmalen Grat gewandert und hatte dabei die Trennlinie zwischen Lili Belles Welt und der Welt seiner Mutter aus den Augen verloren. Joanne war ihm in diesem

Moment ein große Hilfe. Sie redete mit normaler Stimme über alltägliche Dinge, und sie war ein Teil seines Zuhauses und erinnerte ihn daran, woher er stammte.

»Joanne«, sagte er. »Wie gut, würdest du sagen, kennst du Jenny?«

»Du meinst unsere Schwester Jenny?«

»Ja.«

Sie runzelte die Stirn. »Oh, ich weiß nicht. Wie alt war sie, als ich wegging? Elf, glaube ich. Da fing ihr Leben gerade erst richtig an.«

»Du glaubst also nicht, daß du sie besonders gut kennst?«

»Nein, nicht besonders gut.«

»Und was ist mit – was schreibt sie in ihren Briefen?«

»Oh, das mußt *du* doch wissen«. Sie grinste plötzlich. »Nur Daten und Fakten – und es wird immer schlimmer, seit du ihr die Verantwortung für die Finanzen übertragen hast.«

»Schreibt sie, wie sie das Geld ausgibt?«

»Klar.«

»Nein, was ich meine, ist: Schreibt sie, was sie per Postanweisung und was sie bar bezahlt? Ich meine...«

Sein Kaffee wurde vor ihn hingestellt. Über den Dampf hinweg sah er Joannes verständnislosen Blick.

»Ich kann dir nicht ganz folgen«, sagte sie. »Was –«

»Also, schreibt sie zum Beispiel, in welche Posten die Ausgaben aufgeteilt sind? Ein bestimmter Betrag für Lebensmittel, einer für Rücklagen und so weiter. Hat sie dir davon jemals berichtet?«

»Noch nicht einmal *Jenny* geht *so* sehr ins Detail«, sagte Joanne. »Was ist los, Ben Joe?«

»Nichts. Ich wollte bloß...«

Er nahm, Joannes Blick ausweichend, einen Schluck Kaffee. Sie schaute ihn wieder mit ihrem wissenden, leicht amüsierten Lächeln an; er würde niemals herausfinden, wieviel sie wußte. Entweder wußte sie gar nichts, oder sie war fest entschlossen, ihm nicht zu sagen, was sie wußte. Er würde niemals herausfinden, welche der beiden Möglichkeiten der Wahrheit entsprach.

»Ich begreife nicht, was in den Menschen vorgeht«, sagte er.

»Warum willst du das überhaupt? Vor allem, wenn es Mädchen betrifft. Stell dir vor, wie – oh, he, wo wir gerade von Mädchen sprechen. Ist das nicht Shelley Domer?«

Ben Joe drehte sich um. Shelley kam gerade, ganz in Blau und mit einem Mantel über dem Arm, zur Tür herein. Hinter ihr ging ein Mann, den Ben Joe nicht kannte.

»Wer ist das?« fragte Joanne.

»Ich weiß nicht.«

»Er kommt mir irgendwie bekannt vor.«

»Es könnte Jack Horner sein. Shelley erzählte mir gestern abend –«

»*John* Horner«, sagte Joanne. »Ich erinnere mich noch gut an ihn. Er wohnte außerhalb von Sandhill und ging auf die Murphy High School.«

Sie stützte ihr Kinn auf die Hand und musterte John Horner. Ben Joe tat es ebenfalls, allerdings bemühte er sich, den Eindruck zu erwecken, als sei sein Blick auf ein anderes Ziel gerichtet. Überrascht stellte er fest, daß John Horner ein recht sympathisch aussehender Mann mit breitem Gesicht und vollem braunen Haar war. Aus irgendeinem Grund hatte Ben Joe ihn sich dünn und unfreundlich vorgestellt; er wußte nicht, warum. Shelley schaute mit dem angedeuteten, förmlichen Lächeln zu ihm hoch, das sie immer aufsetzte, wenn sie verlegen war; als sie Ben Joe erblickte, schien sie erfreut zu sein, und ihr Lächeln wurde strahlender. Ohne ein Wort zu John Horner zu sagen, kam sie auf der Stelle an ihren Tisch.

»Hallo, Ben Joe«, sagte sie. »Hallo, Joanne. Freut mich, dich wiederzusehen.«

»Ich freue mich auch. Setz dich doch.«

»Gut, warum nicht.«

Shelley schaute hin und her, zuerst auf den Platz neben Joanne und dann auf den Platz neben Ben Joe, schließlich entschied sie sich und rutschte schüchtern auf die Bank, auf der Ben Joe saß. John Horner setzte sich ihr gegenüber neben Joanne und wartete nicht ab, bis er Ben Joe vorgestellt wurde, sondern begann sofort eine Unterhaltung mit Joanne.

»Du siehst niedergeschlagen aus«, sagte Shelley zu Ben Joe.

»Tu ich das?«

»Was hast du heute gemacht, daß du so niedergeschlagen bist?«

»Keine Ahnung. Was hast *du* gemacht?«

»Arbeit gesucht. Allerdings ohne Erfolg.«

»Wo hast du gefragt?«

»Bei der Sesame-Druckerei.« Sie schaute, ohne ersichtlichen Grund, lächelnd ihre Fingernägel an. »Erinnerst du dich noch, ich habe einmal in den Sommerferien bei ihnen als Korrektorin gearbeitet. Aber sie haben so wenig zu tun, daß Mr. Crown – so heißt der Chef – sich Texte ausdenkt, damit die Setzer sich nicht langweilen. Die Produktion des heutigen Vormittags bestand aus fünfhundert Schildern mit der Aufschrift ›Erdbeermarmelade‹, hundert mit der Aufschrift ›Eingelegte Schweinsfüße‹, obwohl Mrs. Crown Schweinsfüße haßt und niemals welche einlegen wird, egal, was Mr. Crown sich auch einfallen läßt, und außerdem sieben Schulbuch-Hüllen, auf denen ›Nachts sind alle Katzen grau‹ steht, weil das der Lieblingsspruch des kleinen Sonny Crown ist. Heute nachmittag werden sie Briefpapier für die Familie Crown drucken. Daher brauchen sie vermutlich niemanden, der ihnen hilft.«

Auf der anderen Seite des Tisches lachte John Horner gerade über etwas, das Joanne gesagt hatte. Shelley schaute zu den beiden hinüber und sagte: »Ich würde dich John vorstellen, wenn er sich nicht gerade unterhalten würde. Aber wie auch immer, das ist John Horner, von dem ich dir erzählt habe. Wie findest du ihn?«

»Soweit ich das beurteilen kann, ganz sympathisch«, sagte Ben Joe.

»Wir beide gehen heute nachmittag Rollschuh laufen. Ich werde mir ganz bestimmt den Hals brechen.«

»Hat er dich schon gefragt?«

»Was gefragt?«

»Ob du ihn heiraten willst.«

»Nein, noch nicht.«

»Was wirst du antworten?«

»Ach...«

»Na komm schon«, sagte er. Er zog sie bloß auf, aber sie wirkte plötzlich ernst und fing an, die Papierserviette neben seiner Tasse zusammenzufalten. »Hast du dich noch nicht entschieden?« fragte er mit sanfter Stimme.

Sie schüttelte den Kopf.

»Mich würden keine zehn Pferde wieder in diesen Laden bringen«, sagte Joanne gerade zu John. »Er scheint nur noch von Halbstarken bevölkert zu sein. Früher war es hier wirklich lustig, alle möglichen Leute tanzten miteinander –«

»Erinnerst du dich noch an Barney Pocket?« fragte John. »Weißt du noch, wie er sich ganz allein neue Tänze ausgedacht hat? Mein Gott, was haben wir gelacht. Später auf dem College hat er sich über Wasser gehalten, indem er ausrechnete, welche Leute bald sterben würden, und sich dann von ihnen Geld lieh. Und er hatte Erfolg damit.«

»Er ist einmal im Sommer zu Fuß nach Neufundland gelaufen«, sagte Joanne. »Als Mutprobe.«

Ben Joe räusperte sich. »Joanne«, sagte er. »Ich glaube, Großmama wartet zu Hause mit dem Mittagessen auf uns.«

»In Ordnung, Ben Joe.«

Shelley und John standen auf, um sie hinauszulassen. Während Ben Joe umständlich seine Jacke anzog, kam Shelley näher. »Bleibt es bei morgen?«

»Klar«, sagte Ben Joe. »Ich bin um –«

»Psst!« Sie warf stirnrunzelnd einen Blick auf John, der redend neben Joanne stand, und schaute dann wieder Ben Joe an. »Willst du wohl *still* sein?«

Der Drang, sie aufzuziehen, überkam ihn wieder. Er sah grinsend zu ihr hinunter. »Soll das etwa heißen, daß er von unserer Verabredung nichts weiß? Ich muß schon sagen, Shelley Domer, es hat den Anschein, als würdest du nicht ehrlich zu ihm sein. Also, wenn ich nicht schwören könnte –«

»Es ist mein *voller* Ernst!« Sie sah blaß und elend aus. Ben Joe hatte auf der Stelle ein schlechtes Gewissen. »Er ist immerhin mein fester Freund«, sagte sie. »Ich will nicht –«

»Schon gut, schon gut.«

Er half ihr in den Mantel und winkte dann in John Horners Richtung.

»Wir sehen uns«, sagte er.

»Bis bald.«

Als sie draußen waren, blieb Joanne stehen, um ihren Mantel zuzuknöpfen. »Es ist ganz schön kalt geworden«, sagte sie. »Shelley hat sich kaum verändert, oder?«

»Ich weiß nicht.«

»Ich meine, sie wirkt immer noch irgendwie still und geistesabwesend. Wenn ich es mir recht überlege, hast du immer zwischen zwei Extremen geschwankt. Abwechselnd eine verträumte, geistesabwesende Freundin und dann eine schrille, unternehmungslustige.«

»Tja.«

»Mehr hast du dazu nicht zu sagen?«

Er schaute geduldig und ohne Joanne zuzuhören die Ampel an.

»Was ist los mit dir, Ben Joe?«

»Ich weiß nicht. Eine Frage, Joanne.«

»Was?«

»Glaubst du, zehn Dollar pro Tag reichen für einen Krankenhausaufenthalt?«

»Das hängt von den Umständen ab.«

»Ich kenne die genauen Umstände nicht. Es geht um einen Freund von mir. Ich mache mir Sorgen, weil ich nicht weiß, wieviel Geld er brauchen wird.«

»Es ist grün.«

Sie zog ihn ungeduldig hinter sich her, aber sobald sie die Straße überquert hatten, verlangsamte sie ihre Schritte und dachte über seine Frage nach.

»Das erscheint mir angemessen«, sagte sie. »Ja, ich glaube, zehn Dollar sind genug.«

»Also, ich weiß nicht«, sagte Ben Joe. »Ich habe irgendwie das Gefühl, als würde das nicht reichen.«

»Das ist *dein* Problem«, sagte Joanne.

9

ÜBER NACHT WURDE ES SEHR VIEL KÄLTER. Der Wind heulte und rüttelte an den Grundfesten des Hauses, und trockene Blätter fegten geräuschvoll über den Bürgersteig. Als Ben Joe sich abends für seine Verabredung mit Shelley fertigmachte, kam seine ganze Familie aus lauter Langeweile herbei und wollte wissen, was er vorhatte.

»Ich geh bloß ein bißchen raus.«

Er stand im Wohnzimmer und knöpfte das Hemd zu, das Jenny gerade gebügelt hatte.

»Ich dachte, du könntest mich vielleicht heute zu Jamie Dower fahren«, sagte Großmama.

»Bei *dem* Wetter?«

»Na ja, es ist Sonntagabend. Die beste Zeit für einen Besuch.«

»Ich fahre dich morgen hin«, sagte er. »Ich verstehe nicht, warum wir uns, was diesen Jamie Dower angeht, nicht auf einen Termin einigen können. Als ich bereit war hinzugehen, warst du felsenfest entschlossen, *nicht* mitzugehen, und jetzt, da ich beschäftigt bin, sitzt du praktisch schon im Auto und hupst, damit ich endlich komme. Wo ist Susannah? Ich gehe jede Wette ein, daß sie meine Manschettenknöpfe hat.«

»Sie ist auf dem Dachboden«, sagte Tessie. »Sie jagt die Eichhörnchen.«

»Oh.«

»Sie hat das einzige meiner Gewehre genommen, das gut funktioniert, und ist seit heute nachmittag da oben. Hat eine ganze Dose voll Luftgewehr-Munition dabei.«

»Eine komische Betätigung für eine erwachsene Frau. Hat jemand gesehen, ob sie meine Manschettenknöpfe trägt?«

»Die Eichhörnchen haben sich dort eingenistet«, sagte seine Mutter. »*Irgend jemand* muß sie vertreiben. Übrigens hat dein Hemd Knöpfmanschetten.«

»Oh. Also, dann ist es das falsche Hemd. Ich hatte um das Hemd mit den Klappmanschetten gebeten.«

Jenny, die mit einem Buch in der Hand auf dem Teppich saß, schaute zu ihm hoch und zog eine Grimasse. »Geschieht dir recht, wenn ich es geschafft habe, daß du es selbst bügeln mußt«, sagte sie.

»Das Hemd, das du anhast, sieht genauso gut aus.«

»Schon gut, schon gut. Wie kann sie im Dunkeln jagen?«

»Sie hat eine Lampe mit Verlängerungsschnur«, sagte Tessie. »Sie ist furchtbar sauer auf die Eichhörnchen.«

»Sie wird niemals eins erschießen.«

»Ben Joe, dein Hemd hängt hinten raus.«

»Das weiß ich.«

Er stopfte das Hemd in die Hose und ging zum Spiegel in der Diele, um seine Krawatte zu binden. In dem welligen Glas sah er sein mürrisches Gesicht, das nach einem langen, zu Hause verbrachten Tag aufgedunsen und gelangweilt wirkte. Hinter sich im Spiegel sah er ein paar Mitglieder seiner Familie; sie wirkten genauso gelangweilt wie er. Seine Mutter saß im Schaukelstuhl und blätterte geistesabwesend die Zeitung durch. Neben ihr saß Tessie, die nichts weiter tat, als bewundernd auf ihre neuen Schuhe zu blicken, gelegentlich einen Finger zu befeuchten und sich hinunterzubeugen, um einen imaginären Fleck abzuwischen. Die Schuhe waren nicht zu sehen, aber Ben Joe war in den letzten anderthalb Tagen so oft nach seiner Meinung über sie gefragt worden, daß er befürchtete, sie würden ihm von nun an jede Nacht im Traum erscheinen – klobige, schneeweiße Schnürschuhe, die immer noch so neu aussahen, daß sie an Tessies Füßen riesig wirkten. Von Jenny sah er im Spiegel nur die Beine, nicht aber den Rest ihres Körpers. Er fand, sogar ihre Beine wirkten gelangweilt.

Er knotete seine Krawatte, bleckte die Zähne, weil er feststellen wollte, ob er sie putzen mußte, und ging zurück ins Wohnzimmer, um sein Jackett zu holen.

»Ich geh jetzt«, sagte er.

»Kommst du bei der Drogerie vorbei?«

»Oder beim Zeitungskiosk?«

»Nein«, sagte er. »Ich komme nirgendwo vorbei.«

»Tja, kaum zu glauben, wenn jemand sich so sorgfältig zurechtgemacht hat«, sagte Großmama. »Komm, gib mir einen Gutenachtkuß.«

Er beugte sich hinunter und küßte sie auf die Wange, und dann küßte er, der Ausgewogenheit halber, Tessie und seine Mutter auf den Kopf.

»Es wird nicht spät«, sagte er.

»In Ordnung, Ben Joe.«

Im Türrahmen drehte er sich um und schaute sie noch einmal an. Er war in einer dieser entrückten Stimmungen, in denen sich alles, was er sah, in einem schimmernden Goldfischglas zu befinden schien, und er stellte plötzlich fest, wie selbstgenügsam seine Familie wirkte. Alle gingen weiter friedlich ihren Beschäftigungen nach. Kaum hatte Ben Joe sich verabschiedet, war es, als hätte er niemals existiert. Als er das Haus verließ, knallte er die Tür mit voller Wucht hinter sich zu, nur um sicherzugehen, daß er noch für einen weiteren Augenblick existierte.

Er spürte den beißenden Wind im Gesicht und an seinen bloßen Händen. Es war ein sehr dunkler, mondloser Abend, aber er konnte sehen, wie die Wolken in raschem Tempo über die Dachspitzen zogen. Noch bevor er die Gartenpforte erreicht hatte, war die Kälte schon durch seine Kleidung gedrungen. Es machte ihm nichts aus. Er war froh, nach dem langen, bedrückenden Tag an die frische Luft zu kommen, und er war froh, auf dem Weg zu Shelley zu sein, obwohl er nicht sagen konnte, warum. In manchen seiner Stimmungen schien ihm sogar Shelleys Schüchternheit und Bedächtigkeit genau das zu sein, wonach er sich sehnte. Und er freute sich auf den förmlichen Gesichtsausdruck, mit dem sie ihn an der Tür begrüßen würde.

Er ging mit schnellen Schritten, ließ aber die Arme locker herabhängen, anstatt sie fest an den Körper zu drücken, denn die kalte Luft fühlte sich immer noch gut an. Ein Zweig von einem der Bäume am Straßenrand streifte sein Gesicht. Er duckte sich und bog schließlich pfeifend in Shelleys Grundstück ein und stieg die lange Vordertreppe hoch.

Shelley öffnete die Tür fast unmittelbar, nachdem er geklopft hatte. Durch das Gitter sah er ihre Gestalt, die eilig näher kam, um ihn nicht lange draußen stehenzulassen. Sobald die Tür offen war, griff sie mit beiden Händen nach seinen Armen und sagte: »Komm rein, Ben Joe, du mußt ja halb erfroren sein!«

Er nickte, lächelte sie an und trat ein, damit sie die Tür hinter ihm schließen konnte.

»Komm schnell rein«, sagte sie, »komm rein. Ich habe fast den Eindruck, du bist so steifgefroren, daß du kein Wort herausbringst. Los, zieh deine Jacke aus. – So ist's gut.«

Sie nahm ihm die Jacke ab und schaute ihm lächelnd in die Augen. Er fand, es war lange her, seit sie zuletzt so hübsch ausgesehen hatte. Sie trug das Haar offen, genauso wie damals, als sie auf die High School ging, und es war sorgfältig gebürstet und glänzte. Sie hatte außer Lippenstift noch etwas mehr Make-up – Rouge, vermutete er – aufgelegt, das ihr ein aufgeregtes, strahlendes Aussehen verlieh, und sie beobachtete ihn mit ihrem typischen, leicht verängstigten Blick.

»Ich freue mich wirklich sehr, dich zu sehen«, sagte er plötzlich.

»Gott sei Dank, daß du endlich etwas gesagt hast. Ich dachte schon, du würdest vielleicht den ganzen Abend schweigen.«

Sie nahm einen Bügel aus dem Garderobenschrank, um seine Jacke aufzuhängen, und Ben Joe ging ins Wohnzimmer. Im Kamin brannte ein Feuer, ein mächtiges Feuer, das laut knisterte und dessen Widerschein auf dem nackten Holzfußboden leuchtete. Den Gedanken, diesen mollig warmen Raum wieder verlassen und nach draußen gehen zu müssen, fand er furchtbar. Aber sobald Shelley das Wohnzimmer betrat, drehte er sich um und sagte: »Willst du irgendwohin gehen?«

»Oh, ich weiß nicht. Wozu hast du Lust?«

»Ich schließe mich dir an.«

»Nein, entscheide du.«

Er streckte ratlos die Hände aus. »Entscheide *du*«, sagte er.

»Mir ist es ganz egal, Ben Joe.«

»Das kann ich mir nicht vorstellen.«

»Oh...« Sie legte die Hände aufeinander und starrte ins Feuer. »Ich mag es nicht, die Entscheidung treffen zu müssen«, sagte sie schließlich.

Der Lichtschein des Feuers tanzte flackernd über ihr Gesicht. Und ihr Haar streifte den Rand ihres Kragens. Etwas an ihr – ihre erwartungsvolle Körperhaltung, das schicke marineblaue Kleid mit dem makellos weißen Kragen – erinnerte ihn an einen Abend vor vielen Jahren, den er schon fast vergessen hatte. Joanne hatte eine Grillparty veranstaltet, zu der anscheinend Hunderte von Paaren eingeladen waren, und sie hatte den übrigen Familienmitgliedern beiläufig vorgeschlagen, daß sie, wenn sie Lust hätten, mitessen könnten. Jenny hatte zu der Zeit gerade erst begonnen, sich für Jungs zu interessieren und Modemagazine zu lesen. Am Abend der Grillparty roch das ganze Haus nach einem stark parfümierten Badeöl; anfangs konnte sich niemand den Grund dafür erklären, aber dann schritt Jenny in einem weißen Kleid mit Puffärmeln die Treppe hinunter. Ihr Haar war perfekt frisiert, und sie wurde von einer dichten Parfümwolke umgeben, die sie auf Schritt und Tritt verfolgte. Sie ging in den Garten und setzte sich zu den etliche Jahre älteren Paaren, die alle lässige Bermudashorts und T-Shirts trugen; sie redete nur, wenn sie angesprochen wurde, aber den ganzen Abend über beobachtete sie das Treiben auf der Party mit eben diesem glücklichen, verängstigten Blick. Er hatte, ohne zu wissen, warum, den Drang verspürt, ihretwegen in Tränen auszubrechen – oder sie zumindest zu umarmen. Jetzt verspürte er den Drang, Shelley zu umarmen, aber sie hatte aufgehört, ins Feuer zu starren, und beobachtete ihn.

»Woran denkst du?« fragte sie.

»An nichts Bestimmtes.«

»Weißt du was: Wenn ich in New York etwas gelernt habe, dann ist es, daß man dort bei Verabredungen nicht selten weder ins Kino noch auf die Eislaufbahn geht. Die Mädchen servieren einfach Cocktails in ihren Wohnungen. Für den Fall, daß du dich an diese Sitte gewöhnt hast, habe ich eine Flasche Bourbon besorgt. Was hältst du also davon hierzubleiben?«

»Das ist eine großartige Idee.«

Sie lief sofort in die Küche; anscheinend bewegte sie sich heute abend aus irgendeinem Grund nicht in Zeitlupe. Ben Joe setzte sich auf das Sofa und lehnte sich glücklich und entspannt in die Kissen. Das Feuer vertrieb langsam die Kälte aus seinem Körper und gab ihm ein warmes, behagliches Gefühl. Er hörte, wie die Gläser in der Küche klirrten.

»Ich habe in deinen Drink etwas Eis und ein bißchen Wasser getan«, sagte Shelley, als sie zurückkam.

»Wunderbar.«

Sie trug ein Tablett, auf dem die Flasche und zwei Gläser standen. Die Flüssigkeit in ihrem Glas war beinahe farblos. Während Ben Joe seinen Drink probierte, beobachtete sie ihn aufmerksam, um festzustellen, ob er ihm schmeckte, und sie lächelte, als er nickte.

»Genau richtig«, sagte er.

»Das freut mich.«

Sie griff nach ihrem eigenen Glas, überlegte einen Moment, wo sie sich hinsetzen sollte, und nahm dann mit einer so vorsichtigen Bewegung neben Ben Joe auf dem Sofa Platz, daß sich die Oberfläche ihres Drinks kaum bewegte.

»Wirst du heute reden?« fragte sie.

»Ach, ich weiß nicht.«

»Ich glaube schon.«

»Warum?«

»Oh...« Sie nippte an ihrem Drink, drehte ihr Glas langsam herum und lächelte versonnen. »Wenn du langsam und lächelnd zur Tür hereinkommst, beschäftigt dich etwas. Und auch wenn du dich genau entgegengesetzt verhältst. Und außerdem bin ich heute nicht besonders gesprächig. Daher nahm ich an, du würdest reden.«

»Vielleicht.« Er rutschte nach vorn, so daß seine Füße unter dem Couchtisch verschwanden und sein Gewicht auf seinem Kreuz lastete, und kratzte sich am Kopf. »Ich denke darüber nach«, erklärte er, als sie lachte.

»Erzähl mir einfach, was du heute gemacht hast.«

»Heute. Mein Gott. Nichts von Bedeutung. Es war ein typischer Sonntag. Wir haben alle die sonntägliche Trübsal geblasen.

Es wurde so schlimm, daß Susannah auf den Dachboden gestiegen ist und mit einem Luftgewehr Eichhörnchen jagt. Wir sind alle zu Hause geblieben. Ich habe lange geschlafen, dann den Unterhaltungsteil der Zeitung zweimal durchgeblättert, dann einen Krimi zu Ende gelesen und dann für Großmama Kartoffeln geschält. Es war, ehrlich gesagt, ein gottserbärmlicher Tag.«

Er setzte sich etwas aufrechter hin und nahm einen Schluck von seinem Drink.

»Weißt du«, sagte er, »von ganz wenigen Ausnahmen abgesehen, sind die Sonntage nicht mehr so wie früher. Ich meine, sie sind nicht mehr aus *einem Guß*. Ist dir das auch schon aufgefallen?«

Er schaute Shelley an, aber sie schüttelte nur verständnislos den Kopf.

»Also, was ich meine, ist, daß die Tage jetzt aus lauter Bruchstücken bestehen. Früher waren sie ein Ganzes – und hatten eine klare Form. Manchmal war sogar eine Woche ein Ganzes. Jemand fragte einen beispielsweise: ›Wie war die Woche?‹, und man konnte wie aus der Pistole geschossen antworten: ›Oh, mies. Mein Vater gibt mir den Wagen nicht mehr, weil er neulich gesehen hat, wie ich vor Stacy's Café mit quietschenden Reifen losgefahren bin.‹ Oder es war, aus einem ebenso einfachen Grund, eine prima Woche. So ist es jetzt nicht mehr.«

»Tja...«, sagte Shelley. Sie dachte angestrengt nach, aber schließlich gab sie auf und sagte: »Ich glaube, das ist mir nie aufgefallen, Ben Joe.«

»Das habe ich vermutet.«

»Erzähl mir bitte von den Bruchstücken.«

»In Ordnung.«

Er lehnte sich wieder zurück und dachte einen Moment lang nach. »Was ich mich hauptsächlich frage«, sagte er, »ist, ob Mutter jemals einen Blick auf die Kontoauszüge wirft. Ich habe nie gesehen, daß sie es getan hat. Sie ist in dieser Hinsicht wirklich komisch. Manchmal glaube ich, Jenny kümmert sich inzwischen um alle Familienangelegenheiten, so als gäbe es Mutter nicht mehr. Jenny erzählt ihr, was passiert, aber nur, um sie auf dem laufenden zu halten, nicht um irgendwelche Entscheidungen von ihr zu erbitten. Daher kennt sie die Kontostände vielleicht gar nicht.«

»Was macht das schon aus, ob sie Bescheid weiß oder nicht?« fragte Shelley.

»Ich habe, ohne sie zu fragen, Geld abgehoben. Ich weiß nicht, wie sie reagieren würde, wenn sie es wüßte. Ich mache mir deswegen Sorgen.« Er trank seinen Drink aus und balancierte das Glas dann auf dem Knie. Es hinterließ einen dunklen kalten Kreis auf seinem Hosenbein. »Ich weiß nicht, warum ich immer so große Schwierigkeiten habe, mich zu entscheiden, auf welcher Seite ich stehe«, sagte er.

»Gib mir dein Glas, Ben Joe. Ich mache dir noch einen Drink.«

»Außerdem habe ich erfahren, daß Joanne sich scheiden lassen will«, sagte Ben Joe. Er betrachtete Shelleys Hände, während sie ihm den Bourbon einschenkte. Es waren lange, dünne Hände, die alles mit einer gewissen Unsicherheit berührten. »Sie sagt, sie hat Gary einfach verlassen, ohne es ihm zu sagen. Ihr Anwalt setzt sich jetzt mit ihm in Verbindung. Manchmal hoffe ich, daß Gary nein sagt, daß er seine Zustimmung zu der Scheidung verweigert und Joanne Sandhill verläßt und in Kansas wieder glücklich wird. Aber meistens hoffe ich, daß sie sich scheiden läßt und bei uns bleibt. Dieser Gary, ich weiß nicht, ob ich ihn mag oder nicht. Ich kenne ihn ja überhaupt nicht. Das einzige Foto, das wir von ihm haben, hat Joanne geschickt, kurz nachdem Carol auf die Welt kam. Es ist ein verschwommener Schnappschuß, auf dem er das Baby im Arm hält. Bei uns herrschte damals große Aufregung wegen Carols Geburt. Die Mädchen nannten sich eine ganze Weile gegenseitig ›Tante‹ – sogar Tessie –, und Mutter hieß nur noch ›Oma‹. Dann vergaßen sie es wieder. Aber Gary schickte eine Geburtsanzeige, die verkündete, daß ein neues Produkt auf den Markt gekommen sei, den Namen der Hersteller – den der Eltern – bekanntgab und so weiter.«

»Das finde ich eine hübsche Idee«, sagte Shelley.

»Tja, es wirkt nur gerade im Zusammenhang mit unserer Familie komisch, das ist alles. Genau wie der gefühlvolle Brief, den er uns schrieb, nachdem Joanne angerufen hatte, um uns zu sagen, daß die beiden geheiratet hatten. Er fing mit ›Liebe Mama‹ an, war in einer vollkommen unleserlichen Handschrift verfaßt, und Mama schaute auf die Anrede und dann auf die Unterschrift, um festzustellen, welcher wildfremde Mensch sie ›Mama‹ nannte, und sie sagte: ›Wer ist Gary?‹ Erst nachdem sie den Brief gelesen hatte, wurde es ihr klar. Es mag ja eine nette Idee gewesen sein, aber es wirkte irgendwie unpassend, und ich hoffe doch, daß er der Scheidung zustimmt.« Er setzte sich auf und starrte ins Feuer. »Warum können sie es nicht einfach zulassen, daß ich mich um sie kümmere. Meine Schwestern verbindet so wenig miteinander. Ich würde mich mit Freuden um sie kümmern.«

»Ich weiß«, sagte Shelley mitfühlend.

Er lächelte sie an. Sie saß, kerzengerade und regungslos, so dicht neben ihm, daß sie ihn fast berührte, und hörte ihm mit voller Aufmerksamkeit zu. Jeder andere Mensch, den er kannte, wäre inzwischen unruhig geworden.

»Jetzt rede *du*«, sagte er.

»Mir fällt nichts ein, Ben Joe.«

»Mir geht es offenbar ähnlich.« Er beugte sich nach unten, um seine Schnürsenkel zu lösen und die Schuhe auszuziehen. Dann hob er seine Beine hoch und legte die Füße auf den Couchtisch. »Morgen werden wir Jamie Dower besuchen«, sagte er. »Er ist vierundachtzig. Was meinst du, wie es sich anfühlt, vierundachtzig zu sein? Glaubst du, man ist sich seines hohen Alters *bewußt*? Mir ist nicht bewußt, daß ich fünfundzwanzig bin. Ich glaube immer noch, ich wäre achtzehn. Ich weiß nicht einmal, ob Großmama *ihr* Alter bewußt ist. Irgendwie bezweifele ich es, denn sonst würde sie nicht soviel Aufhebens um längst vergangene Dinge machen. Sie führt immer noch ihren Kleinkrieg gegen Mutter. Sie mochte sie von Anfang an nicht besonders. Opa hingegen fand Mutter großartig. Er sagte, sie habe Rückgrat. Als sie, bevor sie und Vater heirateten, das erste Mal bei ihnen zu Besuch war, kam sie zum Frühstück herunter und sagte, sie sei durstig, und Opa schenkte ihr ein Glas Wasser ein. Nur war es kein Wasser, sondern schwarzgebrannter Schnaps, und zwar die farblose Sorte, die in Weckgläsern aufbewahrt wurde. Mama war ziemlich überrascht, aber sie trank das Glas dennoch ohne zu husten leer, und Opa sagte: ›Süße, *du* bist nie und nimmer ein Yankee‹, und liebte sie von dem Moment an wie eine Tochter. Aber Großmama sagte, es beweise bloß, daß sie keine Dame sei. Oh, verdammt, ich komme vom Thema ab. Was immer das Thema gewesen sein mag.«

»Ist schon gut«, sagte Shelley. »Mach dir keine Sorgen, Ben Joe.«

»Ich? Ich mache mir keine Sorgen.«

»Also, wie dem auch sei, es ist schon gut.«

Sie sah traurig aus, und Ben Joe wußte nicht, warum. Er wußte nicht, was er dagegen tun sollte. Er legte, ohne sie zu berühren, einen Arm als beschützende Geste hinter ihr auf die Rückenlehne des Sofas und schaute ihr ins Gesicht, um herauszufinden, was ihr Kummer bereitete. Es gab vieles, was er hätte tun *können*; er hätte ihr beispielsweise etwas Lustiges erzählen und sie zum Lachen bringen können. Aber aus irgendeinem Grund tat er es nicht. Er winkelte seine Hand an, legte sie auf ihre Schulter, beugte sich dann vor und küßte sie auf die Wange.

»Ich mache mir keine Sorgen«, sagte er.

Sie wandte ihm das Gesicht zu, und er umfaßte sie mit der anderen Hand und küßte ihren Mund, der ihm so vertraut war, als habe er ihn zuletzt gestern abend und nicht vor beinah sieben Jahren geküßt. Sogar der Geschmack ihres Lippenstifts – Erdbeere – war derselbe. Und sie umarmte ihn immer noch auf dieselbe Art. Sobald sie ihn umarmte, wirkte sie nicht mehr verängstigt, sondern fühlte sich weich und warm an. Zuerst küßte sie ihn, und dann legte sie ihre Wange zärtlich an seine Wange, als ob er ein Kind sei, das getröstet werden mußte. Einen Augenblick lang schmiegte er sich an sie, aber dann spürte er, wie seine Nakkenmuskeln plötzlich steif wurden. Er setzte sich wieder gerade hin und räusperte sich.

»Ähem…«, sagte er. Inzwischen hatte er den Oberkörper nach vorn gebeugt und die Ellbogen auf die Knie gelegt. »Ich habe gar nicht mehr an John Horner gedacht«, sagte er.

»Was?«

»John Horner. Ich habe gar nicht mehr an ihn gedacht.«

»Oh.«

Er zündete eine Zigarette an und zog ein paarmal hastig daran, ehe er Shelley wieder anschaute. »Hast du einen Aschenbecher?« fragte er sie.

»Ich hol dir einen.« Sie stand auf und ging zum Sekretär hinüber. Sie gehörte zu den Menschen, deren Äußeres schnell unordentlich wirkt. Ihr Haar war zerwühlt, und ihr Lippenstift war etwas verschmiert. Als sie mit dem Aschenbecher zurückkam, sagte sie: »Wir sind schließlich nicht *verlobt*. Ich sehe ihn bloß ziemlich häufig.«

»Trotzdem.«

»Natürlich mag ich ihn sehr gerne.«

»Das verstehe ich. Er sah sehr sympathisch aus.«

»Das ist er auch. Er ist wirklich nett, ganz bestimmt.«

»Wo hast du ihn kennengelernt?« fragte er.

»Im Haus meiner Tante. Sie kennt seine Familie von früher.«

»Ach ja, richtig. Joanne sagte, er käme aus der Nähe von Sandhill. Ich weiß allerdings nicht, wo *sie* ihn kennengelernt hat.«

»Bei einem Basketballspiel«, sagte Shelley, »als sie noch auf die High School ging.«

»Woher weißt du das?«

»Er hat mir *alles* über sein bisheriges Leben erzählt.« Sie machte es sich mit dem Anflug eines Lächelns auf dem Sofa bequem.

»Sein *bisheriges Leben*? Gehört dazu auch das zufällige Kennenlernen eines Mädchen bei einem Basketballspiel? Sein Bericht muß ziemlich detailliert gewesen sein.«

»O nein, er ist eine Zeitlang mit ihr gegangen. Aber er fand sie –« Sie hielt inne und schaute in ihr halbvolles Glas.

»Er fand was?«

»Oh, ich habe vergessen, was ich sagen wollte.«

»Komm schon, Shelley.«

Sie starrte weiter in ihren Drink und zog dabei bewußt die Mundwinkel nach unten. Schließlich sagte sie: »Also, ich glaube, als er sie kennengelernt hat, war sie einfach in einer Phase... in einer Phase, in der Mädchen zügellos sind. Ich meine, rebellisch. Genau das meine ich. Eine rebellische Phase.«

Ben Joe richtete sich auf.

»Also, Ben Joe, ich bin sicher, er hat nicht beabsichtigt –«

»Für wen hält er –«

»Ben Joe, ich *weiß*, daß er keinen Tratsch verbreiten wollte. Er würde so etwas niemals tun.«

»Ach, laß nur.« Er entspannte sich ein wenig. »Sie war in ihrer High-School-Zeit tatsächlich etwas leichtlebig«, sagte er. »Zog sich auffällig an und so weiter. Ich glaube, wenn ihr euch vor ein paar Jahren zum ersten Mal begegnet wärt, hättest du sie auch für zügellos gehalten.«

»Aber –«, Shelley schaute wieder in ihren Drink. »Also, ja, Ben Joe. Ich bin sicher, so hat er es gemeint. Willst du noch einen Drink?«

»Nein.«

»Es ist genug da.«

»Nein. Jemand, der meine Schwestern nur oberflächlich kennt, hat kein Recht, ein Urteil über sie zu fällen.«

»Das weiß ich.«

»In Ordnung.«

Sie beobachtete ihn immer noch, um herauszufinden, ob er sich inzwischen wieder besser fühlte. Er schaute sie ausdruckslos an.

»Ben Joe«, sagte sie schließlich. »Hast du eine Freundin in New York?«

»Warum?«

»Weil ich es wissen will.«

»Keine, mit der ich fest befreundet bin. Nein.«

Sie nickte zufrieden. »Wie auch immer«, sagte sie. »Es tut mir leid, dir die Geschichte über Joanne erzählt zu haben. Ich möchte nicht, daß du dir Sorgen machst.«

»Ich mache mir keine Sorgen!«

»Schon gut.«

Sie legte die Hände auf seine Schultern, und er schmiegte seinen Kopf an ihren Hals. Ihre Hände streichelten seinen Rücken so zart, daß er es kaum wahrnahm.

»Das Problem ist«, sagte er, mit dem Mund auf ihrem Schlüsselbein, »daß mein Leben umkehrbar ist.«

Die Worte waren kaum zu verstehen gewesen. Shelley wich ein wenig zurück, schaute auf ihn hinunter und sagte: »Was?«

»Ich glaube, daß man nur vor sich hin vegetiert, wenn man ein derartig umkehrbares Leben führt wie ich. Aber nur ein *un*umkehrbares Leben hat eine Richtung. Egal, ob es eine gute oder schlechte Richtung ist. Auch ein Mord ist eine unumkehrbare Handlung. Selbst wenn sie schlecht ist, führt sie zu etwas Bestimmtem. Aber *mein* Leben, das ist umkehrbar.«

»Du Dummerchen«, sagte Shelley. »Du redest, als wäre dein Leben eine mathematische Gleichung, Ben Joe. Mach dich nicht verrückt.«

Sie zog ihn wieder zu sich heran und besänftigte ihn erneut mit ihrem kaum spürbaren Streicheln.

Langsam schloß er die Augen und ließ das ganze Gewicht seines Kopfes auf ihrer Brust ruhen.

Er hörte, wie Shelley über ihm mit weit entfernt klingender, sanfter Stimme sagte: »Du warst der erste, mit dem ich jemals ein Rendezvous haben wollte. Vor dir hatten mich schon zwei andere Jungs gebeten, mit ihnen auszugehen, aber ich mochte sie nicht, und ich habe inzwischen vergessen, wohin wir damals gegangen sind und was wir gemacht haben. Der eine war der dicke Junior Gerby, der noch kleiner war als ich, und der andere war Kenny Burke, der damals furchtbar schmierig und verschlagen war. Er hat sich allerdings später geändert. Seine Mutter sagte, er wäre inzwischen sehr nett. Sie hatte immer Angst, er würde irgendwann in Alcatraz landen. Aber als ich darüber nachzudenken begann, ob du mich vielleicht um ein Rendezvouz bitten würdest, weil du inzwischen kein kleiner Junge mehr warst, mit dem ich auf der Straße hätte spielen können, betete ich jeden Abend darum, daß du dich mit mir verabreden würdest. Ich sagte: ›Bitte, lieber Gott, mach, daß Ben Joe Hawkes sich mit mir verabredet, dann werde ich dich nie wieder um etwas bitten.‹ Allerdings wußte ich zu der Zeit, daß ich so gut wie keine Chancen hatte. Es waren noch drei andere Mädchen hinter dir her, und sie waren alle hübscher als ich, auch wenn du keiner von ihnen Beachtung schenktest, sondern die ganze Zeit Baseball spieltest oder mit deinem Mikroskop beschäftigt warst. Ich klaute in der Drogerie Lippenstifte, obwohl ich genug Taschengeld bekam, und probierte alle möglichen Farben vor dem Spiegel aus. Dann befürchtete ich, Gott wäre deswegen wütend auf mich, und ich vergrub die ganzen Lippenstifte im Garten, wo sie heute noch liegen.«

Er bewegte den Kopf ein wenig, und sie wartete, bis er es sich wieder bequem gemacht hatte, und kraulte dann sein Haar. Über ihm fuhr ihre Stimme fort; er achtete kaum auf die Worte, sondern gab sich dem bedächtigen Murmeln hin.

»Und dann veranstaltete die Organisation der Hauswirtschaftsstudentinnen ein Abendessen in Parnells' Restaurant in der Nähe des Colleges, zu dem man einen Begleiter mitbringen konnte, und ich fragte dich, ob du Lust hättest mitzukommen, obwohl ich, während ich mit dir redete, so stark zitterte, daß ich mich gegen die Wand lehnen mußte. Nachdem du ja gesagt hattest, war ich überglücklich, aber als der Tag unserer Verabredung näherrückte, wurde mir angst und bange, und ich wünschte, ich hätte dich nie gefragt. Ich befürchtete, mich beim Essen übergeben zu müssen. Und ich wußte nicht, was ich bestellen sollte. Ich könnte Spaghetti bestellen, und ich würde einen großen Teller endlos langer Nudeln bekommen, die ich mühsam in den Mund saugen müßte. Oder Pizza, dann würde ich, wie immer, zu früh glauben, daß sie schon abgekühlt sei, und einen glühendheißen Bissen wieder ausspucken müssen. Und wenn ich Hühnchen nahm, würde es, wie es mir schon einmal passiert war, vom Besteck abrutschen, über den ganzen Tisch schlittern und auf dem Teller von jemand anderem landen.«

»Was hast du bestellt?« fragte Ben Joe schläfrig.

»Ein Roastbeef-Sandwich. Leider war das Fleisch zäh, und als ich abbiß, zog ich die ganze Scheibe Roastbeef aus dem Sandwich, und sie baumelte zwischen meinen Zähnen.«

Sie schwieg einen Augenblick, Ben Joe rührte sich wieder und setzte sich auf, so daß sein Gesicht auf derselben Höhe wie ihres war.

»Ich liebe dich, Ben Joe«, sagte sie.

Als er sie diesmal küßte, fühlte sich ihr Mund weicher an, da die Klebrigkeit des Lippenstifts verschwunden war, und er achtete nicht darauf, ob seine Nackenmuskeln sich wieder versteiften. Er wollte ihr sagen, daß er sie ebenfalls liebte, aber er konnte es nicht, weil ihr Mund im Weg war, und dann, als sie sich aus seiner Umarmung löste, um sich an seine Schulter zu kuscheln, war das Gefühl der Wärme und Behaglichkeit, das ihn durchströmte, zu stark, um überhaupt irgend etwas zu sagen. Er saß nur regungslos da, während sie an seiner Schulter eine bequeme Stelle für ihren Kopf suchte.

Erst als er merkte, daß sie beide kurz davor waren einzuschlafen, sagte er wieder etwas, und er sprach in leisem Flüsterton, als ob ihre Familie noch am Leben sei und in anderen Zimmern des Hauses diskret über sie wachte.

»Shelley.«

»Was?«

»Ich gehe jetzt lieber nach Hause.«

»Es ist noch früh.«

»Ich weiß, aber trotzdem.«

»Also gut.«

Sie erhoben sich beide, und Shelley glättete ihr Haar. Kaum war Ben Joe aufgestanden, war er hellwach, und es tat ihm fast leid, daß er angefangen hatte, vom Nachhausegehen zu reden. Aber er nahm ihr seine Jacke ab, küßte sie aufs Haar und sagte: »Wann darf ich wiederkommen?«

»Dienstag. Ist dir das recht?«

»Ja.«

Sie öffnete die Haustür, und ein Schwall kalter Luft kam von draußen herein und verschlug ihnen den Atem.

»Beeil dich«, sagte sie. »Sonst wirst du noch erfrieren, Ben Joe!«

»Gute Nacht«, sagte er.

»Nacht.«

Dann ging die Tür hinter ihm zu, und er hörte nur noch das Heulen des Windes.

10

DRAUSSEN HERRSCHTE EINE UNDURCHDRINGLICHE Finsternis, die ihm mit dem Wind entgegenströmte. Er stieg langsam die Stufen vor Shelleys Haus hinunter. Am Straßenrand blieb er kurz stehen, um den Kragen seiner Jacke zuzuknöpfen, ehe er weiterging. Aber Gehen war ihm zu bedächtig, er wollte rennen. Und wenn niemand in Hörweite gewesen wäre, hätte er angefangen zu singen oder grundlos zu lachen, denn er fühlte sich glücklich und gelöst. Aber es war die Zeit kurz vor dem Zubettgehen, in der viele Leute draußen waren – sie gingen mit dem Hund spazieren, stellten ihre Milchflaschen vor die Tür oder wollten einfach im Vorgarten ein bißchen frische Luft schnappen, bevor sie sich für die Nacht in ihre Häuser zurückzogen. Deshalb rannte er schweigend. Er stürmte mit geballten Fäusten den Bürgersteig entlang, während hinter ihm die Blätter aufstoben, und ab und zu drehte sich auf einer Veranda jemand um und schaute ihm nach.

Ein Mann kam einen Gartenweg hinunter und setzte eine Katze an der Pforte ab. Es war eine kleine Katze von undefinierbarer Farbe, deren Augen in der Dunkelheit leuchteten. Nachdem ihr Besitzer sich umgedreht hatte und ins Haus zurückging, blieb sie verdrossen auf dem Bürgersteig hocken, als gefiele es ihr nicht, über Nacht ausgesperrt zu werden. Sie starrte Ben Joe teilnahmslos an. Ben Joe bückte sich, um sie zu streicheln.

»Ist ja gut, kleine Katze«, sagte er. Er streckte die Hand aufs Geratewohl nach der Katze aus, denn er sah nur einen verschwommenen dunklen Fleck vor dem hellen Bürgersteig. Als er den Kopf der Katze unter seiner Hand spürte, strich er sanft darüber. »Ich kümmere mich schon um dich«, sagte er.

Die Katze war an Menschen gewöhnt, sie fing sofort an zu schnurren und drückte ihren kleinen Kopf gegen Ben Joes Hand. Ben Joe hob sie hoch und lief weiter, während er die Katze an seine Brust drückte, damit sie es warm hatte. Er traute sich nicht zu rennen, weil er fürchtete, die Katze könnte Angst bekommen, aber er war sowieso müde und begnügte sich damit, schnell zu gehen.

Einige der Häuser waren bereits dunkel, doch hinter den meisten Fenstern brannte noch warmes gelbes Licht. In den oberen Stockwerken sah er Menschen, die Rollos herunterzogen oder einfach im Bademantel durch die Zimmer liefen. In einem Haus kämmte sich gerade eine Frau das Haar, und Ben Joe blieb stehen und betrachtete den verträumten Rhythmus ihrer Bewegungen. Dann wurde die kleine Katze unruhig, und Ben Joe ging weiter. Der Himmel über den Lichtern der Häuser war blauschwarz, aber als er weiter die Straße entlangging und seine Augen von den Lichtern abwandte, wurde der Himmel blaß und schimmerte hinter den schwarzen Silhouetten der Bäume fast weiß. Er war jetzt wieder in Laufschritt verfallen, und die Katze miaute leise und bewegte sich zuckend in seinen Armen.

»Na, na, ganz ruhig, Katze«, sagte Ben Joe. »Kein Grund zur Aufregung.«

Er lachte, ohne zu wissen, warum. Vom Lachen wurden seine Zähne kalt. Er machte den Mund zu, und an den Innenseiten seiner Lippen fühlten sich seine Zähne kalt und trocken an.

»Bist du das, Ben Joe?« rief jemand.

Er drehte sich um; eine dunkle Gestalt stand auf dem Bürgersteig.

»Ja, ich bin's«, sagte er. »Und wer ist da?«

»Jenny.«

»Oh, was machst du denn hier draußen?«

»Nichts.« Sie trat vom Bürgersteig und kam zu ihm herüber. »Ich bin früh ins Bett gegangen, habe mich aber bloß hin und her gewälzt und konnte nicht einschlafen«, sagte sie. »Da dachte ich, ich mache einen Spaziergang und trinke einen Becher heiße Milch und versuch's dann noch einmal. Was hast du denn da?«

»Eine Katze. Ich wollte etwas mit dir besprechen.«

»Woher hast du sie?« Sie beugte sich vor, um die Katze zu betrachten, und strich ihr über das Fell. Alles, was er von ihr sehen konnte, war ein bleiches Gesicht und die dunklen Höhlen ihrer Augen. »Sie mag es nicht, wenn man sie trägt«, sagte sie.

»Ich halte sie warm. Ich wollte dich fragen...«

»Sie will aber nicht warmgehalten werden.«

»Will sie doch, Jenny. Es gibt da eine Geldangelegenheit, die ich mit dir...«

»Du solltest sie wirklich runterlassen, Ben Joe.«

»Sie mag mich. Wenn ich es dir doch sage.«

»Sie hat schließlich ihren eigenen kleinen Mantel, der ihr direkt auf den Körper genäht ist. Warum sollte sie warmgehalten werden wollen? Nein, Ben Joe, wenn eine Katze so zappelt...«

Er gab nach, weil er wußte, daß sie recht hatte, und bückte sich, damit die Katze von seinem Arm springen konnte.

»Sie fühlt sich jetzt viel wohler«, sagte Jenny.

»Jenny, bitte!«

»Schon gut, ich höre ja zu.«

Er mußte ohne ersichtlichen Grund lächeln. »Ach, schon gut«, sagte er. »Was soll's, was soll's...«

»Also dann, gute Nacht, Ben Joe.«

»Nacht.«

Er rannte wieder los, stürmte über das rissige Pflaster und ließ Jenny weit hinter sich. Er hielt sich mit einer Hand an dem Baum an der Ecke vor seinem Haus fest und umrundete ihn dreimal, so wie er es als kleiner Junge immer gemacht hatte, weil er glaubte, es bringe ihm Glück. Dann trabte er durch die Gartenpforte, die klappernd hinter ihm zuschlug, und den Weg zur Veranda hinauf. Seine Handfläche war von der Baumrinde schmutzig, und er wischte sie an seiner Jacke ab, während er die Stufen hochstieg. Vor der Haustür, die bis auf einen sanften gelben Lichtschimmer hinter dem runden Buntglasfenster im Dunkeln lag, stieß er mit einem Paar zusammen.

»Entschuldigung, Entschuldigung«, sagte er und mußte schon wieder lächeln. »Ich habe euch nicht gesehen. Komische Familie, sie denken nie daran, das Licht brennen zu lassen. Sie haben einen vergessen, kaum daß man...«

Er öffnete schwungvoll die Fliegengittertür, stieß beinahe erneut mit dem Paar zusammen und drehte sich noch einmal um.

»Entschuldigung«, sagte er.

John Horner und Joanne sahen ihn an. Ihre Gesichter waren ernst und von dem blaßgelben Licht nur schwach beleuchtet. Joannes Hand lag in Johns Hand, auf Johns Brust, aber das schienen sie im Moment vergessen zu haben. Sie starrten ihn beide an.

»Macht nichts«, sagte John Horner.

Die Wärme im Haus brannte auf Ben Joes kaltem Gesicht. Kaum hatte er die Tür hinter sich zugeschlagen, riß er sich die Jacke vom Leib, warf sie über einen Stuhl in der Diele und knöpfte sich den Hemdkragen zu, während er die Treppe hinaufging.

»Bist du es, Ben Joe?« rief seine Mutter.

»Jaha.«

»Komm doch ins Wohnzimmer und sag hallo.«

»Ich kann nicht«, sagte Ben Joe.

Er blieb auf der Treppe stehen, weil er die Schritte seiner Mutter in der Diele hörte, und drehte sich zu ihr um.

»Und warum nicht?« fragte sie.

»Ich kann eben nicht. Ich kann nicht. Es ist mir im Moment zuviel.«

»Es ist dir...«

Er erklomm den Rest der Stufen mit ruhigen, gleichmäßigen Schritten. Seine Krawatte baumelte an einer Hand. Erst als er im oberen Flur angelangt war, rief er sich das Bild des Paares auf der Veranda wieder in Erinnerung, und dann blieb er plötzlich stehen und betrachtete müde die Tapete. Nach einer Weile wandte er sich ab und trottete mißmutig den Flur entlang zu seinem Zimmer.

11

»BEN JOE«, SAGTE GROSSMAMA, »VERSPROCHEN ist versprochen. Wenn du Jamie Dower nicht besuchen willst, hättest du mir nicht sagen dürfen, daß er hier ist.«

Ben Joe schob ein gummiartiges Stück Rührei auf seinem Teller hin und her.

»Hörst du, Ben Joe?«

»Jaha.«

»Und, gehst du nun mit mir hin oder nicht?«

»Ich will ja nur ehrlich zu dir sein«, sagte er. »Und ehrlich gesagt habe ich einfach keine Lust, in das Heim zu gehen, Großmama. Ich fand es dort immer schon schrecklich. Als ich damals mit dir Mrs. Gray besucht habe, mußte ich hinterher noch ewig daran denken.«

Seine Großmutter schenkte ihm eine zweite Tasse Kaffee ein und knallte dann die Kanne wieder auf den Herd. »Lust hat gar nichts damit zu tun«, sagte sie. »Was ist denn so schlimm daran? Mir gefällt der Gedanke auch nicht, daß meine Freunde im Altersheim leben, aber ich muß sagen, die Heime sind heutzutage wesentlich freundlicher als früher. Nicht mehr so fürchterlich deprimierend.«

»Es ist mir egal, ob sie deprimierend sind oder nicht. Heime verwirren mich einfach. Wenn ich sie wieder verlasse, bin ich so verwirrt, daß ich nicht mal mehr weiß, wie spät es ist.«

»Was spielt es für eine Rolle, wie spät es ist? Was hat die Tageszeit damit zu tun?«

»Die *Tageszeit* spielt *gar* keine Rolle, Großmama. Das meine ich nicht.«

»Ach du!« Sie ließ sich auf den Stuhl ihm gegenüber fallen und fing an, ihre drei Haarnadeln herauszuziehen. »Also, wir müssen heute vormittag gehen, Ben Joe, weil ich heute nachmittag Tessie zum Zeichenunterricht bringen muß. Deine Mutter ist zu *beschäftigt*. Wenn ich das schon höre.« Sie stach eine Nadel wieder in ihr Haar.

»Warum soll ich eigentlich mitkommen? Ins Altersheim, meine ich. Was kann ich dir denn nützen? Nenn mir einen triftigen Grund, und ich komme gerne mit.«

»Ich möchte einfach jemanden bei mir haben. Und überhaupt.«

»Was?«

»Du weißt ja, wie ich Jamie Dower nachgelaufen bin, als ich klein war. Da könnte es doch ein bißchen aufdringlich wirken, wenn ich dort heute allein erscheine.«

»Ich wüßte nicht, warum«, sagte Ben Joe. »Du bist inzwischen achtundsiebzig Jahre alt, Großmama.«

»Das ist nicht zu alt, um sich wie eine Dame zu benehmen.«

»Also gut, ich komme mit.« Er wußte, es hatte keinen Zweck, sich zu sträuben; er zuckte ergeben die Achseln und spießte ein weiteres Stück Rührei auf seine Gabel.

»Versprochen?«

»Versprochen. Laß mir einen Augenblick Zeit, um zu Ende zu frühstücken.«

»Wie sehe ich aus? Kann ich so gehen?«

Zum ersten Mal an diesem Morgen sah er sie genau an. Sie trug einen riesigen schwarzen Rollkragenpullover, der in Eile gestrickt worden war, einen Wickelrock aus blauem Jeansstoff und an den Füßen die üblichen schwarzen Turnschuhe. Aber es gab ein paar kleine Veränderungen an ihr, die ihm zuvor nicht aufgefallen waren: ihr Gesicht wirkte durch das Rouge auf ihren Wangen und den sorgfältig aufgetragenen hellroten Lippenstift, den sie sonst nie benutzte, fiebrig, und zu dem abgewetzten schmalen Ehering hatte sie noch den Verlobungsring mit dem riesigen Diamanten an ihren Finger gesteckt, der sonst nur für Kirchgänge hervorgeholt wurde.

»Du siehst gut aus«, sagte er.

»Ich wette, er wird mich nicht wiedererkennen.«

»Bestimmt nicht.«

»Als er mich zuletzt gesehen hat, war ich ein pummeliges kleines Mädchen mit Lutscherflecken auf der Bluse. Ich wette, er erinnert sich nicht mal an meinen Namen.«

»Nein, bestimmt nicht.«

»Jetzt mach schon, Ben Joe.«

Er trank seinen Kaffee aus und stand auf. »Wo sind die Schlüssel?« fragte er.

»An der Wand, wo sie hingehören. Stell bitte dein Geschirr in die Spüle. Jenny hat sich schon lauthals beklagt, weil du dich nicht an der Hausarbeit beteiligst.«

»Oh, Hausarbeit, Hausarbeit, Hausarbeit.« Er stapelte das Geschirr unordentlich übereinander ins Becken und bückte sich dann, um seinen Schuh zuzubinden. »Joanne beteiligt sich auch nicht an der Hausarbeit. Ich mußte heute morgen sogar Breireste vom *Toaster* abkratzen.«

»Das war Jane, die hat heute Carol gefüttert. Joanne liegt noch im Bett.«

»Kein Wunder«, sagte er.

»Was ist kein Wunder?«

»Es ist kein Wunder, daß sie noch im Bett liegt. Hol deinen Mantel, Großmama.«

»Ich habe ihn schon.« Sie nahm einen alten Laborkittel seines Vaters von einer Stuhllehne und zog ihn über. Er reichte fast bis zu ihren Turnschuhen, aber sie blickte stolz an sich hinab und schob die Hände in die Taschen.

»Ist der warm genug?« fragte er.

»Aber natürlich.«

»Nun, das mußt du selber wissen.«

Er folgte ihr durch das Wohnzimmer, wo noch all die Sachen herumlagen, mit denen sich die Familie am Abend zuvor beschäftigt hatte. Er trat mit dem Absatz auf einen Gegenstand; es war ein Haus vom Monopoly. Er kickte es beiseite und ging weiter.

Draußen war es hell und ruhig. Der Wind hatte sich gelegt, aber es war immer noch kalt, und an schattigen Stellen lag etwas, das entweder dicker Rauhreif oder ein Rest Schnee sein konnte.

Im Wagen schaltete er die Scheibenwischer ein, um die dünne Frostschicht von der Scheibe zu entfernen.

»Also, ich möchte, daß du ausgesprochen höflich zu Jamie bist«, sagte seine Großmutter.

»War ich je unhöflich?«

»Manchmal. Manchmal. Oder jedenfalls geistesabwesend. Also reiß dich zusammen, Ben Joe. Jamie Dower ist sogar noch älter als ich. Früher dachte ich immer, er würde mir vielleicht eines Tages das Leben retten.«

»Wie das?«

»Na ja, du weißt schon. Mich aus dem Wasser ziehen oder so was. Ich sage das nur, um dir klarzumachen, wie*viel* älter er ist. Alt genug, um zu ihm aufzuschauen und ihn zu bewundern, daher dachte ich immer, ich müßte schon ertrinken oder so was, um seine Aufmerksamkeit zu erregen.«

»In Ordnung«, sagte Ben Joe. »Ich werde höflich sein.«

Sie lehnte sich zufrieden zurück. Aber kaum waren sie auf der Straße und näherten sich dem Altersheim, erschien der angespannte Ausdruck wieder auf ihrem Gesicht, und sie schlug die Beine übereinander und zupfte an dem weißen Gummipunkt an der Ferse ihrer Turnschuhe, ein untrügliches Zeichen dafür, daß sie nervös war.

»Vielleicht hätte ich ihm etwas mitbringen sollen«, sagte sie.

»Ich dachte, du hättest etwas dabei.«

»Nein. Normalerweise ja, normalerweise hätte ich etwas mitgebracht, um sein Zimmer zu verschönern oder seinen Appetit anzuregen. Aber Jamie mochte so etwas nie. Als ich klein war, bin ich jeden Tag zu ihm gegangen und habe ihm meinen Nachtisch vom Mittagessen gebracht, aber er wollte ihn nie haben.«

»Aber das ist fast siebzig Jahre her. Soll ich bei einem Blumenladen anhalten?«

»Nein, vielen Dank, Ben Joe.«

Sie lehnte sich mit gerunzelter Stirn zurück. Als sie vor dem Heim, das aussah wie ein etwas größeres Wohnhaus aus gelben Ziegelsteinen, angekommen waren, blieb sie sitzen und betrachtete es durch das Autofenster, ohne ihren Gesichtsausdruck zu verändern oder Anstalten zu machen auszusteigen.

»Willst du lieber nicht hineingehen?« fragte Ben Joe mit sanfter Stimme. »Wir können ein andermal wiederkommen, wenn du möchtest.«

»Nein, nein. Ich dachte nur gerade, daß man in einem gelben Haus keine braunen Vorhänge haben sollte. Es sieht häßlich aus.« Sie öffnete die Tür und stieg mit einem leisen Stöhnen aus. »Ich frage mich, was sie sich dabei gedacht haben«, sagte sie.

»Laß uns reingehen, dann brauchen wir es nicht mehr zu sehen.«

Aber sie stand weiterhin da und starrte das Gebäude an.

»Du bleibst dicht bei mir, nicht wahr, Benjy?« fragte sie.

»Ja, natürlich.«

»Die Leute sagen«, sagte sie und setzte sich langsam in Bewegung, »die Leute sagen, wenn man alt wird, gewöhnt man sich an, die Todesanzeigen in der Zeitung zu lesen, um zu sehen, ob der eigene Name schon drinsteht. Nun, soweit bin ich noch nicht, aber eins habe ich festgestellt: Ich besuche äußerst ungern Altersheime, aus Angst, nicht wieder herauszukommen. Man könnte mich verwechseln, weißt du. Und wenn ich erklärte, ich wäre keine Insassin, könnte man glauben, ich wolle nur abhauen.«

Ben Joe ergriff ihren Arm und lief neben ihr her. »Ich passe schon auf dich auf«, sagte er. »Außerdem haben sie bestimmt ein Verzeichnis der Bewohner. Und da steht dein Name nicht drin. Sie könnten dich gar nicht dabehalten.«

»Ach, sei nicht immer so *vernünftig*, Ben Joe.« Sie machte ein wütendes Gesicht und zwickte ihn in den Arm, an dem sie sich festhielt. »Du bist genau wie deine Mutter. Durch und durch vernünftig. Genau wie sie.«

»Bin ich nicht.«

»Na ja, nicht ganz, aber eine Nervensäge bist du auf jeden Fall.«

»Wenn du nicht netter zu mir bist, lasse ich dich allein hier«, sagte Ben Joe. »Und schleiche mich hinein und trage deinen Namen in das Verzeichnis ein, damit du auf keinen Fall wieder herauskommst.« Er klopfte ihr zart auf den Rücken.

Die Eingangstür des Heims war groß und wuchtig. Ben Joe

zog sie auf, und sie traten ein. Eine erstickende Wärme und der Geruch von Möbelpolitur schlugen ihnen entgegen. Der braungeblümte Teppich unter ihren Füßen war dick und erzeugte eine unnatürliche Stille; er erstreckte sich scheinbar meilenweit durch eine Art riesigen Aufenthaltsraum. Entlang der Wände waren Polstersessel gruppiert, in denen ein paar alte Leute saßen und sich unterhielten oder Dame spielten oder einfach vor sich hin starrten. In der Mitte des Raumes hing ein großer glanzloser Kronleuchter, den Ben Joe beinahe mit den Fingern hätte berühren können, wenn er sich auf die Zehenspitzen gestellt hätte. Er schaute daran vorbei und betrachtete die alten Leute, aber seine Großmutter heftete ihren Blick fest auf den Kronleuchter.

»Kann ich Ihnen behilflich sein?« fragte eine Pflegerin. Sie war lautlos auf dicken Gummisohlen herangekommen und stand ihnen jetzt gegenüber, die Arme vor dem gestärkten Weiß ihrer Schwesterntracht verschränkt. Ihr Gesicht wirkte seltsam jung und fröhlich.

»Wir möchten einen Mr. Dower besuchen«, sagte Ben Joe.

»Algernon Hector James Dower den Dritten«, sagte seine Großmutter, ohne die Augen von dem Kronleuchter abzuwenden.

»Gehören Sie zur Familie?«

»Wir sind zusammen aufgewachsen.«

»Nun, er fühlt sich nicht sehr gut. Er ist bettlägerig. Aber wenn Sie nur ein paar Minuten bleiben...«

»Wir werden uns ruhig verhalten«, sagte Ben Joe.

»Dann folgen Sie mir bitte.«

Sie führte sie durch den Aufenthaltsraum und dann um die Ecke zu einem Fahrstuhl. Als sie an den alten Leuten vorbeigingen, gab es ein Geraschel und Gemurmel, und alle starrten sie an. »Besuch für Mr. Dower«, erklärte die Pflegerin. Sie nickten und starrten weiter. Die Pflegerin drehte sich zu Ben Joe und seiner Großmutter um und warf ihnen unvermittelt ein ermunterndes Lächeln zu; durch das Lächeln entstanden an ihrer Nase Falten wie bei einem Kind, und ein schmaler brauner Streifen aus Sommersprossen zeigte sich auf ihrem Gesicht.

»Hier hinein, bitte«, sagte sie.

Im Fahrstuhl hing ein schwerer, seifiger Geruch, und es war so eng, daß Ben Joe unruhig wurde. Er sah, daß seine Großmutter wieder diesen verlorenen Gesichtsausdruck hatte und mit ihrem Verlobungsring spielte. Er lächelt ihr zu, und sie räusperte sich und erwiderte das Lächeln.

»Da wären wir«, sagte die Pflegerin mit munterer Stimme.

Die Tür ging auf. Großmama hüpfte überraschend schwungvoll, fast wie eine junge Ziege, aus dem Fahrstuhl und drehte sich dann zu der Pflegerin um.

»Ich wünschte, *unsere* alten Leute wären so vital wie Sie!« sagte die Pflegerin.

Großmama lächelte.

»Sind das – das sind sehr, äh, praktische Schuhe, die Sie da anhaben«, fuhr die Pflegerin freundlich fort. »Es müssen...«

»Ich kaufe sie immer in Pearson's Sportgeschäft«, sagte Großmama.

»Aha. Hier den Flur entlang bitte.«

Der Flur war lang und still. Kaum zu glauben, daß ein so durchschnittlich aussehendes Gebäude soviel Platz bot. An den Wänden klebte eine dicke, mit Palmwedeln gemusterte Tapete, und die Türen waren aus dunklem Holz. An der vorletzten Tür, die einen Spalt offenstand, blieb die Pflegerin stehen und klopfte leicht mit den Fingernägeln an.

»Mr. Dower?« rief sie.

Sie setzte ein strahlendes Lächeln auf, steckte den Kopf in das Zimmer und sagte: »Wir haben Besuch, Mr. Dower.«

Dann wandte sie sich zu Ben Joe und Großmama um und sagte: »Sie können hineingehen. Aber bleiben Sie nicht zu lange. Sie finden mich hier draußen, wenn Sie wieder hinunter möchten.«

Sie gingen auf Zehenspitzen hinein, Großmama vorneweg, hinter ihr Ben Joe. Jamie Dower lag in einem makellos weißen Eisenbett, das weiße Haar umrahmte sein sauberes kleines Gesicht. Seine Augen blickten so wach wie an dem Morgen, als Ben Joe ihn zum erstenmal gesehen hatte, aber sein Atem ging schwerer; selbst im Liegen machte er jetzt dieses schnarrende, katzenartige Geräusch, das Ben Joe gehört hatte, als sie den Hügel hinaufliefen.

»Ach du bist es, Junge«, sagte er, als er Ben Joe erkannte.

»Hallo, Mr. Dower.«

»Wer ist...«

Großmama trat einen Schritt vor. Sie hielt die Hände fest vor dem Körper gefaltet und wirkte zierlich und unsicher. Sie sah Jamie Dower lange an und registrierte jede Veränderung, die sie an ihm feststellen konnte. Dann ließ sie ihre Hände sinken und wurde energisch und lebhaft, wie immer, wenn sie an einem Krankenbett stand. »Kennst du mich noch?« fragte sie ihn. Sie stolzierte zu dem Stuhl neben seinem Bett hinüber, setzte sich und lächelte ihn strahlend an. »Nun, komme ich dir nicht irgendwie bekannt vor, Jamie Dower?«

»Eine Ärztin...«

»O nein, nein.« Sie streifte ungeduldig den weißen Laborkittel ab und warf ihn über die Stuhllehne. »Jetzt vielleicht?« fragte sie.

»Nun, Madam...«

»Ich bin Bethany Jane *Chrisawn*!« trällerte sie. Die Pflegerin erschien sofort in der Tür und legte einen Finger auf den Mund, aber Großmama sah nur Jamie Dower an. »Erinnerst du dich *jetzt*?«

»Bethany...« Er richtete sich in den Kissen auf, stützte sich mit einem Ellbogen ab und starrte Großmama verwirrt an. Einen Augenblick lang hielt Ben Joe den Atem an; dann glättete sich die Miene des alten Mannes langsam wieder, und er sagte: »Bethany! Bethy Jay *Chrisawn, du* bist es!«

Ben Joe atmete aus, und Großmama nickte triumphierend.

»Bethy Jay!« brüllte der alte Mann.

»Mr. Dower, *bitte*«, sagte die Pflegerin.

»Nicht zu fassen«, sagte Jamie Dower. Er legte sich wieder hin und schaute sie kopfschüttelnd an. »Bethy«, sagte er, »ich muß schon sagen, du hast dich ganz schön verändert.«

Großmama drehte sich strahlend zu Ben Joe um. »Hab ich es dir nicht gesagt?« rief sie. »Noch bevor wir überhaupt das Haus verlassen hatten, sagte ich zu Ben Joe: ›Ich wette, er wird mich nicht erkennen‹, jawohl, das sagte ich. Dies ist Ben Joe Hawkes, Jamie. Mein Enkelsohn. Er ist derjenige, der mir gesagt hat, daß du hier bist.«

»Ich gehe dann«, flüsterte die Pflegerin Ben Joe kaum hörbar zu. Sie wedelte mit den Fingern einer Hand in seine Richtung, warf ihm einen strengen Blick zu und verschwand.

»Ich hätte nie gedacht, daß du noch lebst«, sagte Jamie.

»Na hör mal! Ich bin jünger als *du*.«

»Ja, ich weiß. Ich weiß.«

Er versuchte, sich aufzusetzen, und Großmama schob ihm ein Kissen in den Rücken.

»Du siehst gut aus, Jamie«, sagte sie.

»Das ist seltsam. Wenn man bedenkt, daß ich sterbe.«

»Na, na, sag doch nicht so was, du stirbst nicht.«

»Widersprich mir nicht, Bethy Jay. Wenn dein Wort gegen das des Doktors steht, glaube ich zehnmal eher dem Doktor. O doch, ich sterbe, und ich bin hierhergekommen, um zu sterben, wo ich geboren wurde, wie es sich für einen anständigen Mann gehört. Allerdings habe ich diese verfluchte Stadt kaum wiedererkannt!«

»Achte gefälligst auf deine Ausdrucksweise, Jamie. Aber du hast recht, die Stadt hat sich ganz schön verändert.«

»Allerdings. Das ist dein Enkel, wie? Du hast also geheiratet?«

»*Natürlich* habe ich geheiratet. Was hast du denn gedacht?« Sie setzte sich ein bißchen aufrechter hin und schaute ihn aus den Augenwinkeln an. »Ich habe Lemuel Hawkes geheiratet, wenn du es genau wissen willst.«

»Lemuel *Hawkes*?«

»Ja, ganz recht.«

»Diesen rundlichen Jungen, der nie in den Stimmbruch gekommen ist?«

»Nun, als ich ihn heiratete, hatte er seinen Stimmbruch gehabt«, sagte Großmama. »Also *wirklich*, Jamie.«

»Als ich ihn, als ich ihn –« Er lachte, und das Lachen ging in ein keuchendes Husten über. »Als ich ihn kannte, bestellte er alle möglichen Cremes und Wundermittel, das weiß ich noch genau. Er hatte so einen schwarzen Sirup, den die Indianer herstellten, den sollte man sich auf den Hals streichen und sich dann im Mondlicht draußen hinlegen, dann würde man garantiert eine sonore Stimme bekommen. ›Eine sonore Stimme‹, genau so wurde es beschrieben. Leider sah ihn seine Mutter auf dem Rasen unter der Wäscheleine liegen, und alles, was sie erkennen konnte, war, daß eine dunkle Flüssigkeit seinen Hals bedeckte, o Gott –« Er keuchte und rang nach Luft, lachte aber trotzdem weiter, und bei jedem pfeifenden Atemzug krampfte sich sein Körper zusammen.

»Als *ich* ihn kennenlernte«, sagte Großmama nachdrücklich, »sang er die Baßstimme im Chor der Baptistengemeinde. Er besaß seinen eigenen Laden und –«

»Hatte er so eine Kugel über dem Gürtel? Mit dem Bauchnabel obendrauf, wie ein Knopf auf einem Hügel? Mein Gott –«, wieder fing er an zu lachen, diesmal vorsichtiger, um nicht zu ersticken.

»*Und*«, sagte Großmama, »ich heiratete ihn und bekam vier Mädchen und einen Jungen, alle gesund. Als die Kinder groß waren, starb Lemuel an einer schweren Grippe, aber die Kinder leben alle noch, bis auf Phillip, der aufgrund einer Verkettung unglücklicher Umstände gestorben ist. Und er hinterließ sieben Kinder, Joanne, Ben Joe, Susannah, Lisa, Jane, Jenny und Tessie und eine Frau und eine Enkeltochter namens Carol, die genauso –«

»Jetzt bin ich dran«, sagte der alte Mann. Er richtete sich mühsam ein Stückchen in den Kissen auf und faltete die Hände auf der Bettdecke. »Während ich in New Jersey im Bettwäschegeschäft tätig war, heiratete ich meine Sekretärin, die allerdings aus gutem Hause stammte und wohlgemerkt keine gewöhnliche Sekretärin war, und zu meinem Kummer starb sie bei der Geburt unseres Sohnes Samuel –«

»Dann bist du nicht mehr verheiratet?«

»Unterbrich mich nicht. Du hast mich früher schon immer unterbrochen. Ich erzog ihn zu einem ehrlichen, gottesfürchtigen Mann, und anfangs machte er die Bücher –«

»Er war *Buchmacher*?«

»Buch*halter* in unserer Firma, und langsam arbeitete er sich bis zu einer besseren Stellung hoch, als ich sie je hatte. Er hat eine Frau und sechs gesunde Kinder: Donald, Sandra, Mara, Alex, Abigail und äh, Suzanne, und eine von ihnen –«

»Ich habe auch eine Enkelin, die Susannah heißt«, sagte Großmama.

»Ich sagte, *eine* von ihnen –«

»Wie schreibt sie sich?«

»*Eine* von ihnen war schon mal in *Europa*!« rief der alte Mann laut und vergnügt.

»Was du nicht sagst!«

»Im vorletzten Sommer.«

»*Meine* Susannah schreibt sich so ähnlich wie ›Savannah‹, Georgia«, sagte Großmama. »Nur daß es *Su*sannah heißt.«

»Nun, meine schreibt sich nicht so. Sandra war die, die nach Europa gereist ist. Sie hat den Papst gesehen.«

»Den Papst!« Großmamas Kinn fiel herunter. »Jamie Dower, sag bloß, du bist jetzt ein –«

»Nein, nicht doch. Aber sie ist mit einer Reisegruppe gefahren, und auf dem Plan stand auch eine Audienz beim Papst. Die Familie wandte sich an mich und fragte, was ich davon hielte; sie fragen mich immer vor wichtigen Entscheidungen. Und ich sagte: ›Sandra, Schätzchen‹, sagte ich, ›ich werde dir sagen, was du machen kannst. Du besuchst den Papst, und gleich danach, am selben Tag, suchst du auch einen *evangelischen* Pfarrer auf. Und wünschst ihm Glück bei seiner Arbeit und so weiter.‹ Leider war es dann so, daß die Gruppe weiterreiste, bevor sie einen Protestanten gefunden hatte. Sie war ganz verzweifelt, weil sie ihr Versprechen nicht halten konnte.«

»Hat sie die Kleider verkauft, in denen der Papst sie gesegnet hat?« wollte Großmama wissen.

»O ja. Außer den Schuhen. Ich glaube, es ist besser, irgend etwas zu behalten, in dem er sie gesegnet hat, nur so für alle Fälle, verstehst du?«

»Madam«, sagte die Pflegerin, »bitte denken Sie daran, daß Sie nicht zu lange bleiben dürfen. Wenn Sie bitte Ihren Besuch langsam zu Ende bringen würden...«

Sie stand im Türrahmen, die Hände sittsam vor der Brust

geneinandergelegt, und als sie aufschauten, lächelte sie. Ben Joe, der seine Ellbogen auf die Fensterbank gestützt hatte und schweigend dastand, nickte ihr zu. Als sie weg war, wandte er sich wieder um und betrachtete die Aussicht, aber Großmama und Jamie starrten weiter mit leerem Blick auf die Stelle, wo sie gestanden hatte. Ihre Gesichter sahen bestürzt und blaß aus. Schließlich zwang sich Großmama wieder zu einem fröhlichen Lächeln und rieb unruhig ihre faltigen kleinen Hände aneinander.

»Jamie«, sagte sie. »Weißt du noch, wie dein Cousin Otis sich ein wildes Pferd gekauft hat?«

»Ein Pferd?«

»Ich dachte neulich abend daran, als ich im Fernsehen einen Western sah. Er kaufte ein wildes Pferd, das absolut niemand zähmen konnte, und ritt auf und davon, praktisch auf dem Kopf stehend, weil das Pferd so sehr bockte, aber er schwenkte trotzdem johlend sein Halstuch, während deine Mutter und deine Tante auf der Veranda standen und ihm weinend und händeringend nachschauten. Als es dunkel war, kam er wohlbehalten und singend zurück, und das Pferd war vollkommen zahm, und dann stieg er über einem vertieft angelegten Beet ab und brach sich an zwei Stellen das Bein. Du liebe Güte, ich werde nie vergessen, wie –«

»Weißt du«, sagte Jamie, »ich kann mich einfach nicht daran erinnern.«

»Nun, es ist mir sozusagen aus heiterem Himmel wieder eingefallen.«

Er nickte, und eine Weile war nur das miauende Geräusch seiner Atemzüge zu hören.

»Dann erinnerst du dich bestimmt auch daran, wie Großvater Dower fromm wurde«, sagte er schließlich.

»Nein, im Augenblick nicht.«

»Aber natürlich. So ein Prediger kam vorbei, namens Hezekiah Jacob Lee, der predigte, daß alle materiellen Güter unwirklich seien und nur das Geistige zähle. Er blieb höchstens drei Tage in der Stadt, um zu predigen, aber Großvater Dower war vollkommen begeistert. Er legte sein großtuerisches Benehmen ab, hörte auf, die Noten von alten amerikanischen Saloonliedern zu sammeln, und wurde einfach unausstehlich. Eines Tages, nachdem Hezekiah Jacob Lee ungefähr einen Monat weg war, wurde Großtante Kazi am Handgelenk von einer Biene gestochen, und natürlich ging sie damit zu Großvater, schließlich war er ja Arzt, aber er stampfte bloß mit dem Fuß auf und brüllte: ›Belästige mich nicht mit solch weltlichen Dingen, schmier doch Schlamm drauf, Frau!‹ Aber dann runzelte er plötzlich die Stirn, und ihm gingen die Augen auf, und er sagte zu ihr: ›Warum‹, sagte er, ›warum hat sich Hezekiah Jacob Lee eigentlich aus dem Staub gemacht und mich hier mutterseelenallein sitzenlassen?‹ Mensch, an dem Abend gab es eine Riesenparty, die Gartenwege waren von Alkohol förmlich überschwemmt –«

»Ich gebe zu«, sagte Großmama, »die Geschichte kommt mir irgendwie bekannt vor. Ich erinnere mich dunkel.«

Sie schwiegen erneut und dachten nach. Jamie Dower zog mit seinen dünnen, zerbrechlichen Fingern an der Bettdecke.

»Die einzige, die jetzt noch hier ist, ist Arabella«, sagte Großmama.

»Arabella.«

»Deine Cousine. Die Dicke. Die Tochter von Tante Adams.«

»Ach die.«

»Ich sehe sie kaum«, sagte Großmama. »Sie war immer ein bißchen hochnäsig.«

»Das stimmt. Das war sie. Sie ging zum Studieren nach Virginia, das weiß ich noch, schon bevor ich selber von zu Hause wegging. Wir hörten regelmäßig von ihr, aber später lasen wir ihre Briefe nicht mehr.«

»Wahrscheinlich wegen ihrer Mutter«, sagte Großmama. »Die war genauso. Sie schärfte Arabella ein, sich in der Öffentlichkeit vor Bazillen in acht zu nehmen. Jeder Brief, den Arabella uns danach schickte, klang wie der Bericht eines Gesundheitsinspektors. Diese ganzen langen obergenauen Beschreibungen von allen – weißt du das noch? Tante Adams antwortete schließlich und teilte Arabella mit, sie würde sich auf ihr Wort verlassen, aber soweit ich mich erinnern kann, hat Arabella dem keine Beachtung geschenkt.«

»Was ist mit ihrem Bruder Willie?« fragte Jamie.

»Oh, der war auch ganz schön hochnäsig. Der gesamte Zweig der Familie war hochnäsig.«

»Nein, ich meine, was macht Willie jetzt?«

»Ach so. Nun, er ist tot. Vor etwa einem Jahr gestorben.«

»Das wußte ich gar nicht.«

»Und Tante Adams ist natürlich auch tot. Sie ist auch gestorben.«

»Das hat mir jemand erzählt.«

»Die einzige, die noch übrig ist«, sagte Großmama, »ist Arabella.«

Sie starrten beide eine Stelle auf Jamies Bettdecke an. Hinter ihnen ging leise die Tür auf, die Schwester schaute herein und sagte: »Es wird jetzt Zeit, daß wir uns verabschieden.«

»Erinnerst du dich«, sagte Jamie plötzlich, »erinnerst du dich an die komische L-förmige Bank auf der Veranda vor eurem Haus?«

»Welche Farbe hatte sie?«

»Grün. Dunkelgrün. Tannengrün nennt man das wohl. Wir Kinder saßen im Sommer alle zusammen auf dieser Bank und aßen frische Pfirsiche aus einem Korb. Erinnerst du dich?«

»Also – nein.«

»Aber ich, aber ich. Hulda Ballew war damals eure Haushälterin, und sie stellte uns immer die Pfirsiche hin, und wir schnitten sie mit scharfen Küchenmessern in Stücke und aßen sie in kleinen Bissen, und die Jungs spießten manchmal ein Stück mit der Messerspitze auf und reichten es einem Mädchen, das sie gut leiden konnten, und sie biß geziert davon ab. Nachmittags, im Sommer. Daran mußt du dich doch erinnern können.«

»Kann ich aber nicht«, sagte Großmama. »Ich erinnere mich zwar an Hulda Ballew, aber nicht an eine grüne Bank.«

»Das mußt du doch noch wissen!«

»Madam«, sagte die Pflegerin.

An ihrem Tonfall erkannte Großmama, daß es Zeit wurde, nachzugeben und zu gehen. Sie schwieg und ließ die Schultern hängen, starrte aber weiterhin die Bettdecke an.

»Sagen Sie unserem Besuch auf Wiedersehen, Mr. Dower.«

»Ich komme schon«, sagte Großmama. »Wir kommen wieder, Jamie Dower. Wenn du willst.«

»Das wäre wirklich schön, Beth. Zu komisch«, sagte er und sah sie unvermittelt an. »Du warst als Mädchen so *dick*.«

Großmama tätschelte kurz seine Hand auf der Decke, dann erhob sie sich und ging so unvermittelt aus dem Zimmer, daß alle drei überrascht waren.

»Also auf Wiedersehen«, sagte Ben Joe.

»Auf Wiedersehen, Junge.«

»Und jetzt machen wir schön ein kleines Nickerchen«, sagte die Pflegerin. Sie ließ die Jalousien herunter, ging dann hinter Ben Joe auf Zehenspitzen aus dem Zimmer und schloß die Tür hinter sich. »Es geht ihm gar nicht gut«, flüsterte sie, als sie den Flur entlangliefen. »Ich habe keine Ahnung, wie er überhaupt so lange durchgehalten hat und wie er es ganz allein bis hierher geschafft hat.«

»Schsch«, sagte Ben Joe. Sie hatten Großmama beinahe eingeholt, die vor dem Fahrstuhl wartete. Die Pflegerin nickte verständnisvoll und hielt den Mund.

Als sie wieder im Auto saßen, sagte Ben Joe: »Zieh deinen Mantel über, Großmama, sonst wirst du dich noch erkälten.«

»Na gut, Ben Joe.«

»Soll ich die Heizung anmachen?«

»Nein, nein.«

Er ließ den Motor an, schaltete dann aber in den Leerlauf, während er sie betrachtete und darüber nachdachte, was er sagen sollte oder ob überhaupt die Notwendigkeit bestand, etwas zu sagen. Ihr Gesicht mit der clownesken Rougeschicht verriet ihm nichts. Er schaute sie weiter an, bis sie die Arme über der Brust verschränkte, sich abwandte und aus dem Fenster auf das Altersheim blickte. Ben Joe ließ den Wagen auf die Straße rollen.

»Dieses Haus«, sagte Großmama und warf noch einen Blick zurück, »war noch nicht einmal gebaut, als Jamie Dower geboren wurde.«

»Ich weiß.«

»Es stand auch noch nicht hier, als wir Kinder waren, wußtest du das? Sie hatten damals noch nicht einmal den Grundstein gelegt. Sie hatten noch nicht mal die Baugrube ausgehoben. Damals standen hier nur Bäume, Bäume und dornige Büsche mit diesen kleinen knubbeligen Brombeeren, die sogar für Kuchen ungeeignet sind –«

»Ich weiß. Ich weiß.«

Sie wurde still. Er wußte nicht, was sie jetzt für ein Gesicht machte. Und er versuchte auch nicht, es herauszufinden. Er schaute stur geradeaus auf die Straße und schwieg.

12

AN DER WAND ÜBER DER BESTECKSCHUBLADE in der Küche hing eine kombinierte Tafel und Pinnwand, die nach all den Jahren schon reichlich abgenutzt war. Ben Joe lehnte mit einer Tomate in der Hand am Kühlschrank und las die Eintragungen und Nachrichten mit zusammengekniffenen Augen aufmerksam durch. Zuerst das, was an der Tafel stand. Jennys große, schräge Handschrift bedeckte fast die gesamte Fläche:

Eier
Waschpulver
Kontaktlinsenflüssigkeit

Wer in der Familie trug Kontaktlinsen? Stirnrunzelnd schüttelte er den Kopf; er kam sich vor wie ein Fremder. Unter Jennys Liste hatte seine Großmutter in kleinen steilen, energischen Buchstaben geschrieben:

Kaugummi

Und dann Tessies runde Schulschrift, die den Rest der Tafel bis zum unteren Rand füllte:

›*Was sollen wir dagegen tun? Ich werde mir etwas überlegen. Ich wüste gerne, wie ihr darüber denkt.*‹

Er nahm die Tomate in die linke Hand und griff nach dem Stück Kreide, das an einem Faden neben der Tafel hing. Mit vor Konzentration fest zusammengepreßten Lippen beugte er sich vor, ersetzte das ›s‹ in ›wüste‹ durch ein ›ß‹ und trat einen Schritt zurück, um die Verbesserung zu begutachten. Dann unterstrich er das ›ß‹ zweimal, ließ die Kreide wieder hängen und las die ganze Nachricht noch einmal durch. Irgend etwas daran verwirrte ihn immer noch.

Sein Blick schweifte zur Pinnwand hinüber. Früher war sie mit Kindermalereien übersät gewesen, von ersten Kindergartenbildern, die Häuser mit rauchenden Schornsteinen zeigten, bis hin zu den komplexen Miniaturlandschaften, die Ben Joe in den oberen Klassen der Hauptschule gemalt hatte. Nur ein einziges Bild hing noch da – eine Zeichnung von Jenny, die sie im Alter von sechs Jahren angefertigt hatte und die einen Kreis auf einem pelzigen Zylinder zeigte und nach ihrer eigenen Aussage den Lone Ranger und sein Pferd Silver von oben gesehen darstellte. Außer dieser Zeichnung hingen nur noch zwei vergilbte Zettel an dem Brett. Der eine war eine der wenigen Erinnerungen an seinen Vater, die nicht entfernt worden waren, und zwar eine Botschaft von Susannah, als sie noch eine so unsichere Schrift gehabt hatte wie Tessie heute. Sie lautete:

›*Mama, die letzten fünfmal, als Großmama beim Kirchenessen war und Du am gleichen Tag zu einem Essen der Wählerinnen-Vereinigung gegangen bist, haben wir von Papa folgendes zum Abendessen bekommen: (1) Popcorn (2) überbackenen Käsetoast (3) Pudding (4) Popcorn (5) Eiscreme, bitte sprich mit ihm.*‹

Ben Joe runzelte erneut die Stirn, war einen Moment lang versucht, das Komma durch ein Semikolon zu ersetzen, ließ es dann aus irgendeinem Grund sein und wandte seine Aufmerksamkeit dem zweiten Zettel zu. Er stammte von ihm selbst, war in ungelenken Vorschul-Großbuchstaben verfaßt, und Ben Joe konnte sich nicht erinnern, wann oder aus welchem Grund er ihn geschrieben hatte. Der Text lautete:

›LIED VON
BENJAMIN JOSIAH HAWKES

WHAT SHALL WE DO WITH THE TRUNK-ED SAILOR
IS A MATTER WORTH DISGUSTING.

EVERYBODY'S PINTO IS AGOING TO HEAVEN
HEAVEN, IN THE MORNING.‹

Es gab dazu auch eine Melodie, hatte seine Mutter ihm gesagt, die so ähnlich ging wie der Gesang des Scherenschleifers, ein und derselbe Ton, nur das letzte Wort in jeder Zeile wurde mehrere Töne tiefer gesungen. Sie behauptete, er habe es oft am Strand gesungen, aber er konnte sich nicht daran erinnern.

Er betrachtete die Tomate in seiner Hand. Sie war angebissen, obwohl ihm nicht bewußt gewesen war, daß er hineingebissen hatte. Er wollte gerade ins Arbeitszimmer laufen und Tessie ausschimpfen, die in letzter Zeit die Angewohnheit entwickelt hatte, Sachen anzubeißen und dann zurückzulegen, zum Beispiel Pralinen mit Karamelfüllung; aber nach kurzer Überlegung kam er zu dem Schluß, daß er vielleicht doch selber von der Tomate gegessen hatte. Man konnte nie wissen. Er war schon den ganzen Tag verwirrt und geistesabwesend; er glaubte, der Besuch im Altersheim sei der Grund dafür, aber diese Erkenntnis half ihm auch nicht weiter. Darum hatte er sich nach dem Abendessen allein in die Küche zurückgezogen, um die Pinnwand anzustarren, denn hier wurden die vergangenen Jahre vor seinen Augen sichtbar und legten sich in ordentlichen Schichten übereinander. Das war das einzige, was manchmal half. Manchmal aber auch nicht. Er seufzte, biß erneut in die Tomate und las noch einmal, was an der Tafel stand:

Eier
Waschpulver

»Was machst du denn so lange?« fragte Jenny.

»Wieso?«

»Ich dachte, du wolltest dir nur schnell einen Happen zu essen holen. Du hast die ganze zweite Hälfte der Sendung verpaßt.«

»Oh. Na ja.«

Er trat zur Seite, damit sie den Kühlschrank öffnen konnte.

»Ben Joe...«

»*Was*«, sagte er. Jedesmal, wenn sie ihn störte, mußte er

ganz oben auf der Tafel wieder anfangen und alles noch einmal lesen.

»Ach nichts«, sagte sie.

»Na los, jetzt sag es, wenn du mich schon stören mußt.«

»Ich wollte nur wissen, wo das Eiswasser steht. Ich will ein Glas davon für Großmama holen. Was ist denn heute abend mit dir los?«

»Ich weiß nicht. Ich war heute mit Großmama im Altersheim.« Er schob die Hände in die Hosentaschen und zeichnete mit der Spitze eines Turnschuhs Figuren auf das Linoleum. Es hatte keinen Sinn, die Tafel zu lesen, ehe Jenny die Küche wieder verlassen hatte.

Sie hatte das Eiswasser gefunden. Sie schenkte ein Saftglas voll und stellte den Krug dann zurück in den Kühlschrank.

»He, sag mal...«, sagte sie plötzlich.

Aber Ben Joe, dem etwas eingefallen war, unterbrach sie. »Wer trägt in dieser Familie eigentlich Kontaktlinsen?« fragte er.

»Kontakt –, ach so, du meinst wegen der Liste. Susannah.«

»Wieso weiß ich nichts davon?«

»Du warst weg«, sagte Jenny.

»Oh.«

»Sie hat sie von ihrem ersten Gehalt gekauft, nachdem sie die Stelle in der Bücherei angenommen hatte.«

»Das ist mir völlig neu.«

»Ich sagte doch schon, du warst weg.« Sie nahm das Glas Wasser und ging zur Tür. Dann blieb sie stehen. »Was ich eben fragen wollte«, sagte sie, »warst du *heute* morgen im Altersheim? Mit Großmama?«

»Ja.«

»Dann komm doch bitte mit rüber ins Wohnzimmer. Großmama hat eben gehört, daß ein alter Freund von ihr gestorben ist. Sie sagt, sie hat ihn heute morgen noch gesehen, also muß er es wohl sein. Dieser Mr. Dower.«

»Er ist tot?«

»Das hat sie jedenfalls gesagt.«

»Aber das kann unmöglich sein. Wir haben ihn heute morgen noch besucht.«

»Deswegen kann er doch trotzdem tot sein, oder? Warum glauben die Leute immer –«

»Oh, nein«, sagte Ben Joe. Er schüttelte langsam den Kopf und kehrte der Pinnwand den Rücken. (Was konnte sie ihm jetzt noch nützen?) Er hatte keinen Grund, so traurig zu sein, aber er war es trotzdem. Er blickte starr auf eine Ecke des Küchenschranks, während Jenny ihn neugierig anschaute.

»Warum kommst du nicht ins Wohnzimmer und redest mit Großmama?« fragte sie ihn.

»Also...«

»Komm schon.«

Sie stieß mit dem Rücken die Tür auf und ließ Ben Joe zuerst hindurchgehen. »Ich weiß nie, was ich in solchen Situationen machen soll, außer ein Glas Wasser zu holen«, sagte sie. »Wenn ich selber traurig bin, will ich zwar nie Wasser trinken, und ich schätze, andere wollen es auch nicht, aber etwas Besseres fällt mir einfach nicht ein.«

»Sie wird sich bestimmt darüber freuen«, sagte Ben Joe.

»Kann schon sein.«

Im Wohnzimmer saß seine Großmutter aufrecht und steif auf dem Sofa. Sie hatte die Hände in den Schoß gelegt, und ihre Augen waren trocken. Der größte Teil der Familie hatte sich um sie versammelt, einige saßen neben ihr, die anderen auf Sesseln und Stühlen überall im Zimmer.

»Noch heute morgen«, sagte sie gerade. »Noch heute morgen.« Sie erblickte Ben Joe und sprach ihn an. »Nicht wahr, Ben Joe? Noch heute morgen waren wir bei ihm.«

»Ja«, sagte Ben Joe.

»Na bitte, Ben Joe kann es bestätigen.« Sie wandte den Kopf und nickte den anderen zu, dann, als ihr klar wurde, daß Ben Joe die Geschichte noch nicht gehört hatte, schaute sie erneut ihn an. »Ich habe im Heim angerufen«, sagte sie. »Ich wollte ihm etwas erzählen, das ich vergessen hatte. Als ich heute abend unter dem Bett nach Carols Haarbürste suchte, fiel es mir plötzlich wieder ein; ich sah das Bild direkt vor mir: Jamies Bartbinde.«

»Seine was?« fragte Ben Joe.

»Bartbinde. Seine Bartbinde. Weißt du, Jamie Dower war der

einzige Mann, den ich kannte, der tatsächlich eine Bartbinde benutzte. Ich fand das wundervoll, damals mit zwölf. Er hatte sie erst während des letzten Jahres, in dem er zu Hause wohnte, wegen des schönen Schnurrbarts, den er sich damals wachsen ließ. Er war ein richtiger Dandy, dieser Jamie Dower. Immer schon. Aber es war wirklich ein schöner Schnurrbart. Ben Joe kann das bestätigen. Sag es ihnen, Ben Joe.«

»Na ja…«, sagte Ben Joe. Er hatte Jamie Dowers Gesicht vor Augen – klein und bleich und glattrasiert.

»Ben Joe kann es bestätigen«, sagte Großmama zu den anderen. Sie lächelte auf ihre Hände hinab. »Ich weiß, es ist nur eine Kleinigkeit, aber ich dachte plötzlich an diese Bartbinde, sie war weiß mit einem Rosenblütenmuster, und ich wollte es ihm unbedingt erzählen. Also rief ich im Heim an, und nach langem Herumdrucksen sagten sie es mir schließlich. Sie sagten, er sei erst vor einer Stunde verschieden. Ich habe mir nicht anmerken lassen, wie sehr mich die Nachricht getroffen hat. Ich sagte nur, ich hoffte, er habe einen friedlichen Tod gehabt, und dann legte ich auf.«

Ihre Lippen zitterten jetzt, und die erste Träne rollte über ihre pergamentartige Wange. »Wir waren doch noch heute morgen bei ihm…«, sagte sie.

Ein Glas Wasser wurde unvermittelt unter ihr Kinn gehalten. Großmama lehnte sich zurück und schaute es blinzelnd durch ihre Tränen an. Ihre Augen bewegten sich langsam von dem Glas zu dem starr ausgestreckten Arm, der es hielt, und dann nach oben zu Jennys ernstem, verlegenem Gesicht.

»Oh, danke schön«, sagte sie. Sie nahm das Glas, betrachtete es einen Moment, lächelte Jenny an und trank es in einem Zug aus. »Es geht doch nichts über ein Glas klares Wasser«, sagte sie förmlich zu Jenny.

Ben Joe schaute den Rest der Familie an. Seine Mutter saß im Ohrensessel und sah besorgt aus; Tessie saß auf der Armlehne des Sessels, und die Zwillinge und Susannah saßen neben ihrer Großmutter auf der Couch. Alle waren ungewöhnlich still. Als nach über einer Minute noch immer niemand das Schweigen gebrochen hatte, räusperte sich Ben Joes Mutter und sagte: »Wir werden einen schönen Kranz schicken, Großmama.«

»Das würde er nicht wollen«, sagte Großmama. »Er wurde immer wütend, wenn ich ihm meinen Nachtisch brachte.«

»Deinen – nun, wie dem auch sei. Es wäre eine nette Geste, einen kleinen Kranz zu schicken, nur um zu zeigen –«

»Ich werde ihm *keine* Blumen schicken«, sagte Großmama.

Ellen Hawkes schwieg eine Weile, um darüber nachzudenken. Schließlich sagte sie: »Na schön, manche bevorzugen eine Spende für einen wohltätigen Zweck anstelle von Blumen. Vielleicht für den Missionsfonds seiner Kirche, falls er einer angehörte –«

»Ich sagte doch, nein, Ellen. Er hat noch nie gern Geschenke bekommen. Meine Mutter behauptete immer, mit Würde Geschenke entgegenzunehmen, darin zeige sich der wahre Gentleman, aber ich bin anderer Meinung. Jamie Dower war durch und durch ein Gentleman. Er bekam nur nicht gerne Geschenke, das ist alles.«

»Aber das ist siebzig Jahre her, Großmama –«

»Es hat keinen Sinn, sich deswegen zu streiten«, sagte Ben Joe. »Wir werden keine Blumen schicken.«

Großmama fing wieder an zu weinen. Die Mädchen flatterten um sie herum, und Jenny ging schon mal in die Nähe der Tür, falls noch mehr Eiswasser gebraucht wurde. Ellen Hawkes schnalzte mit der Zunge.

»Was ist denn hier los?« sagte Joanne.

Sie stand im Durchgang, war zum Ausgehen angezogen und trug einen Mantel über dem Arm. Alle schauten sie an, außer Großmama, der man gerade Ben Joes Taschentuch gereicht hatte und die sich jetzt die Nase schneuzte.

»Großmama hat einen alten Freund verloren«, sagte Susannah.

»O nein.« Sie kam schnell zum Sofa hinüber und kniete sich vor ihrer Großmutter auf den Boden. »Wen denn?«

»Jamie Dower«, sagte Großmama, »und ich kann ihm nicht mal Blumen schicken.«

»Aber natürlich kannst du das. Was ist denn los mit dieser Familie? Mama, seit wann sind wir so arm, daß wir –«

»Mein Gott«, sagte ihre Mutter. Sie stand auf und verließ das

Zimmer. Sie wirkte nicht verärgert, sondern eher müde und entnervt.

»Es ist nicht wegen des Geldes«, sagte Ben Joe. »Sondern weil Jamie nie mit Würde ein Geschenk entgegennehmen konnte.«

»Ach so, ich verstehe.« Sie nickte und strich zärtlich über Großmamas Schulter.

»Wenn du das verstehst«, sagte ihre Mutter von der Tür aus, »könntest du es mir dann bitte erklären?«

»Na ja, es klingt logisch.«

»Nicht für mich. Für dich, Ben Joe?«

»Ja, schon«, sagte Ben Joe.

Seine Mutter verschwand im Flur.

»Was ich *nicht* verstehe«, sagte Ben Joe, »ist, warum es dich unglücklich macht, ihm keine Blumen zu schicken. Wenn du weißt, daß es ihm lieber wäre, keine zu bekommen.«

»Weil ich ihm gerne welche schicken *würde*, darum«, sagte seine Großmutter. »Ich wollte ihm immer gerne Blumen schenken.«

Sie weinte in ihr Taschentuch, und die anderen Mädchen rückten zur Seite, damit Joanne sich neben sie setzen und sie in den Arm nehmen konnte. »Ich weiß, ich weiß«, sagte sie tröstend. »Paß auf, ich werde dir sagen, was du machen kannst, Großmama. Du kaufst einfach einen Blumenstrauß und schenkst ihn jemandem, den du gern hast. Die schönsten Blumen, die du bekommen kannst. Und dann sagst du dir, daß du es nie getan hättest, wenn Jamie Dower nicht gestorben wäre. Auf die Art löst du das Problem, oder?«

»Na ja, mag sein«, sagte Großmama.

Es klingelte an der Tür. Joanne gab Großmama einen kurzen Klaps auf die Schulter und stand auf. »Laß nur«, sagte sie zu Ben Joe. »Ich gehe schon. Es ist für mich, ich bin verabredet.«

»Wie bitte?«

Aber sie gab keine Antwort; sie war bereits hinausgegangen. Großmama faltete eine trockene Stelle des Taschentuchs nach oben, und mitten in dieser Handlung hielt sie plötzlich inne und schaute zu Ben Joe hoch. »Was hat sie gesagt?« fragte sie.

»Sie sagte, es ist für sie. Sie ist verabredet.«

»Soll das heißen, sie hat ein Rendezvous?«

»Scheint so.«

Alle Anwesenden schwiegen und spitzten die Ohren. Das Lachen eines jungen Mannes drang vom Flur herein. Ben Joe sah, wie der Ausdruck von Trauer auf Großmamas Gesicht langsam in Empörung überging.

»Aber das kann sie doch nicht machen!« sagte sie. »Joanne?«

Die beiden Stimmen im Flur sprachen weiter, ohne sie zu beachten.

»Joanne!« rief Großmama.

Joanne kam zurück, immer noch mit dem Mantel über dem Arm.

»Wer ist da bei dir?« wollte Großmama wissen.

»John Horner, Großmama. Komm herein, John.«

John Horner tauchte geräuschlos neben ihr auf. Er hatte immer noch sein breites, offenes Lächeln, und er schien es nicht seltsam zu finden, eine Familie vor sich zu sehen, die schweigend um eine weinende alte Frau herumsaß und ihn anstarrte. Er nickte in die Runde und begrüßte Ben Joe, den er wiedererkannte, mit einer Handbewegung.

»Das ist meine Großmutter«, sagte Joanne. »Und Ben Joe, und Susannah, und Jane, Lisa, Jenny und Tessie. Das ist John Horner.«

»Sehr erfreut«, sagte John Horner. Er sprach hauptsächlich zu Großmama, als ältestem Mitglied der Familie, aber Großmama richtete sich nur ein Stückchen auf und starrte ihn mit zusammengekniffenen Augen an.

»Ich wünschte, ich hätte Jamie Dower geheiratet«, sagte sie.

»Wie bitte, Madam?«

»Großmama hat heute erfahren, daß ein Freund von ihr gestorben ist«, hub Joanne an. Ihre Stimme klang wie früher, als sie noch ein Schulmädchen war, leise und glucksend. Sie stand dicht neben John Horner, während sie mit ihm redete. Großmama hörte ihr nicht zu, sondern sprach murmelnd weiter zu den anderen.

»Wenn ich Jamie geheiratet hätte«, sagte sie, »hätte ich eine andere Familie gehabt. Weil sich dann nämlich andere Gene vermischt hätten. Dann wären nicht alle so sonderbar geworden und würden sich auch nicht benehmen wie –«

»Schsch, Großmama«, sagte Susannah.

»Ben Joe?« rief Joanne.

»Was denn.«

»John hat dich etwas gefragt.«

»Verzeihung?«

»Ich habe nur gefragt«, sagte John, »ob du der bist, der an der Columbia-Universität studiert?«

»Ja, genau.«

»Dort habe ich auch eine Weile studiert. Betriebswirtschaft. Mrs. Hawkes, es tut mir sehr leid, daß Ihr Freund gestorben ist.«

Großmama runzelte die Stirn. »Nun ja«, sagte sie barsch. Sie überlegte kurz und fügte dann hinzu: »Ein Unglück kommt selten allein, wie mir scheint.«

»Das stimmt«, sagte John. Er trat weiter ins Zimmer und setzte sich auf die Armlehne des Schaukelstuhls. Joanne stellte sich neben ihn. »Mein Vater hat so eine Redensart, er sagt immer: ›Wenn's kommt, kommt's dicke‹ –«

»Wer ist Ihr Vater?« fragte Großmama unvermittelt.

»Jacob Hart Horner, Madam.«

»Jacob Hart Horner, was Sie nicht sagen.«

»Ja.«

»Nun, ich kenne ihn.«

»Wirklich?« Er lächelte höflich.

»*Ja*, ich kenne ihn.«

»Aha.«

Großmama nickte nachdenklich mit dem Kopf.

»Was glauben Sie wohl, was er dazu sagen würde, wenn er Sie hier sehen könnte?« fragte sie.

Das Schweigen, das ihrer Frage vorausging, hatte John genug Zeit gegeben, die bisherige Unterhaltung noch einmal zu überdenken. Jetzt erstarrte er, als er sich gerade zu Joanne umdrehen wollte, und warf Großmama einen verdutzten Blick zu.

»Wie bitte, Madam?« sagte er.

»Wenn er Sie hier sehen könnte. Wenn Jacob Hart Horner Sie hier sehen könnte. Was würde er wohl dazu sagen?«

»Wenn er mich *hier* sehen könnte?«

»*Ja*, hier.«

»Ich verstehe nicht ganz –«

»Wenn er sehen könnte, daß Sie mit Joanne ausgehen. Mit Joanne Hawkes *Bentley*. Was glauben Sie, was er dazu sagen würde?«

»Nun, gar nichts, nehme ich an.«

»Gar nichts.« Sie nickte wieder mit dem Kopf, die Augen vielsagend auf den Boden geheftet. »Nein, vermutlich nicht«, sagte sie schließlich. »Nun, ich erinnere mich an Jacob Hart Horner. Sehr gut sogar. Er kam als junger Mann hierher und freundete sich mit meinem Phillip an. Er arbeitete angeblich, aber davon war nicht viel zu merken. Er lieh sich ständig Geld von dem kleinen Sylvester Grant und meinem Phillip. Ich werde nie vergessen, wie er einmal von diesem Haus aus ein Ferngespräch mit seinen Eltern führte, während ich im Zimmer war und zuhörte. Ich schätze, sie fragten, ob er eine feste Arbeit gefunden hätte, und er sagte, ja, er arbeite in der Hühnerkonserven-Fabrik. Es gab hier damals eine Hühnerkonserven-Fabrik, unten am Fluß, in der Nähe der Jeansfabrik, aber *ihn* habe ich da unten nie gesehen. Und vermutlich wollten sie dann wissen, was er dort mache, denn er sprach davon, daß er Körnersäcke schleppe – behauptete, das sei seine Arbeit. Also ich kenne ja seine Eltern nicht und will sie auch nicht kennenlernen, aber ich frage Sie: wie intelligent können sie Ihrer Meinung nach gewesen sein, wenn sie glaubten, jemand würde dafür bezahlt, in einer Fabrik, in der *tote* Hühner verarbeitet werden, Körnersäcke zu schleppen?«

»Na ja, ich weiß nicht recht«, sagte John Horner. Er lachte und schien gar nicht beleidigt zu sein.

»Eine feine Familie«, sagte Großmama. Sie betrachtete ihn eine Weile, das freundliche Gesicht mit den dunklen Augen, die sich beim Lachen zu Schlitzen verengten, dann putzte sie sich die Nase und blickte in ihren Schoß. »Ich werde langsam alt«, sagte sie.

Im Zimmer wurde es still. John schaute Joanne an, und sie drückte ihren Mantel fester an sich und ging in Richtung Tür.

»Großmama«, sagte sie. »Ich hoffe, es geht dir wieder besser.«

»Nun. Es passiert immer wieder etwas Neues. Eben hatte ich Jamie Dower für einen Augenblick völlig vergessen.«

»Sicher. So ist es immer. Du wirst –«

»Worauf ich eben hinauswollte«, begann Großmama, »was ich sagen wollte...«

Sie unterbrach sich und sah Ben Joe an.

»Äh«, sagte er. Er nahm die Hände aus den Hosentaschen und ging zu John und Joanne hinüber.

»Was ist los?« fragte Joanne.

»Also, ich dachte nur gerade...« Er betrachtete ihr Gesicht mit den verständnislos blickenden braunen Augen, überlegte es sich anders und richtete die Frage an John. »Was Großmama glaube ich sagen wollte«, sagte er, »...ach, zum Teufel, *ich* finde, es ist keine sehr gute Idee, daß du ausgehst, Joanne.« Aber er hatte sich immer noch John zugewandt; er sprach zu John, der zugänglicher wirkte.

»Und warum nicht?« sagte John, und es klang eher herausfordernd als fragend.

»Nun, wir leben in einer Kleinstadt. Das ist der eine Grund.«

»Kleinstadt, was hat denn das damit zu tun? Hör mal, mein Freund, du und deine Familie, ihr solltet aufhören, Joanne zu bevormunden. Ihr solltet endlich –«

»Aber sie ist immer noch verheiratet, verdammt noch mal!«

Seine Mutter, die bei seinen letzten Worten hereingekommen war, blieb stehen und schaute Ben Joe an.

»Was ist los?« fragte sie.

Ben Joe wandte sich ihr zu. »Mama, jetzt frage ich dich: Findest du es richtig, wenn Joanne mit einem Mann ausgeht?«

Seine Mutter runzelte die Stirn. »Nun«, sagte sie schließlich, »ich weiß nicht. Wenn es nur ein alter Freund ist, spricht doch nichts dagegen, daß sie mal aus dem Haus kommt. Es ist ihre Sache. Es geht uns nichts an.«

»Aber er ist nicht nur ein alter Freund!«

»Was ist er denn sonst?«

Es entstand eine Stille. Alle sahen John an.

»Ehrlich gesagt«, sagte John, »wüßte ich nicht, wieso –«

»Also, jetzt hört doch mal zu.«

»Wir hören dir zu, Ben Joe«, sagte seine Mutter.

»Nein, tut ihr nicht. Nie. Begreift doch, ich mache mir Sorgen, daß die Leute reden könnten.«

»Und worüber sollten sie reden?«

Er setzte sich hin, merkte, daß ihn das in eine nachteilige Position brachte, da alle anderen standen, und erhob sich sofort wieder.

»Joanne«, sagte er, »siehst du nicht ein, daß ich recht habe?«

»Nein«, sagte Joanne.

»Und du, John?«

»Nein, tut mir leid«, sagte John.

»*Du* redest doch auch, oder?« sagte Ben Joe. Er trat einen Schritt auf ihn zu. »Oder etwa nicht?«

John schaute ihn blinzelnd an.

»Verdammt noch mal«, sagte Ben Joe. Er stand jetzt mit hängenden Armen und geballten Fäusten da und wandte sich wieder an seine Familie. »Ich versuche doch nur, wenigstens eines der unglaublichen Vorkommnisse zu unterbinden, die ihr einfach hinnehmt, während ihr so tut, als sei die Welt völlig in Ordnung und in dieser Familie alles so, wie es sein sollte. Bei uns gehen die unglaublichsten Dinge vor, wirklich die *unglaublichsten* Dinge, die andere Leute niemals zulassen würden, und keiner von euch –«

»Von was für unglaublichen Dingen sprichst du eigentlich?« fragte seine Mutter. Sie schaute ihm direkt ins Gesicht, die Augen zu schmalen Schlitzen zusammengekniffen. »Diese Familie ist wie alle anderen Familien auch, Ben Joe. Hier geht durchaus nichts vor, das –«

»Ach nein?«

»Nein.«

Er kniff ebenfalls die Augen zusammen und starrte sie an.

»Nur um dir ein Beispiel zu geben«, sagte er, »ich weiß nicht, ob ihr alle weit genug zurückdenken könnt oder nicht, aber ich erinnere mich noch genau an die Nacht, als Vater und der Sheriff im Schlafanzug –«

»Es reicht jetzt«, sagte seine Mutter.

»– im Schlafanzug bis nach Dillon, South Carolina, fuhren,

weil Joanne mit einem völlig fremden Mann, der eines Nachmittags im Herbst hier aufgetaucht war und Plastikregenmäntel verkaufen wollte, durchgebrannt war, um ihn zu heiraten, kaum daß er ihr einen Antrag gemacht hatte, was, soweit wir es nachvollziehen konnten, drei Minuten, nachdem sie ihm die Haustür geöffnet hatte, geschehen war. Vater suchte verzweifelt jeden Highway in Richtung Dillon ab und fand die beiden schließlich um halb acht Uhr morgens irgendwo, während sie gerade die Formulare für die Heirat ausfüllten. Und er brachte Joanne zurück, und alle sagten nur: ›Laßt sie schlafen.‹«

»Das stimmt!« sagte Großmama. »Das stimmt genau. Ich erinnere mich noch gut daran!«

»Was hätten wir denn sonst tun sollen?« fragte seine Mutter die Wanduhr.

»Dagegen ist ja auch nichts einzuwenden, nur hat sich offenbar keiner gefragt, was sie dazu getrieben hat, warum sie so etwas getan haben könnte. Keiner hat versucht, ihr irgendwie zu helfen. Beim Abendessen erzählten alle bloß Witze und reichten das Brot herum, und Joanne saß mit einem neuen Spielzeug am Tisch, einem Stück Plastik, das aussah wie Kotze – sie hatte es in einem Geschäft für Scherzartikel gekauft – und sie würgte und warf das Ding auf den Boden und quiekte: ›Uh, würde sich meine Kotze nicht gut auf dem Teppich im Wohnzimmer machen?‹, und ihr habt alle gelacht und seid mit ihr ins Wohnzimmer gerannt, und das Leben ging einfach weiter, obwohl –«

Joanne trat auf ihn zu, und einen Augenblick lang dachte er, sie würde ihn schlagen, aber statt dessen schleuderte sie ihm ihren Mantel mit solcher Wucht ins Gesicht, daß es ihm schier den Atem verschlug und er von tannengrüner Dunkelheit umhüllt wurde, die nach Wolle und würzigem Parfum roch. Er spürte ihre Finger, die durch die Wolle gegen sein Gesicht drückten, und in dem ganzen Tumult rief John Horner laut: »Schluß jetzt, hört auf!«, aber der Mantel wurde weiterhin gegen sein Gesicht gedrückt.

»Jemand zu Hause?« sagte eine Stimme.

Es entstand ein langes, tiefes Schweigen.

Der Mantel fiel von Ben Joes Gesicht ab und blieb zerknittert an seinen Schultern hängen. Er blinzelte mehrmals. Alle hatten den Blick auf die Tür gerichtet und starrten mit ausdruckslosen Gesichtern den längsten Mann an, den Ben Joe je gesehen hatte. Er war knochig, besaß ein schmales, freundliches, sommersprossiges Gesicht, und obwohl er einen schlechtsitzenden Mantel trug, lag etwas Gelassenes und Anmutiges in der Art, wie er dort stand.

»Ich hätte ja vorher angerufen«, sagte er fröhlich, »aber wenn ich das getan hätte, wärt ihr wahrscheinlich nicht hier gewesen, wenn ich eingetroffen wäre. Und eigentlich wollte ich auch draußen warten, bis mir jemand die Tür aufmacht, aber ein Mann kann schließlich nicht ewig warten, oder?« sagte er und grinste Ben Joe an.

Allmählich ließ die allgemeine Überraschung nach, und einige Mitglieder der Familie öffneten den Mund, um etwas zu sagen, aber der Fremde war schnell in die Mitte des Zimmers getreten, die Hände noch in den Hosentaschen, und sagte: »Ich wußte gleich, welches Haus es ist. Ich hätte es überall erkannt. Obwohl die Schaukel draußen neu sein muß. Von der wußte ich nichts. Also, ihr seid –«, er sah sich um, immer noch vergnügt, »Großmama, Ben Joe, Mama, äh... Jenny? und ein Mann, den ich nicht kenne, neben Joanne –«

»Verschwinde«, sagte Joanne leise.

»Aber ich bin doch eben erst gekommen.«

»Ich warne dich, Gary...«

Aber Ben Joe wußte Bescheid, noch ehe sie den Namen ausgesprochen hatte. Er erkannte plötzlich die flammendroten Haare, die genau wie die von Carol achtlos aus der Stirn gekämmt waren, und die Augen, die er auf dem unscharfen Schnappschuß schon einmal gesehen hatte. Mit aufgerissenem Mund starrte er Joanne und Gary und John an, die unübersehbar und verkrampft in einer Dreiergruppe mitten im Zimmer standen.

»Ich gehe«, sagte er.

»Ben Joe!« rief seine Mutter.

»Ich will nichts mehr hören, mir ist alles egal, ich *gehe*!«

Und er schleuderte Joanne den Mantel ins Gesicht. Er fiel auf den Boden, aber sie ließ ihn liegen und schaute Ben Joe nicht an.

Jenny stand ihm im Weg; er schob sie ohne es zu merken beiseite und stürmte durch die Diele zur Haustür. Dann stand er draußen in der Dunkelheit. Der Wind blies ihm entgegen, und die Kälte schlug ihm ins Gesicht.

13

SHELLEYS GESICHT SAH SCHMAL UND BLASS AUS; ihr Kopf war mit wurstförmigen Lockenwicklern bedeckt. Sie stand hinter der Gittertür und schaute nach draußen auf die Veranda, wo Ben Joe im gelblichen Licht der Außenlampe stand, und Ben Joe hatte den Eindruck, als würde sie ihn eingehend mustern und in den unzugänglichen Winkeln ihres Gehirns ein Urteil über ihn fällen. Mit einer fahrigen Handbewegung berührte sie die Lockenwickler und gehorchte damit dem Teil ihres Wesens, der sich, ungeachtet der Umstände, stets fragte, ob sie präsentabel sei. Aber es war nur eine geistesabwesende Geste. Ihr Blick war immer noch auf Ben Joe gerichtet, und sie runzelte leicht die Stirn und beugte sich vor, um ihn besser sehen zu können.

»Ich bin's«, sagte Ben Joe.

»Das seh ich.«

Sie hörte nicht auf, ihn zu betrachten. Die Zeit schien zwischen den Bewegungen eines Sekundenzeigers stehengeblieben zu sein, und die beiden befanden sich in der Totenstille eines zeitlosen Raums, wo es keinen Grund zur Eile gab. Solange Shelley ihn schweigend und aufmerksam betrachtete, würden sie beide regungslos verharren und der Zeiger sich nicht weiterbewegen. Dann gab sie auf. Ohne erreicht zu haben, was immer es war, das sie hatte erreichen wollen, gab sie unvermittelt auf und öffnete, nachdem sie sich fester in ihren wattierten Morgenmantel gewickelt hatte, die Tür für Ben Joe.

»Ich bin stundenlang herumgelaufen«, sagte er.

Sie nickte. Anscheinend konnte sie nichts überraschen. Als er eintrat, streckte sie ihm beide Arme wie eine Puppe im Schaufenster eines Spielwarenladens entgegen, um ihm den dünnen Pullover, den er trug, abzunehmen, und er zog ihn aus und gab ihn ihr.

»Ich weiß, daß du keinen Besuch erwartest«, sagte er zu ihr, als sie sich umdrehte, um den Pullover aufzuhängen. »Mach einfach mit dem weiter, was du gerade gemacht hast. Das stört mich nicht.«

Sie gab keine Antwort. Als sie in den Schrank griff, klimperten die Kleiderbügel sachte, und als sie einen von ihnen herausholte, fiel ein anderer herunter und prallte mit dumpfem Knall auf den Boden, der voller alter Gummistiefel und hochhackiger Überschuhe war. Shelley achtete nicht darauf; sie war voll und ganz mit der scheinbar unendlich schwierigen Aufgabe beschäftigt, seinen Pullover auf den Bügel zu hängen. Was war mit Shelley los? Ihre Finger mühten sich mit dem Kragen des Pullovers ab, und es dauerte eine Ewigkeit, bis er gerade um den Haken des Bügels herum lag. An jedem anderen Abend wäre Ben Joe nicht neben ihr stehengeblieben, sondern hätte sie allein in der Diele zurückgelassen und sich im Wohnzimmer auf das Sofa gesetzt. Aber heute abend fühlte er sich befangen. Er wollte sich so rücksichtsvoll wie möglich benehmen, damit sie später froh über sein Kommen war. Also blieb er, seine kalten schmerzenden Hände reibend, bei Shelley stehen, wartete geduldig, bis sie das offenbar äußerst komplizierte Vorhaben, seinen Pullover aufzuhängen, ausgeführt hatte, und warf keinen einzigen Blick in Richtung Wohnzimmer.

»Bestimmt willst du ein Glas Bourbon«, sagte sie.

»Nein.«

»Der wird dir guttun, wenn dir kalt ist.«

Sie ging zur Küche. Ihre nackten Füße erzeugten beim Auftreten nur ein leises flüsterndes Geräusch. Einen Augenblick später folgte ihr Ben Joe. Wenn es schon so lange gedauert hatte, seinen Pullover aufzuhängen, wieviel Zeit würde sie dann erst brauchen, um einen Drink zu machen? Und außerdem wollte er gar keinen. Er kam sich dumm und albern vor, weil er bei ihr hereingeplatzt war, und er wollte es nicht noch schlimmer machen, indem er sich von ihr bewirten ließ.

»Tut mir leid, daß ich unangemeldet hier aufgetaucht bin«, sagte er.

»Ist schon gut.«

»Ich hätte vorher anrufen sollen.«

»Ist *schon gut*, Ben Joe.«

Sie stellte sich auf Zehenspitzen, um die Whiskeyflasche aus dem Küchenschrank zu holen, und Ben Joe lehnte sich gegen die Spüle. Er war überrascht, wie unordentlich es überall war. Normalerweise war Shelley fast zwanghaft ordentlich. Einmal hatte sie in seiner Gegenwart Erdnußbutter auf einer Scheibe Brot verteilt, dann das Messer abgewaschen und dann sowohl das Messer als auch das Erdnußbutterglas weggeräumt, ehe sie fortgefahren war, das Brot zu belegen. Und sie achtete immer mit penibler Genauigkeit darauf, daß die Vorratsdosen in einer Reihe auf der Küchentheke standen und alle Meßlöffel nach Größe geordnet an der Wand hingen. Aber heute herrschte das reinste Chaos. Teller und Essensreste waren über die Theke verstreut. Ein frisch gewaschener Pullover lag zusammengeknüllt auf dem Geschirrständer, und am Handtuchhalter hing eine Duschhaube. Er schaute Shelley an, weil er feststellen wollte, in was für einer Stimmung sie war. In dem blaß geblümten Morgenmantel, der ihr ein bißchen zu klein war, wirkte sie hager und zerbrechlich. Ihre Schüchternheit war offenbar verflogen, so vollständig, daß sie es überhaupt nicht peinlich fand, im Morgenmantel angetroffen zu werden. An die Stelle der Schüchternheit war eine tiefe Traurigkeit getreten, die er nicht oft bei ihr bemerkt hatte. Dadurch sah ihr Gesicht voller aus, und ihre Wangen wirkten schlaff. Ihr Blick war leer, ihre Augenbrauen hatten die starke Wölbung eingebüßt, die ihrem Gesicht sonst einen erwartungsvollen Ausdruck verlieh, und bildeten statt dessen zwei gerade Linien. Ihre vorgestreckten Lippen erinnerten an den Schmollmund eines Kindes. Als sie den Bourbon einschenkte, tat sie es mit einer heftigen, entschlossenen Handbewegung.

»Bedrückt dich etwas?« fragte Ben Joe.

Sie hielt inne, schaute die Whiskeyflasche an, griff dann nach einem zweiten Glas und schenkte sich selbst einen Drink ein.

»Wenn dich etwas bedrückt«, sagte er, »dann will ich es wissen. Ich hasse es, den Leuten alles einzeln aus der Nase ziehen zu müssen. Ich frage: ›Was ist los?‹, und die Antwort lautet:

›Nichts.‹ Und dann sage ich: ›*Bitte* erzähl es mir‹, und die Person sagt: ›Nein, es ist wirklich nichts von Bedeutung.‹ Und ich sage: ›Also ich *spüre* doch, daß irgend etwas los ist.‹ Und zu dem Zeitpunkt sind wir bereits wütend aufeinander. Ich denke ununterbrochen an alle Fehler, die ich in den letzten zehn Jahren gemacht habe, an Dinge, von denen du unmöglich wissen kannst, aber plötzlich denke ich, daß du vielleicht davon erfahren hast –«

»Oh, Ben Joe«, sagte Shelley müde.

Sie gab ihm seinen Drink, und dann nahm sie ihren eigenen und ging zum Wohnzimmer. Ben Joe folgte ihr mit langsamen, schlurfenden Schritten und beobachtete dabei Shelleys Hinterkopf. Die Lockenwickler hüpften fröhlich auf und nieder, aber sie ließ die Schultern nachlässig hängen. Nachdem sie das Wohnzimmer betreten hatten, entschied sich Shelley für einen Korbsessel neben dem Kamin, und Ben Joe mußte sich allein auf das Sofa ihr gegenüber setzen. Wegen des freien Platzes links und rechts neben ihm kam er sich wie auf dem Präsentierteller vor.

»Ich würde alles tun, um dir zu helfen«, sagte er. »Aber ich weiß nicht, was du hast.«

Shelley hob eine Augenbraue leicht an, als habe er ihr ein sonderbares kleines Spielzeug geschenkt, für das sie sich höflich bedanken wollte. Er hatte vergessen, daß sie so sein konnte. Er hatte sie erst ein paarmal in seinem Leben wütend erlebt – einoder zweimal, nachdem er mit anderen Mädchen ausgegangen war, und in der unvergeßlichen Situation, als sie während ihrer High-School-Zeit drei Monate lang eifrig an einem Pullover für ihn gestrickt hatte und als er fertig war feststellen mußte, daß Ben Joe unterdessen fünf Zentimeter gewachsen war. Jedesmal, wenn sie wütend wurde, hatten ihn die Veränderungen in ihrem Verhalten von neuem überrascht. Sie wurde kühl und überheblich, und er war völlig verwirrt. Heute saß sie nur schweigend und mit ausdrucksloser Miene in dem Korbsessel, egal, wie eindringlich er sie auch anschaute und wie geduldig er auch darauf wartete, daß sie etwas sagte. Er seufzte und nahm einen großen Schluck von dem warmen, unverdünnten Bourbon. Er stellte sich vor, wie der Whiskey langsam in seinen Magen rann. Mit geneigtem Kopf verfolgte er den Weg und registrierte aufmerksam, welche

Stelle seines Körpers gerade brannte. Shelley wurde zu einem unbelebten Gegenstand in einer Ecke des Zimmers, den er absichtlich ignorierte. Eine Melodie ertönte in seinem Kopf; sie wurde lässig von der geschlechtslosen, anonymen Stimme in seinem Innern gesummt, die stets die Worte, die er las, und die Gedanken, die er dachte, laut aussprach.

»Ich werde morgen abend wohl nicht kommen«, sagte er geistesabwesend. Der Finger, mit dessen Nagel Shelley rhythmisch gegen ihr Glas geklopft hatte, verharrte plötzlich mitten in der Bewegung. »Ich muß zurück nach New York.«

Der Fingernagel klopfte weiter. Ben Joe betrachtete eine bestimmte Stelle auf dem Couchtisch, wo sich in einer Ecke der Tischplatte, die von einem erhöhten Rand umgeben war, ein winziges Dreieck Staub angesammelt hatte. Auf einmal dachte er, unwillkürlich und ungewollt, daß morgen abend, wenn er in dem ruckelnden, schäbigen Zug auf dem Weg nach Norden säße, diese Tischecke noch haargenau so aussehen würde wie jetzt und unverändert weiterexistieren würde, egal, wo er sich befand. Shelley würde das Geschirr abwaschen und es ordentlich aufstapeln, Großmama würde aus voller Kehle singen, während sie das Silber polierte, und alles – der massive niedrige Couchtisch, die schmalen, blitzsauberen Fenster, die unzähligen, mit Vorhängen versehenen Haustüren, die gesamte beschauliche, konstante Welt der Frauen – würde dasselbe bleiben, während er in der Dunkelheit die grell erleuchtete Industrielandschaft New Jerseys durchquerte und schließlich in der morgendlichen Stille New York erreichte. Er beugte sich vor, stützte das Kinn auf eine Hand und starrte den Fußboden an.

»Egal, wo ich bin«, sagte er, »immer vermisse ich einen anderen Ort.«

Shelley schwieg.

»Ich weiß nicht, warum«, sagte er, so als habe sie danach gefragt. »Wenn ich nicht in Sandhill bin, habe ich manchmal das Bild der Stadt vor Augen – nur das Bild einer kleinen sonnenbeschienenen Insel, auf die ich unbedingt zurückkehren muß. Und ich sehe meine Familie. Meistens sehen sie aus wie eine Gruppe von Sonntagsausflüglern auf einem Gemälde aus dem neunzehnten Jahrhundert. Sie sitzen im Gras, tragen hübsche Kleider, haben Picknickkörbe und Sonnenschirme dabei, und sie gleiten auf der Insel an mir vorbei. Dann habe ich das Gefühl, ich sollte zurückkehren. Ich habe das Gefühl, daß sie mich brauchen und ich zu ihnen zurückkehren sollte. Aber wenn ich zurückkehre, lachen sie mich aus, zerwühlen mir das Haar und fragen mich, warum ich immer so besorgt bin. Ich weiß nicht, was ich ihnen antworten soll. Ich kann ihnen keinen Grund nennen. Nach kurzer Zeit reise ich wieder ab, weil ich mir selbst schwach und hilflos und besorgt vorkomme. Ich versuche, an etwas aus einer *anderen* Stadt zu denken, das ich wahnsinnig vermisse, wie beispielsweise den Baum an einer Straße in Atlanta, in dessen Stamm eine richtige Steckdose eingelassen ist, oder das entfernte verloren klingende Geräusch der Straßenbahnwagen in Philadelphia, wenn sie im Regen durch die menschenleere Straße eines Slums fahren, vorbei an den Ruinen von Häusern, die nur noch aus einer tapezierten Ziegelmauer und ein paar Steinstufen bestehen –«

Shelley starrte ihn inzwischen an. Sie hatte die Stirn in Falten gelegt und versuchte erfolglos zu begreifen, was er meinte. Als er merkte, daß es ihm nicht gelang, sich verständlich zu machen, schwieg er und spreizte mit einer hilflosen Geste die Hände.

»Tja«, sagte er.

»Nein, ich höre dir zu.«

»Nun denn.« Er stockte und versuchte, seine Worte in einen sinnvolleren Zusammenhang zu bringen, aber schließlich gab er es auf. »Nichts«, sagte er. »Also, dann fährt man tatsächlich nach Atlanta zu der blöden Steckdose, und man fährt nach Philadelphia zu den blöden Straßenbahnwagen. Und dann? Man sieht eine Steckdose und hört Straßenbahnwagen, weiter nichts. Beides ist höchstens fünf Minuten lang interessant. Dann, wenn ich mich gerade frei und stark und ungebunden fühle, gleitet, egal, wo ich bin, diese Insel, die wie eine Stadt aussieht, im Geist an mir vorüber, und auf dieser Insel sitzt meine Familie immer noch lächelnd neben ihren Picknickkörben auf dem Rasen...«

Shelley nickte mehrmals langsam, als ob sie ihn verstehen würde. Er wußte nicht, ob das wirklich der Fall war. Er glaubte es eigentlich nicht, aber im Augenblick fand er es wichtiger, herauszufinden, ob sie immer noch in dieser düsteren Stimmung war und ob sie ihm den Grund dafür verraten würde. Er starrte unverwandt zu ihr hinüber; wie zuvor nahm ihr Gesicht wieder den gleichgültigen Ausdruck an, und sie erwiderte seinen Blick.

»Du fährst also zurück nach New York«, sagte sie.

»Sieht so aus.«

Sie schwieg von neuem. Er schwenkte sein Glas und schaute zu, wie der Bourbon hochschwappte und eine ölige Spur auf der Innenseite des Glases hinterließ.

»Du kommst also einfach her«, sagte sie, »und dann verschwindest du wieder.«

»Also, genau das wollte ich dir ja gerade –«

»Du bist gemein, Ben Joe Hawkes.«

Er schaute hoch. Shelley war wütend und starrte ihn mit zusammengekniffenen Augen an. Sobald er sie anschaute, griff sie mit einer Hand erneut nach den Lockenwicklern und fing an, sie aus ihren Haaren zu ziehen. Sie riß sie hastig heraus und warf sie in ihren Schoß, wo ihre andere Hand lag, die so fest zusammengeballt war, daß die Knöchel weiß hervortraten. Trotz all seiner Sorgen, trotz seiner Betroffenheit angesichts ihrer Wut und seiner Niedergeschlagenheit wegen des Verlaufs des ganzen Abends, fragte ein Teil von Ben Joe sich mit distanziertem Interesse, warum sie die Lockenwickler herausnahm und warum sie es ausgerechnet in diesem Moment tat. Er beobachtete sie aufmerksam. Ihre Haare blieben, auch ohne Lockenwickler, immer noch in Form kleiner Würste dicht an ihrem Kopf liegen, und da sie keinen Kamm zur Hand hatte, fuhr sie mit den Fingern durch die Locken, um sie aufzulösen. Aber die ganze Zeit sah ihr Gesicht aus, als wäre ihr nicht bewußt, was sie tat, als wäre die Beschäftigung mit ihrem Haar nur ein nervöser Tick.

»Du kommst her, und dann verschwindest du«, wiederholte sie. »Einfach so. Du bist gemein. Das Schlimme an dir ist, daß du nicht nachdenkst, Ben Joe Hawkes. Du bist ein furchtbar netter Mensch, wenn du nachdenkst, aber das ist nur selten der Fall, und meistens –«

»Worüber denke ich nicht nach?« fragte er.

»Über dein Kommen und Gehen.«

»Mein Gott, Shelley.«

»Und dann ist da, zu allem Überfluß, auch noch deine Schwester.«

Er war gerade dabei, sein Glas auf den Tisch zu stellen, hielt aber mitten in der Bewegung inne und schaute hoch. Die Situation hatte etwas Alptraumhaftes. Sie glich einem der Träume, in denen er die Hauptrolle in einem Theaterstück spielen sollte und am Premierenabend auf der Bühne stand, aber keine Ahnung hatte, um welches Stück es sich handelte.

»Meine Schwester«, sagte er.

»*Ja*, deine Schwester.«

»Welche?«

»Mach dich nicht lustig über mich, Benjamin Hawkes.«

»Gut, aber welche Schwester meinst du?«

»Welche Schwester, verdammt noch mal? Wie kannst du nur –«

»Ich habe sechs«, sagte Ben Joe geduldig. Er holte Luft, um fortzufahren, aber dann atmete er, weil ihm plötzlich klargeworden war, wen sie meinte, wieder aus und ließ sich in die Polster sinken. Erneut sah er John Horner und Joanne vor sich, wie sie auf den Verandastufen standen und ihn anschauten, wie sie im Wohnzimmer der Hawkes' trotzig nebeneinander standen, und Ben Joe schüttelte den Kopf angesichts seiner eigenen Dummheit. Joanne hatte so eine gewisse Art: Sobald sie einen Mann traf, schien dieser Mann ihr zu gehören. Sogar John Horner, den Shelley eindeutig als *ihren* Freund bezeichnet hatte, verband Ben Joe in seiner Vorstellung nur noch mit Joanne, seit er die beiden zusammen gesehen hatte. Allerdings hatte er sie zum ersten Mal an dem Abend gesehen, an dem Shelley John Horner vollkommen vergessen zu haben schien. Er fand das alles sehr verwirrend; kopfschüttelnd sagte er: »Mein Gott, bin ich dumm.«

»Warum?« fragte Shelley neugierig. Offenbar war sie auf einen längeren Streit eingestellt gewesen, und jetzt hatte er ihr kurzfristig den Wind aus den Segeln genommen.

»Du meinst Joanne.«

»Selbstverständlich meine ich sie.« Sie faltete die Hände im Schoß und starrte darauf. »Mrs. Murphy hat es mir erzählt«, sagte sie. »Wenn sie es nicht gewesen wäre, hätte ich es von jemand anderem erfahren. In dieser Stadt bleibt nichts geheim. Ich weiß, sie ist deine Schwester, aber sie ist wirklich zügellos. Selbst jetzt, wo sie einen Ehemann und ein Baby hat, ist sie immer noch zügellos. Sie ist zügellos und verdorben und hinter jedem her, der ihr ein bißchen Aufmerksamkeit schenkt. Das wird dir jeder bestätigen. Man braucht keinen Detektiv, um es rauszufinden. Der einzige, der es nicht wahrhaben will, bist du. Du hörst nicht besonders gut zu, wenn jemand über deine geliebten Schwestern redet.«

»Ich höre zu«, sagte Ben Joe. Er schaute sie nicht an und verdrehte mechanisch seine zwischen den Knien liegenden Hände.

»Oh, ich wollte nicht über sie herziehen...«, sagte Shelley plötzlich. Zum ersten Mal an diesem Abend hatte Ben Joe den Eindruck, daß ihr die Tränen in den Augen standen. Sie schaute mit glasigem Blick und verzerrtem, zitterndem Mund hoch und fixierte einen Punkt direkt über seinem Kopf, um zu verhindern, daß sie blinzelte und ihr die Tränen über die Wangen liefen. Shelley gehörte zu den Frauen, die nahe am Wasser gebaut sind, und aus jahrelanger Erfahrung wußte Ben Joe, daß es das beste war, fröhlich und unbekümmert zu sein und ihren Tränen so wenig Aufmerksamkeit wie möglich zu schenken. In seinem Kopf ertönte wieder die leise, anonyme Stimme und summte munter vor sich hin. Er richtete den Blick auf ein leeres Eckregal hinter Shelleys Stuhl.

»Nun gut«, sagte er schließlich. Er bemühte sich um einen freundlichen und sachlichen Tonfall. »Immerhin weiß ich jetzt, warum du wütend auf mich bist.«

»Warum denn?« fragte Shelley, biß sich weiter fest auf die Lippen und starrte unverändert über ihn hinweg.

»Na ja, du warst mit mir verabredet, und darum ist John mit Joanne ausgegangen. Es war Schwarze Magie. Auf dem College habe ich mich einmal in ein kokettes Mädchen verliebt. Sie hatte einen süßen kleinen Pferdeschwanz, der bei jedem Schritt an ihrem Hinterkopf auf und ab wippte, und ich fand sie toll. Wochenlang habe ich kein anderes Mädchen angeschaut, noch nicht einmal die, die mir zufällig auf dem Campus begegneten, weil ich glaubte, sie würde dann keinen anderen Jungen anschauen. Manchmal überrascht es mich selber, wie abergläubisch ich bin. Am Ende ist sie von zu Hause weggelaufen und hat einen Tubaspieler aus irgendeinem Kaff in Arkansas geheiratet –«

»Du bist wirklich ein Herzchen«, sagte Shelley. »Jedesmal, wenn man traurig ist, kommt garantiert irgend jemand des Weges und erzählt einem frohgemut *seine* Probleme, die überhaupt nicht vergleichbar sind mit –«

»Tut mir leid«, sagte Ben Joe. »Ich dachte, es wäre vergleichbar. Tut mir leid.«

Er fing wieder an, die Hände zwischen den Knien zu verdrehen. Er schaute sie immer noch nicht an. Als er das Gefühl hatte, er könne ruhig weiterreden, da er offenbar doch keinen Weinkrampf bei ihr ausgelöst hatte, sagte er: »Ich wollte nur erklären, warum ich schuld habe. Weil du mit mir zusammen warst. Sofern du ebenfalls abergläubisch bist, natürlich. Aber ich wollte John Horner bestimmt nicht in die Arme meiner Schwester treiben. Ich schwöre bei Gott –«

Eine Träne mußte ihr entwischt sein. Shelley war zu weit von ihm entfernt, und das Licht im Zimmer war zu trübe, um ganz sicher zu sein, aber er sah, wie ihre Hand reflexartig über ihre Wange strich und dann in ihren Schoß zurückkehrte.

»Also gut«, sagte er. »Wahrscheinlich bist du gar nicht abergläubisch. Wahrscheinlich hat es damit überhaupt nichts zu tun. Ich überlege nur die ganze Zeit, was ich getan haben könnte, und mir fällt nicht das geringste ein –«

»Oh, wie dumm du bist«, sagte Shelley. Sie kauerte sich zusammen, versuchte nicht mehr, ihre Tränen zu unterdrücken, sondern ließ ihnen freien Lauf und vergrub das Gesicht in ihren zarten, blassen Händen.

»Tja«, sagte Ben Joe ohne Grund. Er durchsuchte rasch seine Taschen, fand aber kein Taschentuch. Auf dem Kaminsims erspähte er eine von diesen schwarzen Lederhandtaschen mit Griff, die er immer mit alten Damen assoziierte. In dem Moment, in dem er aufstand, um zum Kamin zu gehen, erklang wieder die Melodie in seinem Kopf, aber diesmal gelang es noch nicht einmal der anonymen Stimme, die erstickten, röchelnden

Geräusche hinter ihm zu übertönen. Hastig durchsuchte er die fein säuberlich aufgeräumte Handtasche und fand unter der Brille, dem Schlüsselbund, dem Portemonnaie und dem Lippenstift ein unbenutztes Papiertaschentuch. Er schüttelte es auseinander, während er zu Shelley hinüberging, und drückte es ihr in die Hand.

»Wenn man dich so reden hört«, sagte sie mit belegter Stimme, als sie das Taschentuch entgegennahm, »klingt es, als hättest du überhaupt nichts getan und würdest dich bloß mir zuliebe fragen, was du falsch gemacht hast. Schön, ich werde dir also erzählen, was du getan hast.« Sie schneuzte sich vorsichtig. Ben Joe, der über ihr stand, fühlte sich an Tessie oder Carol erinnert. Er verspürte den Drang, zu ihr zu sagen: »Na los, stärker pusten. Sonst bekommst du die Nase nie frei«, aber er hielt sich zurück und wartete statt dessen schweigend darauf, daß sie weitersprach. »Du kommst immer dann bei mir an, wenn du Trost suchst«, sagte sie. »Ohne dir etwas dabei zu denken, ohne einen Gedanken an mich zu verschwenden. Meine Mutter hat mir das klargemacht, obwohl sie große Stücke auf dich hielt. Wenn du beispielsweise zu Hause Ärger hattest, kamst du bei mir vorbei, um dich trösten zu lassen, und dann, zack, weg warst du, ohne dir etwas dabei zu denken, und als der Ball des Spielmannszugs ins Haus stand, hast du Dare Georges, die nun wirklich die Flatterhafteste von allen war, eingeladen, dich zu begleiten, nur weil sie ständig – außer vielleicht in der Kirche – ihre Tambourinmajorinnen-Uniform trug –«

»O Shelley«, sagte Ben Joe genervt. »Versuch bitte, beim Thema zu bleiben.«

Sie schneuzte sich und nickte, den Blick auf den Fußboden gerichtet. Wenn Shelley weinte, sah sie beinahe häßlich aus; ihre durchscheinende Haut wirkte dann fleckig und schwammig. Vielleicht war ihr dieser Gedanke auch gerade gekommen, denn sie fuhr sich mit einer Hand über Gesicht und Haare und setzte sich aufrechter hin.

»Diesmal ist es noch schlimmer«, sagte sie. »Schlimmer als früher, meine ich. Weil ich diesmal einen festen Freund hatte, der mich wahrscheinlich heiraten wollte, und dann kamst du plötzlich wieder, und es hat nichts mit Aberglauben zu tun, sondern ist eine simple Tatsache, daß ich deinetwegen John sagen mußte, ich hätte Sonntag abend keine Zeit. Ich weiß, es ist meine eigene Schuld, daß ich mich mit dir verabredet habe. Und ich weiß, ich habe keinen Grund zu weinen, schließlich habe ich ihm deinetwegen abgesagt, aber an ihm habe ich wenigstens jemanden, oder? Jemanden, der bei mir bleibt, manchmal an mich denkt und mir eine Küchenausstattung kauft.«

Sie hatte sich wieder in einen beeindruckenden Heulanfall hineingesteigert. Ihre Stimme war zittrig, und ihr Kinn zuckte. Ben Joe hatte manchmal den Verdacht, daß es Frauen Spaß machte zu weinen, da sie endlos auf dem, was sie traurig machte, herumritten. Er griff nach ihrem Drink, der fast unberührt neben ihrem Sessel stand, und hielt ihn ihr hin.

»Trink etwas«, sagte er.

»Nein.«

»Komm schon.«

Er führte das Glas an ihren Mund, und sie nahm einen Schluck und versuchte zu lächeln. Ihr Gesicht war aufgequollen, ihre Augen waren schmale Schlitze wie bei einem schläfrigen Kind und ihre Lippen weich und geschwollen. Offenbar lag heute etwas in der Luft, das die Menschen in Tränen ausbrechen ließ. Zuerst Großmama und dann Shelley, und irgendwie war auch ihm mittlerweile zum Heulen zumute.

»Noch einen Schluck«, sagte er.

Sie gehorchte ihm.

»Willst du eine Zigarette?«

Sie preßte entschlossen die Lippen aufeinander und schüttelte den Kopf. »Ich bekomme davon Mundgeruch.«

»Oh. Na gut.«

Er nahm selbst eine und steckte sie an. Es war seine erste Zigarette an diesem Tag, und sie schmeckte ihm nicht, aber er zog energisch daran und schaute nicht zu Shelley hinüber.

»Es ist wirklich einzig und allein meine Schuld«, sagte Shelley, als befänden sie sich mitten in einer noch nicht beendeten Unterhaltung. »Ganz allein meine. Ich habe seit Jahren keinen Mann mehr in mein Herz gelassen –«

»In dein –«

»Der verhindert hätte, daß ich eine alte Jungfer werde. Ich mache mir zu viele Sorgen, niemals den Mann fürs Leben zu finden. In Alabama, als meine Familie noch lebte, kam ich jeden Tag zur gleichen Zeit von der Arbeit nach Hause, und ich stieg die Vordertreppe zu unserem Haus empor und dachte: ›Es ist zehn nach fünf, genau wie gestern und wie vorgestern, und wie jeden Tag steige ich dieselben Stufen hinauf, und niemand außer meiner Familie wartet auf mich, und ich werde heute abend wieder nur mit meiner Familie Mensch-ärgere-dich-nicht spielen, und ich habe keinen Mann, der sich um mich sorgt.‹ Und dann betrat ich das Haus und stieg die Treppe zu meinem Zimmer im ersten Stock hoch, und Mutter rief mir aus dem Wohnzimmer zu: ›Bist du es, Shelley?‹ Und ich sagte: ›Ja, ich bin's.‹ Dann stieg ich die restlichen Stufen hoch und ging in mein Zimmer, und Phoebe rief aus ihrem Zimmer: ›Bist du es, Shelley?‹ Und ich sagte: ›Ja, ich bin's.‹ –«

»Shelley, ich glaube, so kommen wir nicht weiter«, sagte Ben Joe.

»Hör mir zu, Ben Joe. Ich versuche, dir etwas zu erklären. Ich ging dann also in mein Zimmer und zog mich um und hängte mein Kleid ordentlich auf, und dann nahm ich meine Strümpfe mit ins Badezimmer und wusch sie aus und hängte sie über die Stange vom Duschvorhang. Dann ging ich zurück in mein Zimmer und räumte meine Wäscheschublade auf, die ich erst eine Woche zuvor aufgeräumt hatte, oder ich stopfte irgend etwas oder löste ein Silbenrätsel. Beim Abendessen wurden mir jedesmal zwei Fragen gestellt. Mein Vater sagte: ›Wie war dein Tag, Shelley?‹ Und ich sagte: ›Gut, Vater.‹ Und Mutter sagte: ›Was wirst du heute abend machen?‹ Und ich sagte: ›Nichts Besonderes, Mutter.‹ Und das stimmte, so war es Tag für Tag, und manchmal denke ich, ich hätte ebensogut ein Tonband mit meinen ewig gleichen Antworten von der Arbeit nach Hause schikken können, denn es hätte keinen Unterschied gemacht –«

»Und warum erzählst du mir das jetzt?«

»Ich versuche, dir zu erklären, warum ich wütend auf dich bin.«

»Du bist immer noch wütend?« fragte er.
»Selbstverständlich.«
»Oh, nicht doch. Sei bitte nicht mehr wütend auf mich.«
»Du kommst und gehst«, sagte sie hartnäckig.
»Das ist nicht wahr.«
»Ach nein?«
»Nein, ab jetzt nicht mehr«, sagte er. Ein beklemmendes Gefühl überkam ihn; vor seinen Augen tauchte wieder das Bild auf, in dem er im Zug saß und Shelley in Sandhill zurückblieb, und seelenruhig, als habe es ihn niemals gegeben, Geschirr abwusch.
»Ich glaube, du wirst dich niemals ändern, Ben Joe«, sagte sie.
»Shelley, ich werde nicht mehr kommen und gehen. Ich werde nicht länger gedankenlos sein. Weißt du was, du kommst mit mir. Du kommst mit nach New York.«
»Na, was würden die Leute hier wohl *dazu* sagen?«
»Nein, es ist mein voller Ernst. Wir könnten... ach, zum Teufel, wir könnten heiraten. Hast du gehört? Komm schon, Shelley.«
Sie wandte den Blick von ihren Händen ab und starrte ihn an. »Was hast du gesagt?«
»Wir könnten...« Die Worte, die aus seinem Mund kamen, klangen absurd, so als stammten sie aus dem unbekannten Theaterstück in seinem Alptraum. »Heiraten«, sagte er.
»Also, Ben Joe, *das* habe ich damit nicht bezweckt. Ich wollte nicht von dir verlangen –«
»Nein, es ist mein voller Ernst, Shelley. Mein voller Ernst. Sei bitte nicht mehr wütend auf mich. Du nimmst morgen mit mir den Zug nach New York, und wir heiraten, sobald wir dort sind. Willst du? Du brauchst bloß eine Reisetasche zu packen, und Jeremy wird unser Trauzeuge sein...«
Sie fing langsam an, ihm zu glauben. Sie saß aufrecht in ihrem Sessel, ihr Mund war leicht geöffnet, und mit einer Miene, die zugleich Freude und anhaltende Zweifel ausdrückte, versuchte sie zu ergründen, ob er wirklich meinte, was er sagte.
»Aber natürlich«, sagte er. »Zum Teufel, warum sollte ich weggehen, dich mit dem Abwasch zurücklassen –«
»Womit?«

»Und eines Tages wiederkommen, genauso wie, ich weiß nicht, wie Jamie Dower vielleicht, den keiner mehr kannte, mit Ausnahme einer einzigen Frau, und auch die hat einen anderen geheiratet...«

»Ben Joe«, sagte Shelley, »ich kann dir nicht ganz folgen, aber wenn du das, was du gesagt hast, ernst gemeint hast –«

»Natürlich hab ich es ernst gemeint«, sagte Ben Joe. Und es stimmte; er war inzwischen ganz aufgeregt und suchte in ihrem Gesicht begierig nach Anzeichen dafür, daß er sie überzeugt hatte und sie nicht mehr wütend war. »Willst du, Shelley? Ich nehme den Zug, der am frühen Abend fährt. Wirst du am Bahnhof sein?«

»Ja, wahrscheinlich«, sagte Shelley langsam. »Ich frage mich nur...« Zum ersten Mal an diesem Abend lächelte sie über das ganze Gesicht, und sogar ihre Augen strahlten. Sie stand auf und ging zu ihm. »Wirst du es nicht bereuen?«

»Nein. Ich werde es nicht bereuen.«

»In Ordnung«, sagte sie.

»Und *du*? Ich meine, wirst du es bereuen?«

»Bestimmt nicht. Habe ich dir das nicht schon damals auf der High School immer gesagt?«

»Ich glaube, ja«, sagte er.

»Mir scheint, Ben Joe, du liebst immer die Menschen, die vor dir davonlaufen, und läufst vor den Menschen davon, die dich lieben. Aber wenn du beschlossen hast, es dieses eine Mal anders zu machen, bin ich voll und ganz einverstanden. Wir treffen uns dann also am Bahnhof.«

Sie umarmte und küßte ihn, und er lächelte zu ihr hinunter.

»Wie spät ist es?« fragte er.

»Gegen eins.«

»Mein Gott. Wenn es dir recht ist, Shelley, würde ich gerne hier auf dem Sofa schlafen. Ich kann den Gedanken nicht ertragen, jetzt nach Hause zu gehen. Ich werde noch vor Morgengrauen verschwunden sein.«

Sie zögerte einen Moment, aber dann nickte sie. »Da ist vermutlich nichts gegen einzuwenden«, sagte sie. »Aber du wirst nicht bequem liegen.«

»Das geht schon in Ordnung.«

»Phoebe hat hier manchmal geschlafen. Sie hatte ein leichtes Hohlkreuz, und sie meinte, eine der Sprungfedern würde sich der Wölbung ihres Rückens genau anpassen.«

Sie strich über seine Wange, drehte sich dann um und ging rasch zum Dielenschrank. Vom obersten Regal nahm sie eine Patchworkdecke, die nach jahrelanger Benutzung ganz schmuddelig aussah.

»Die wird dich warmhalten«, sagte sie, während sie wieder zum Sofa ging. »Halt einfach diesen Zipfel hier fest, dann wickele ich dich ein. So ist es wärmer, als wenn du die Decke einfach über dir ausbreitest.«

Er streifte die Schuhe ab und hielt dann den Zipfel der Decke fest, den sie ihm gab. Shelley ging um ihn herum, hüllte ihn ein wie in einen Kokon. Als sie damit fertig war, musterte sie ihn und nickte zufrieden.

»Du wirst nicht frieren«, sagte sie. »Die Lampe ist über deinem Kopf, und wenn du irgend etwas brauchst, ruf mich. Gute Nacht, Ben Joe.«

»Gute Nacht.«

Er blieb, fest in die Patchworkdecke eingewickelt, neben dem Sofa stehen, bis sie ihm ein letztes Mal zugelächelt hatte und die Treppe hochgestiegen war. Als er ihre nackten Füße sanft über den Fußboden über ihm tapsen hörte, wickelte er sich mühsam wieder aus und steckte die Decke an einem Ende des Sofas fest. Dann nahm er eines der Kissen von der Rücklehne und legte es ans andere Ende. Er tat all dies auf eine besondere, geschäftsmäßige Art und Weise, wie jedesmal, wenn er seinen Gedanken nicht nachhängen wollte. Wenn er anfangen würde, über den heutigen Abend nachzudenken, würde er die ganze Nacht kein Auge zutun. Daher setzte er sich auf das Sofa, schob seine Beine unter die Steppdecke und konzentrierte sich dabei ausschließlich auf den mechanischen Vorgang des Ausstreckens. Und sobald er lag, verwandelte er seinen Geist in eine leere schwarze Tafel, auf der nichts stand, was ihn an die rastlose Betriebsamkeit in seinem Hinterkopf erinnert hätte.

14

DER MORGEN WAR NOCH NICHT ANGEBROCHEN, als Ben Joe wieder vor seinem Haus ankam. Die Nacht hatte das Stadium erreicht, in dem die Luft von Millionen Staubkörnchen zu wimmeln scheint, und obwohl er die Dinge erkennen konnte, waren die Umrisse verschwommen, und alles wirkte fahl und zweidimensional wie eine schwach kolorierte Fotografie. Vor ihm ragte teilnahmslos das Haus auf. Wäre er um diese Zeit im Auto an dem Haus vorbeigefahren, hätte er einen kurzen Blick darauf geworfen und die Menschen, die darin wohnten, beneidet, denn er hätte sich vorgestellt, daß sie von geräuschloser Dunkelheit umgeben sanft und selig schliefen. Auch jetzt beneidete er sie in gewisser Weise. Seine Augen waren, nach der unruhigen Nacht, die er verbracht hatte, verquollen, und er dachte an seine Schwestern, die hinter sorgfältig zugezogenen Vorhängen lagen und zwischen sauberen weißen Laken tief und traumlos schliefen. Aber da er kein zufällig vorbeikommender Fremder war, blieb er an der Pforte stehen und betrachtete das Haus eingehender, als ein Fremder es getan hätte. Es war ein äußerst verschlossen und geheimnisvoll wirkendes Haus. Tagsüber, besonders im Sommer, teilte das Haus seine Geheimnisse freigebig mit und besaß eine offene, fröhliche Ausstrahlung; die Fliegengittertür knallte pausenlos, und die Mädchen, die pastellfarbene Kleider trugen, brachten den auf dem Verandageländer hockenden Jungs Limonade, und in den üppigen Stockrosen neben der Vordertreppe brummten Hummeln. Aber jetzt, da keine Stimmen zu hören waren, die Veranda verlassen dalag und die dunklen Fenster zum Schutz gegen die winterliche Kälte geschlossen waren, konnte niemand sagen, wie viele Geheimnisse das Haus barg. Der Anblick der imposanten, zugesperrten Haustür verriet niemandem, was über Nacht passiert war und welche neuen Beschlüsse Ben Joes schlafende Schwestern gefaßt hatten. Er verharrte zögernd, die Hand auf die Pforte gelegt, und stellte fest, daß sein Gefühl für das Haus zwischen Liebe und Haß schwankte, daß er sich nicht entscheiden konnte, ob er in die geräuschlose Dunkelheit eindringen oder sich abwenden und den Einfluß des Hauses auf ihn für immer abschütteln sollte. Dann quietschte die Pforte leise, und er drückte sie auf und ging über den Gartenweg zur Vordertreppe.

Seine Schritte auf den Betonplatten erzeugten ein knirschendes, allzu deutliches Geräusch. Abgesehen vom trägen Zwitschern einiger Vögel in den Bäumen war es der einzige Laut, den er hörte. Als er die Stufen emporstieg, kamen ihm seine Schritte angestrengt und schwerfällig vor, und seine unerhörte Müdigkeit fiel ihm wieder ein. Er war im Laufe der Nacht mehrmals mit dem Gefühl, etwas vergessen oder nicht erledigt zu haben, aufgewacht, und auch sein Schlaf war unruhig und von leuchtend bunten Traumfetzen durchzogen gewesen. Jetzt wurde ihm, allein von der Anstrengung, die Vordertreppe hinaufzusteigen, schon schwindelig. Anstatt sofort ins Haus zu gehen, begab er sich zur Verandaschaukel und ließ sich langsam darauf nieder, um eine Weile auszuruhen und den Garten zu betrachten. Er spürte das eiskalte Metall der Schaukel durch den Stoff seiner Hose. Er zitterte und verschränkte die Arme vor der Brust, aber nach kurzer Zeit hatte sich sein Körper an die Kälte gewöhnt und entspannte sich wieder. Die Schaukel bewegte sich leicht und machte ein wehklagendes, schläfriges Geräusch, das ihm ebenso deutlich ins Bewußtsein drang wie vor wenigen Minuten seine Schritte. Wenn er jetzt wohlbehütet im Inneren des Hauses in einem warmen weichen Bett läge und jemand anderer auf dieser Schaukel säße, würde ihn das leise Quietschen in noch tieferen Schlaf wiegen. Er würde den Kopf auf dem Kissen ein wenig bewegen und die Bettdecke über die Ohren ziehen, und das Geräusch der Schaukel würde seine Träume durchdringen und nach und nach Eindrücke von warmen Sommerabenden und sich über den grünen Rasen ausbreitender leiser Radiomusik heraufbeschwören...

Er stand abrupt auf und spürte, wie sein Blick vor Müdigkeit bereits trübe geworden war. Wenn man ihn morgens hier schlafend vorfände, würde er sich zum Gespött der Leute machen. Die Nachbarn würden auf dem Weg zur Arbeit stehenbleiben und ihn vom Bürgersteig aus lächelnd betrachten. Eine seiner Schwestern würde ihn finden und voller Begeisterung die anderen rufen, und sie würden alle angelaufen kommen und über den drolligen Ben Joe lachen, der mit verrenkten Gliedern auf einer kalten Metallschaukel lag. Der ewig besorgte Ben Joe. Er würde aufwachen, ins Haus gehen und, von ihren kleinen Sticheleien begleitet, verlegen sein Frühstück einnehmen oder aber verdrossen draußen sitzen bleiben und eine noch lächerlichere Figur abgeben. Nein, er wollte es nicht riskieren, auf der Schaukel einzuschlafen.

Er seufzte und ging über die Holzdielen zur Haustür. Die Muskeln seiner Beine fühlten sich kalt und steif an, als ob sie ebenfalls aus Metall wären, und er spürte einen Schmerz an der Stelle in seiner Seite, wo ihn Phoebes Lieblings-Sprungfeder gepiekst hatte. Während er die Tür aufschloß, erkannte er, daß es für ihn keine andere Möglichkeit gab, als in sein Bett zu gehen. Der morgige – oder vielmehr heutige – Tag würde derartig hektisch werden, das es ihm ratsam schien, ihn ausgeruht zu beginnen. Das Türschloß ging auf, und er nahm den komplizierten Vorgang des Betretens des Hauses in Angriff, der normalerweise automatisch vonstatten ging; aber in seinem jetzigen, halbwachen Zustand war er sich jeder Bewegung so deutlich bewußt, als würde vor seinen Augen ein Film in Zeitlupe ablaufen: Den Daumenknopf drücken, die Tür kraftvoll zu sich heranziehen, bis es *klick* machte, sie dann mit einem Ruck nach unten und innen drücken, bis sie nachgab, sich quietschend öffnete und mit einem leisen Geräusch über den Teppich in der Diele schabte. Er ging hinein und schloß die Tür hinter sich. In der Diele hing ein stickiger, staubiger Geruch, der ihm auf der Stelle in die Nase drang, und er blieb einen Moment lang stehen, um sich an die Dunkelheit und die Wärme zu gewöhnen. Er sah fast nichts; ein blasser Streifen an der Wand verriet, wo der Spiegel hing; das war alles. Es herrschte hier eine tiefere Stille als draußen, aber er spürte auch, daß Menschen in der Nähe waren. Er hatte nicht mehr das Gefühl, auf sich allein gestellt zu sein, obwohl dieses Gefühl nicht durch eindeutige Geräusche bestätigt wurde.

Er durchquerte blind die Diele, um zur Treppe zu gelangen. Als er am Wohnzimmer vorbeikam, warf er einen Blick durch den breiten Türbogen und stellte fest, daß es dort heller war, denn durch die Erkerfenster fiel grauweißes Licht herein. Auf dem Sofa lag eine lange dunkle Gestalt, die sich leicht bewegte, während Ben Joe sie anschaute, und um seine Neugier zu befriedigen, änderte er seine Richtung und ging zum Sofa. Zu seinen Füßen ertönte ein scharfes metallisches Scheppern. Er war gegen eine Kasserolle getreten, in der sich vermutlich Popcorn befand. Ben Joe hielt einen Augenblick den Atem an, aber da die Gestalt sich nicht bewegte, trat er näher an das Sofa. Er blieb an einem Ende stehen, beugte sich vor und kniff die Augen zusammen, um in dem staubigen, trüben Licht erkennen zu können, wer dort lag. Anscheinend war es Gary. Obwohl er nicht genau zu erkennen war, konnte Ben Joe auf den zwei dicken Federkissen sein blasses Gesicht ausmachen. Garys Mund stand offen, aber er schnarchte nicht, sondern atmete flach und leise seufzend. Und sein Haar, dessen leuchtende Farbe vom Dämmerlicht verschluckt wurde, lag borstig auf dem Kissen. Ben Joe beobachtete ihn eine Weile und dachte darüber nach, wie ausdruckslos schlafende Menschen wirkten. Anscheinend quälten Gary weder Träume noch Anfälle von Rastlosigkeit; er sah friedlich und entspannt aus. Ben Joe schüttelte den Kopf, und nachdem er den Gedanken, Gary aufzuwecken und ihn zu fragen, was gestern Abend noch passiert war, verworfen hatte, ging er wieder in die Diele.

Als er die Treppe halb hinaufgestiegen war, kam ihm plötzlich ein Bild in den Sinn. Er sah aus der Vogelperspektive Tausende von Häusern unter sich, und in jedem der winzigen Häuser war das Sofa vom Bewohner eines anderen Hauses belegt. Es war ein heilloses Durcheinander – Ben Joe lag auf Shelleys Sofa, Gary auf Ben Joes Sofa und Gott-weiß-wer auf Garys Sofa. Das Bild kam ihm überdeutlich und ungewollt in den Sinn, und ehe es verschwunden war, hatte es ihn beinahe zum Lächeln gebracht.

Der Flur im ersten Stock war fast vollkommen finster, denn er hatte keine Fenster. Ben Joe tastete sich an den hohen weißen Türen entlang, die alle geschlossen waren und durch die nur leise, murmelnde Schlafgeräusche drangen. Dann stand er in seinem Zimmer und freute sich über den einladenden Anblick des im Halbdunkel weiß schimmernden Bettes mit der aufgeschlagenen Überdecke. Er nahm seinen Wecker vom Nachttisch, drehte ihn zum Fenster und bemühte sich angestrengt, die Position der Zeiger auszumachen. Halb sechs. Ihm blieb also mindestens noch eine Stunde, vielleicht sogar mehr, wenn die Mädchen zur Abwechslung einmal leise aufstanden. Das Rollo vor seinem Fenster war hochgezogen, und das matte weiße Licht beschien ein Rechteck auf dem Teppich. Er zog das Rollo bis zur Fensterbank herunter, weil er vermeiden wollte, daß die Sonne ihn aufweckte. Dann kleidete er sich langsam und methodisch aus und hängte seine Sachen ordentlich in den Schrank, um mit dem Gefühl ins Bett gehen zu können, daß alles an seinem Platz war. Seine Socken steckte er in den kleinen Wäschekorb hinter der Tür und bemühte sich, den Deckel anschließend lautlos zu schließen. Seine Schwestern hatten alle einen leichten Schlaf – regelrechte Nachteulen waren sie, und man mußte zu jeder Zeit darauf gefaßt sein, daß sie durchs Haus streiften – und gerade jetzt wollte er keine von ihnen sehen. Er ging auf Zehenspitzen zu seinem Bett, legte sich, immer noch in Unterwäsche, hin und griff ganz behutsam nach der Decke, damit die Bettfedern nicht quietschten. Die Bettwäsche war kühl und weich auf seiner Haut, und er fühlte sich auf der Stelle geborgen und schläfriger als unter der rauhen, nach Mottenkugeln riechenden Steppdecke bei Shelley. Er zog die Decke bis ans Kinn, schloß die Augen und spürte, wie sie unter den Lidern brannten.

Der Wunsch, kein Geräusch zu machen, hielt ihn davon ab, seine Position zu verändern. Nach und nach wurde er immer steifer und verkrampfter, und auch seine Gesichtsmuskeln entspannten sich nicht, aber er hatte Angst, sich umzudrehen. Warum hatte er sich nicht von Anfang an auf den Bauch gelegt? Schließlich wußte er doch, daß er auf dem Rücken nicht einschlafen konnte. Vorsichtig drehte er sich auf die Seite. Er versuchte seinen Körper leicht zu machen und preßte dabei vor lauter Anstrengung die Zähne aufeinander. Jetzt lag er mit dem Rücken zur Wand und schaute ins Zimmer. Undeutlich sah er all die Gegenstände, mit denen er aufgewachsen war, und daneben einen weißen Streifen des Kopfkissenbezugs (sein rechtes Auge war vom Kopfkissen halb bedeckt), und es gelang ihm nicht, sie *nicht* zu sehen, weil seine Augen nicht geschlossen bleiben wollten. Immer wieder öffneten sie sich. Sein Blick schweifte unablässig durchs Zimmer und verharrte selbst auf den kleinsten Gegenständen, während sein übriger Körper unter der Müdigkeit litt und Kopfschmerzen sich am Nackenansatz ausbreiteten.

Sein Zimmer schien aus verschiedenen Schichten zu bestehen, allerdings bedeckten die oberen Schichten die unteren nicht vollständig. Von der untersten Schicht waren nur noch die verblaßten Abziehbilder auf der Schranktür zu sehen – Hasen und Enten in gepunkteten Kostümen, Überbleibsel aus seiner frühen Kindheit. Anschließend kam die Schicht seiner späteren Kinderjahre: ein kleiner roter Schuhsack, dessen Taschen mit Wildwest-Symbolen verziert waren und den er immer noch benutzte, eine verstaubte Sammlung Pferdebücher auf dem untersten Brett des Bücherregals. Und dann folgte seine Jugendzeit, auf die am meisten hinwies: eine gestreifte, maskuline Tapete, braune Vorhänge, ein Mikroskop, die Stapel *National Geographic*. Er versuchte von neuem, die Augen zu schließen, und dachte daran, daß die Schichten im Laufe der Zeit immer weniger charakteristisch geworden waren; die oberste Schicht war dünn und unpersönlich, sie bestand nur aus der im Schrank hängenden Kleidung eines Erwachsenen und dem Wecker eines Erwachsenen auf dem Nachttisch, während die unteren Schichten farbenfroh leuchteten und ihn immer wieder verblüffend detailgetreu an Dinge erinnerten, die sich vor vielen Jahren ereignet hatten. Er drehte sich auf die andere Seite, verzog das Gesicht, als die Bettfedern quietschten, und betrachtete das einzige Bild an der Wand: Es war ein Schwarzweißfoto, auf dem er und Joanne in identischen Strampelanzügen auf Dreirädern saßen. Ihre junge, altmodisch aussehende Mutter stand zwischen ihnen, trug einen maskulinen Hosenanzug mit Schulterpolstern, und ihre Lippen waren schwarz geschminkt. Früher hatte es noch ein zweites Foto gegeben, wovon ein heller Fleck an der Wand zeugte. Es war eine Aufnahme von seinem Vater gewesen, wie er in legerer Kleidung auf dem frisch gemähten Rasen stand und eine Hand auf die Schulter des etwa fünfzehnjährigen Ben Joe gelegt hatte. Aber während der schlimmen Jahre hatte Ben Joe das Foto verbrannt, weil er nicht wußte, was er tun sollte.

Er zwang sich, die Augen zu schließen; sie gingen wieder auf. Er drehte sich auf den Rücken, schaute an die Decke und kehrte in Gedanken das ganze Zimmer um, so daß es auf dem Kopf stand. Er stellte sich vor, daß die Möbel von der Decke herabhingen und das Lampenkabel aus dem nackten Fußboden aufragte, dessen Putz an einigen Stellen abblätterte. Wenn er das Zimmer verlassen wollte, mußte er ungewöhnlich weit nach oben greifen, um den weißen Porzellan-Türknauf zu erreichen, und wenn die Tür offenstand, mußte er über eine fünfzig Zentimeter hohe, mit gestreifter Tapete beklebte Schwelle steigen, um in den Flur zu gelangen, dessen Fußboden mit einem Kronleuchter geschmückt war...

Die Tür ging auf. Die dunkle Ritze an der Seite wurde immer breiter, und ein schmales ovales Gesicht erschien, das zu jeder seiner Schwestern hätte gehören können, aber dann wurde auf dem Kopf eine Art Astronautenhelm aus Spitzenstoff sichtbar, der zweifelsfrei auf Jenny schließen ließ. Sie sagte kein Wort, sondern schlich so vorsichtig, das kein einziges Dielenbrett knarrte, zu seinem Bett.

Auf Ben Joe, der sie unter seinen schweren, schmerzenden Augenlidern hinweg beobachtete, wirkte sie plötzlich sehr komisch – verstohlen und gebeugt wie eine kurzsichtige alte Frau.

»Ben Joe«, flüsterte sie.

Er antwortete nicht.

»Ben *Joe*.«

Ihr Flüstern war penetrant. Bestimmt hatte sie die Schlitze seiner halbgeöffneten Augen gesehen. Ben Joe räkelte sich langsam und stieß mit einer absichtlich schläfrig klingenden Stimme ein paar murmelnde Laute aus.

»Komm schon«, sagte sie geduldig. »Du schläfst doch gar nicht.«

Sie ging zum Fußende des Bettes, wickelte sich in ihren Morgenmantel ein und setzte sich so schwungvoll hin, daß er überzeugt war, der Lärm würde das ganze Haus aufwecken. Er seufzte und zog die Knie an.

»Ich habe fest geschlafen«, sagte er.

»Das stimmt nicht.«

Sie rutschte weiter in die Mitte und setzte sich auf ihre Füße, um sie warm zu halten. Ihr Gesicht wirkte lebendig und hellwach.

»Wieso bist du schon auf?« fragte er.

»Keine Ahnung. Na ja, zum einen habe ich mich gefragt, wo du warst.«

»Mir geht es gut.«

»Ich habe es mich einfach nur gefragt.«

Er streckte die Beine wieder aus, schob sie neben Jenny, damit sie es bequemer hatte, und lächelte sie an, aber ihm fiel nichts anderes ein, als erneut »Mir geht es gut« zu sagen.

»Ich weiß.« Sie legte ihr Kinn in eine Hand und schaute ihn mit ernstem Blick an. »Wo warst du?«

»Unterwegs.«

»Oh.«

Er schwieg für einen Moment, aber schließlich gab er auf und sagte: »Was war mit Gary?«

»Er schläft auf dem Sofa.«

»Ich weiß, aber was ist passiert? Was hat sich zwischen ihm und Joanne abgespielt?«

»Nichts, glaube ich.« Sie wurde unruhig, und nach einer Weile stand sie auf und zog das Rollo hoch. »Joanne sagte, sie sei fest verabredet und würde ihre Verabredung auf jeden Fall einhalten«, sagte sie. Sie hatte mittlerweile die Ellbogen auf die Fensterbank gestützt; ihr von der Glasscheibe widerhallendes Flüstern klang rauh und sachlich. »Und obwohl dieser Typ namens Horner sagte, es sei wohl besser, die Verabredung zu verschieben, sagte sie ›nein‹ und verschwand in Windeseile. Gary stand dann sozusagen mit leeren Händen da, und Großmama heulte in die Sofakissen und jammerte ununterbrochen, daß sie wünschte, sie hätte Jamie Dower geheiratet –«

»Was geschah, als sie wieder nach Hause kam?« warf Ben Joe ein.

»Joanne? Keine Ahnung. Ich glaube nicht, daß ihr Kavalier mit reingekommen ist, als er sie nach Hause brachte –«

»Man ist ja schon für wenig dankbar«, sagte er.

»Na ja, aber sie und Gary haben kaum miteinander gesprochen. Sie ging gleich darauf ins Bett. Vermutlich plant sie, die Angelegenheit heute vormittag zu regeln. Während sie weg war, ist Gary hiergeblieben und hat uns beigebracht, wie man ein gefülltes Omelett macht. Man nimmt –«

»Jenny, ich bin furchtbar müde.«

Jenny schaute weiter mit fröhlichem Gesicht aus dem Fenster und spitzte die Lippen, als wolle sie pfeifen. »Du solltest dir Lisa anschauen«, sagte sie nach einer Weile. »Sie läuft unter der Wäscheleine hin und her. Vermutlich kann sie nicht schlafen.«

»Mein Gott.«

»Also, mich wundert es nicht, daß sie nach draußen gegangen ist. Schließlich teilt sie sich ein Zimmer mit Jane und muß immer mucksmäuschenstill sein. Wenn sie mit bloßen Füßen auf eine Wollmaus tritt, wacht Jane sofort auf und erkundigt sich, woher das knirschende Geräusch kam.«

»Sag Lisa bitte, sie soll reinkommen«, sagte Ben Joe. »Es macht mich nervös, wenn sie im Garten herumläuft.«

»Es würde dich noch nervöser machen, wenn sie tatsächlich reinkommt.«

»Das ist nicht wahr.«

»Sie wird sowieso bald von allein ins Haus gehen. Mach dir keine Sorgen.«

»Also gut«, sagte Ben Joe. Aber er runzelte die Stirn und zupfte die Fusseln von der Bettdecke. Niemals hatte er das Gefühl, alle Familienmitglieder befänden sich wohlbehütet unter einem Dach. Immer mußte irgend jemand draußen herumlaufen und sich seiner Kontrolle entziehen.

»Versuch, noch ein bißchen zu schlafen«, sagte Jenny gerade. Sie richtete sich auf und ging zur Tür; unterwegs band sie den Gürtel ihres Morgenmantels fest. Als sie schon auf dem Flur war, drehte sie sich um und sagte: »Nacht.«

»Nacht.«

»Ich seh dich am Morgen.«

»*Wenn* der Morgen *kommt*«, sagte Ben Joe.

Sie lächelte unvermittelt und schloß die Tür mit einem sanften Ruck. Ben Joe drehte sich auf die Seite, mit dem Gesicht zur Wand. Er schloß die Augen, und diesmal blieben sie geschlossen, obwohl seine Gesichtsmuskeln immer noch angespannt waren. Der Stoff des Kopfkissens lag kühl und ein wenig rauh an seiner Wange. Bei jedem Atemzug strich die Luft mit einem sanften Rascheln über das Kissen, und dieses Geräusch entwickelte einen eigenen Rhythmus, der ihn immer tiefer und tiefer in die finstere, ungewisse Welt des Halbschlafs sinken ließ.

Sein Vater saß am sonnenbeschienenen Frühstückstisch. Sein Schnurrbart war verschwunden, und seine Gesichtshaut sah so zerfurcht und ledrig aus wie am Tag seines Todes, obwohl Ben Joe, der neben ihm am Tisch saß, ein kleiner Junge war. Warum stimmte der Altersunterschied in diesem Traum nicht? Entweder müßte sein Vater ein junger Mann mit Schnurrbart und glatter Haut sein, oder Ben Joe mindestens in einem Alter, in dem er schon auf die High School ging. Er zerrte seinen Geist aus dem tiefen Wasser seines Traums und schlug die Augen auf. Er wollte unbedingt Ordnung in diese Angelegenheit bringen. Aber statt dessen dachte er an flache grüne Dinge – Blätter, Schiefertafeln, weit entfernte Rasenflächen –, damit sein Kopf leer wurde. Aber das Gesicht seines Vaters blieb blinzelnd und zerfurcht in einer Ecke zu sehen.

Er schloß die Augen, gab seinen Widerstand auf und sank zurück in den Strom des Traumes. Sein Vater, der erstarrt am Frühstückstisch gesessen hatte, bewegte sich jetzt wieder, wie in einem Film, den man anhält und dann an derselben Stelle weiterlaufen läßt. Sein Vater erzählte eine Geschichte, die sie alle auswendig kannten. Aber er erzählte sie im Tonfall der anonymen Stimme in Ben Joes Kopf anstatt mit seinem eigenen dröhnenden Baß. Obwohl er sich fieberhaft bemühte, gelang es Ben Joe nicht einmal ansatzweise, sich den Klang der Stimme seines Vaters ins Gedächtnis zu rufen. Aber die Geschichte fiel ihm Wort für Wort ein:

»Als ich jung war und gerne herumreiste, sagte mein Onkel Jed eines Tages, er würde mich zum Farmer-Markt in Raleigh mitnehmen. Ihr erinnert euch bestimmt an Onkel Jed. Er war derjenige, der barfuß über Glasscherben gehen konnte, ohne Schmerz zu spüren, und der auch, nachdem die Familie zu Geld gekommen war, weiter als Farmer arbeitete. Tja, damals fuhren die Farmer schon einen Tag vor dem Markt in die Stadt und schliefen in Decken gewickelt auf der Erde, damit sie gleich morgens um fünf ihre Stände aufbauen konnten. Und auf diese Weise bin ich zum ersten Mal in meinem Leben einem Schwachsinnigen begegnet.

Natürlich bin ich später noch etlichen anderen begegnet.

Er war ein bulliger Junge, mit großen, erstaunt blickenden Augen, der immer den Kopf hängen ließ, als wisse er, daß er schwachsinnig sei, und als schäme er sich furchtbar deswegen. Und dazu hatte er auch allen Grund. Denn sobald wir uns hingelegt hatten, fing der Junge an zu fragen: ›Wie spät ist es, Papi?‹

Und sein Vater sagte knurrend: ›Etwa zehn Uhr, Quality.‹

Der Junge hieß nämlich Quality Jones.

Mit so einem Namen würde jeder Mensch schwachsinnig werden.

Und dann sagte Quality: ›Wie spät ist es *jetzt*, Papi?‹

Und sein Vater sagte: ›Kurz nach zehn, Quality.‹

Tja, und das ging nun etwa zwei Stunden lang so weiter. Farmer sind geduldige Leute. Das müssen sie sein. Wochenlang schauen sie zu, wie die Keimlinge Zentimeter um Zentimeter wachsen, und dann müssen sie noch mehrere Tage bangen, ehe sie wissen, ob die grünen Stengel Unkraut oder Gemüse sind. Daher sagten sie nichts – sie grummelten nur ein bißchen. Und als Quality anfing zu schnarchen, ging ein erleichterter Seufzer über den ganzen Marktplatz, wie eine Brise, die durch ein Kornfeld streicht.

Wozu braucht ein Mann, der schlafen will, schon eine Uhr? Wozu?

Aber damit noch nicht genug. Denn sobald Quality anfing zu schnarchen, stützte sich sein Vater auf einen Ellbogen und schaute zu ihm hinüber und sagte: ›Quality?‹

›Hm, Papi?‹ sagte Quality schlaftrunken.

›Alles in Ordnung?‹ fragte sein Vater.

Und Quality sagte: ›Ja, Papi.‹

So ging das die ganze Nacht. Kein Mensch hatte genug Zeit, die Augen zuzumachen, ehe die nächste Frage kam: ›Mußt du mal, Quality?‹ ›Willst du einen Schluck Wasser, mein Sohn?‹ Mein Gott, das werde ich nie vergessen.

Nach etwa zwei Stunden stand Onkel Jed auf und packte seine Armeedecke und brüllte so laut, daß es jeder auf dem Marktplatz hören konnte: ›Leute‹, sagte er, ›wenn je der Morgen kommt, werdet ihr diesen Quality hoffentlich kennenlernen!‹

Und alle lachten, aber Onkel Jed reagierte nicht darauf. Er zog mir die Decke unterm Hintern weg und sagte: ›Komm schon, Junge, wir fahren nach Hause‹, und genau das haben wir auch gemacht.

Ich war nie wieder auf diesem Markt, aber ich habe gehört, es gibt ihn immer noch, nur ist er jetzt moderner, aber jedesmal, wenn ich daran denke, sehe ich den Platz bei Nacht vor mir, und Quality liegt auf seiner Patchworkdecke, und die Männer warten immer noch, warten, daß der Morgen kommt. Ja, ja, so ist das.«

Sein Vater lächelte und lehnte sich zurück, um seine Familie anzuschauen. Der schlafende Ben Joe lächelte ebenfalls. (Er war stolz auf sich, denn er hatte die ganze Geschichte, von Anfang bis Ende, fehlerlos geträumt.) Und dann war das zufriedene Murmeln der übrigen Familienmitglieder zu hören, die sich im sonnendurchfluteten Zimmer auf ihren Stühlen zurücklehnten. Es war die Lieblingsgeschichte der Kinder. Sie war ein Teil von ihnen geworden. Ihr Vater erzählte sie jedesmal nach einer Nacht wie der heutigen, mit der Bemerkung, daß die Frauen dieser Familie glaubten, die Nacht sei nur eine dunklere Variante des Tages und ebensogut zum Herumlaufen und Reden geeignet wie jeder andere Zeitpunkt. Ben Joe lehnte sich auf haargenau die gleiche Art wie sein Vater zurück, und er blickte in die Runde und lächelte seine lächelnde Familie an.

Seine Mutter sagte: »Du könntest *wenigstens* versuchen, es vor den *Kindern* geheimzuhalten.«

(Wie hatte sich diese Bemerkung eingeschlichen? Sie stammte aus einer anderen Zeit. Sie war erst Jahre später gemacht worden.)

Ein Mann sagte: »Fühl mal die Schwielen an meiner Hand.«

Ben Joe saß auf einer ihm unbekannten Veranda neben seiner Mutter. Seine Mutter war sehr wütend. Er schaute zu dem alten Mann hinunter, der weit unter ihm auf dem Rasen stand und seine Hand Ben Joe entgegenstreckte.

»Fühl meine Schwielen«, sagte der alte Mann. »Ich habe mein Leben lang gearbeitet.«

»Tu es nicht«, sagte seine Mutter.

Er schaute erst seine Mutter und dann den alten Mann an. Er beugte sich dem nach oben gewandten, faltigen Gesicht des Mannes entgegen und berührte die Hand des Mannes, und der Mann packte blitzschnell seinen Arm und zerrte ihn von der Veranda hinab in die Dunkelheit.

»Mutter!« schrie er.

Seine Mutter griff mit der Hand nach ihm, hielt ihn mit aller Kraft fest und zog so stark, daß seine Schulter ausgekugelt wurde. Sie riß ihn aus der Dunkelheit zurück auf die Veranda, aber mit zuviel Kraft und Schwung, und jetzt war um ihn herum alles grün, und er fiel noch schneller.

»Wach auf«, sagte eine Stimme.

Er wachte auf und befand sich auf der Schaukel; allerdings hatte sie die falsche Farbe. Vor ihm stand seine Mutter und betrachtete mit verschränkten Armen gedankenversunken den Garten. Als er die Augen aufschlug, quietschten und ächzten und scharrten seine Augenlider wie die schweren Deckel von alten Kisten auf einem Dachboden, und bei dem Geräusch drehte sich seine Mutter um und blickte auf ihn hinunter.

»Du hast von deinem Vater geträumt«, sagte sie.

»Nein, habe ich nicht«, sagte Ben Joe.

»Ben Joe. *Bitte* wach *auf*.«

Er schlug die Augen ein zweites Mal auf; dieses Mal wußte er mit Sicherheit, daß er tatsächlich wach war. Am Fußende seines Bettes stand seine Mutter in einem hastig übergeworfenen, verblichenen Morgenmantel aus Kord. Sie hatte sich, genau wie

Jenny vorhin, ein wenig vorgebeugt, und sie schaute ihn mit liebevollem, besorgtem Blick an.

»Was ist?« fragte er.

»Du hast wahrscheinlich schlecht geträumt«, sagte sie. »Du hast ›Mutter!‹ geschrien. Ich dachte schon – wo ist dein Kopfkissen?«

»Oh... auf dem Fußboden«, sagte Ben Joe. Er schaute ihr benommen zu, während sie sich bückte, um es aufzuheben.

»Bedrückt dich irgend etwas?« fragte sie. Sie stand jetzt dicht vor ihm, und er sah die tiefen Falten, die ihren Mund umgaben, und die nervösen Handbewegungen, mit denen sie an dem Stoff ihres Morgenmantels herumspielte.

»Alles in Ordnung«, sagte er. »Geh wieder ins Bett. Mir geht es gut.«

»Wenn du möchtest, daß ich mich für eine Weile zu dir setze –«

»Nein, nein. Du gehst jetzt wieder ins Bett. Bitte.«

Sie blieb noch einen Moment und schaute ihn ängstlich an, aber er machte ein sorgloses, fröhliches Gesicht, und schließlich seufzte sie und richtete sich auf.

»Na schön«, sagte sie. »Aber wenn ich dir noch irgend etwas holen soll –«

»Gute Nacht, Mutter.«

»Gute Nacht.«

Er glaubte, sie würde nie gehen. Schließlich drehte sie sich um und ging geistesabwesend zur Tür, und nachdem sie ihn noch einmal angeschaut hatte, verschwand sie. Er versuchte, sich zu entspannen. Seine Beinmuskeln waren hart und kalt, und es gelang ihm nicht, sie länger als eine Sekunde zu lockern, ehe sie sich wieder anspannten. Aber als die Erinnerung an den Traum Stück für Stück, Bild für Bild verblaßte, wurden seine Muskeln langsam wieder locker. Übrig blieb lediglich ein Anflug von schlechtem Gewissen, weil er befürchtete, zu seiner Mutter unfreundlich gewesen zu sein. In diesem Haushalt gab es nur eine anerkannte Methode, Alpträume zu bekämpfen. Man lief in das Zimmer der Person, die den Traum gehabt hatte, und tröstete sie mit einem Becher Malzkaffee und ein paar aufmunternden Worten. Nur bei Ben Joe schien es dadurch immer noch schlimmer zu werden. Wahrscheinlich erklärte seine Mutter das gerade den anderen. Er hörte sie auf dem Flur leise reden und mehrere Stimmen, die im Hintergrund Fragen murmelten. Wann würde diese Nacht endlich vorbei sein?

Er ließ seinen Kopf verkrampft auf das Kissen sinken und begann entschlossen alle Orte aufzuzählen, an denen er je gewesen war. Sogar diejenigen, in denen er nur in einem Hotel übernachtet hatte. Er stellte sich in allen Einzelheiten jeden dieser Orte um diese Uhrzeit vor (obwohl die meisten Hotels zu einem einzigen tristen Prototyp verschmolzen). Seine New Yorker Wohnung, in der Jeremy wie ein Bär zusammengerollt schlief und das Licht trübe durch die schmutzigen Fensterscheiben fiel. Die Hütte im Ferienlager, in der er im Alter von zehn Jahren geschlafen hatte, wo an allen Nägeln in der Wand halbfertige Kordeln baumelten. Die kleinen Häfen in Maine, die er einmal während der Sommerferien gemeinsam mit seinem Onkel in einem Boot angesteuert hatte und wo die Sonne gegen fünf Uhr morgens die Farben ihrer dicken buntgestreiften Wolldecken zum Leuchten gebracht hatte. Aber nein, jetzt war ja Winter. Das hatte er vergessen. In Maine war es bestimmt grau und eiskalt, und in den Häfen würden nur noch die verwitterten Boote der Hummerfischer liegen. Vielleicht nicht einmal sie. Er war nie im Winter dort gewesen.

Er griff nach hinten, drehte das Kissen um und ließ seinen Kopf auf den kühlen Stoff fallen. In seinem Hinterkopf begann die anonyme Stimme, ihn mit Nachdruck auf das nächste Thema zu bringen. Shelley. Er betrachtete stirnrunzelnd die Zimmerdecke, gab seinen Gedanken an Shelley jede nur mögliche Richtung und versuchte nachzuvollziehen, wie es zu der jetzigen Situation gekommen war. Im Geiste ging er zum Bahnhof, traf Shelley dort, nahm sie mit nach New York und stellte sie, zur allgemeinen Verblüffung, Jeremy und seinen wenigen anderen Freunden vor. Er schrieb einen Brief an seine Familie und verkündete, daß er verheiratet war. All das kam ihm vor wie eine der wilden Was-wäre-wenn-Phantasien, die ihm ständig im Kopf herumschwirrten und nichts weiter waren als Hirngespinste, die ihm die Zeit vertrieben. Aber er zwang sich zu erkennen, daß dies die Wirklichkeit war, indem er an ganz banale Dinge dachte, wie beispielsweise das Lösen einer Fahrkarte für Shelley. Er war jetzt noch verkrampfter als zuvor. Er bemerkte plötzlich, daß er dabei war, sich aufzusetzen, und legte sich wieder hin, aber genau wie vorhin wollten seine Augen nicht geschlossen bleiben; es hatte keinen Zweck.

Die Zeiger der Uhr standen auf Viertel vor sechs. Er erhob sich und lief stolpernd zum Schrank, ohne darauf zu achten, wieviel Lärm er machte. Er nahm ein weißes Hemd und eine alte bequeme Hose vom Bügel und streifte sie eilig über. Er wollte keine Minute länger in diesem Zimmer bleiben.

Erneut ging die Tür auf. Er hörte das Quietschen.

»Was ist denn jetzt schon wieder?« sagte er, der Tür den Rükken zugewandt. Er schob seinen Gürtel durch die Schlaufen.

»Ben Joe?« sagte Tessie.

»Ja.«

Sie stapfte barfuß zu ihm herüber. Wegen ihres mehrere Nummern zu großen Morgenmantels und ihrer zerzausten Haare sah sie kaum älter als Carol aus, und sie war so mißmutig und verschlafen, daß sie Ben Joe leid tat.

»Ben Joe«, sagte sie, »ist es schon Zeit zum Aufstehen?«

»Ich glaube, das könnte man sagen.«

»Da bin ich aber froh«, sagte sie.

Sie drehte sich um und ging wieder hinaus. Auf dem Flur begann seine Großmutter, die gerade aus ihrem Mansardenzimmer heruntergekommen war, mit etwas leiserer Stimme als sonst, zu singen:

»If you don't love me, love whom you please.
Throw your arms round me, give my heart ease...«

Im Badezimmer wurde die Dusche aufgedreht. Einer der Zwillinge öffnete die Tür ihres Zimmers und rief: »Susannah, erinnert dich Milchschokolade an Chicago?«

»Woran?« rief Susannah. Sie klang, als befände sie sich in ihrem Schrank.

»›An Chicago‹, hab ich gesagt.«

»Ich war noch *nie* in Chicago.«

»Ich habe die ganze Nacht darüber nachgedacht. Milchschokolade erinnert mich immer an Chicago.«

»Du warst doch auch noch nie in Chicago.«

»Trotzdem.«

Im Erdgeschoß fing jemand an Klavier zu spielen. Ben Joe ließ sich auf alle viere nieder und fischte mit Hilfe eines unbespannten Tennisschlägers unter dem Bett nach seinen Schuhen.

15

»GARY«, SAGTE BEN JOE. »HE, GARY, wach auf, mach schon!«

Er weckte äußerst ungern jemanden auf. Seine Großmutter hatte nach dem Frühstück zu ihm gesagt, es sei nicht gut, so lange zu schlafen, und schon gar nicht mitten im Wohnzimmer, und es sei seine Aufgabe, dafür zu sorgen, daß Gary aufstand – aber Ben Joe hatte es den ganzen Vormittag vor sich hergeschoben. Jetzt war es beinahe elf; er hatte die letzte halbe Stunde damit verbracht, im Erdgeschoß des Hauses laut zu pfeifen und gegen die Möbel im Flur zu treten, aber Gary schlief immer noch tief und fest, mit offenem Mund.

»Du bist schlimmer als Joanne«, sagte Ben Joe zu dem sommersprossigen Gesicht. *»Gary?«*

Gary öffnete seine dunkelblauen Augen und schaute Ben Joe an. »Hm?« sagte er.

Sofort wurde Ben Joe verlegen, weil er heimlich das schlafende Gesicht eines Mannes betrachtet hatte.

»Äh, möchtest du vielleicht jetzt frühstücken?«

»Das wäre ganz und gar nicht schlecht«, sagte Gary. Es war erstaunlich, wie schnell er wach wurde. Er setzte sich auf, schwang seine unglaublich langen Beine, die in Schlafanzughosen steckten, vom Sofa herunter und kratzte sich am Kopf.

»Wie spät ist es?« fragte er.

»Ungefähr elf.«

»Meine Güte.« Er griff nach dem ausgeblichenen blauen Morgenmantel, der über der Sofalehne lag, und stand auf, um ihn anzuziehen. »Wie peinlich«, sagte er und grinste vergnügt. »Ich hätte schon vor Stunden aufstehen sollen. Was geht eigentlich nachts in diesem Haus vor? Die ganze Nacht habe ich Geräusche gehört, als würden Mäuse über meinem Kopf hektisch hin und her rennen. Die anderen sind alle so früh ins Bett gegangen, und ich dachte, ihr wärt eine ruhige Familie. Aber ich mußte feststellen, daß sie anscheinend gar nicht ins Bett gegangen sind, sondern nur nach oben, um dort herumzulaufen, die Türen zu knallen und sich gegenseitig zu besuchen. Ich habe Schlafen immer für eine großartige Erfindung gehalten. Natürlich hat das Wachsein auch seine Vorteile, aber wenn ich morgens aufstehe, denke ich, Mensch, nur noch vierzehn Stunden, dann kann ich wieder schlafen gehen. Ich freue mich, wenn das Bett mit zurückgeschlagener Decke und aufgeschütteltem Kopfkissen auf mich wartet und ich gleich hineinspringen kann. Und ich träume niemals, weil mich das gewissermaßen vom Schlafen ablenken würde...«

Beim Sprechen steckte er seine Arme in die Ärmel des Morgenmantels, band den Gürtel zu, legte das Bettzeug zusammen und hielt nur ab und zu inne, um mit einer Hand wild zu gestikulieren. Sein Redefluß war irgendwie faszinierend. Genau wie am Abend zuvor wirkte er groß und anmutig und schien immer in der Mitte des Raumes zu stehen, während er pausenlos fröhlich daherplapperte, so daß es seinen Zuhörern förmlich die Sprache verschlug. Sogar Ben Joe, der als kleiner Junge ausgesprochen geschwätzig gewesen war und einmal gegen die ganze Familie die Wette verloren hatte, daß er fünfzehn Minuten hintereinander schweigen konnte, schaffte es nicht, Gary zu unterbrechen.

»Ich will mich nicht beklagen«, sagte Gary jetzt. »Ich finde es nur erwähnenswert. Jahrelang habe ich mich über Joanne gewundert und mich gefragt, woher sie wohl ihre merkwürdigen Angewohnheiten hat. Du mußt zugeben, daß sie ein bißchen seltsam ist. Sie ist die einzige Mutter, die ich kenne, die ständig das *Baby* aufgeweckt hat, anstatt umgekehrt. Manchmal machte sie um zwei Uhr morgens Milchshakes im Mixer. Von wem, dachte ich immer, wenn ich aufwachte und sie in der Küche pfeifen und den Mixer brummen und das Geschirr klappern hörte, *von wem* hat sie das bloß gelernt? Also, ich freue mich sehr, deine Familie kennenzulernen, Ben Joe. Es ist wirklich schön, hier zu sein.«

Er streckte eine lange, knochige Hand aus, und Ben Joe, der völlig überrumpelt war, starrte sie einen Moment an, ehe er sie schüttelte.

»Äh, wie wäre es jetzt mit dem Frühstück?« fragte er.

»Gute Idee.«

»Ich mache es.«

Ben Joe floh. Er war froh, in die Küche gehen zu können; Gary war zwar viel netter, als er sich vorgestellt hatte, aber irgendwie kam er sich in seiner Gegenwart unzulänglich vor. Er schaffte es nicht, ihn willkommen zu heißen oder zu sagen, daß er sich über seinen Besuch freute, oder Garys unbekümmerte Freundlichkeit auf andere Weise zu erwidern, denn Gary war vollständig mit Reden beschäftigt und hätte ihm gar nicht zugehört. Wo hatte Joanne ihn eigentlich kennengelernt? Er schlug ein Ei in die Pfanne und schaute aus dem Fenster, aber er konnte sich nicht erinnern, daß sie es je erwähnt hatte. Sie hatte einfach eines Tages verkündet, sie habe geheiratet. Nun, Joanne hatte noch nie viel von ihrem Privatleben erzählt. In ihren Briefen berichtete sie, wieviel in Kansas heutzutage Wolle kostete und welche Filme sie sich im Kino angeschaut hatte und wie griesgrämig Carols Kinderarzt war. Die anderen Mitglieder der Familie schrieben ähnliche Briefe, wenn sie fern von zu Hause waren; es lag wahrscheinlich daran, daß Jenny die offizielle Briefschreiberin der Familie war und man auf Jennys Briefe kaum etwas anderes antworten konnte als beispielsweise, wie teuer die Wolle in Kansas war. Trotzdem hätte er gerne gewußt, wo Joanne und Gary sich kennengelernt hatten. Er schlug das zweite Ei in die Pfanne und ging zum Kühlschrank, um den Orangensaft herauszuholen.

Kaum war das Frühstück fertig, erschien Gary händereibend in der Küche. Er trug ein kariertes Hemd, das sich mit seiner Haarfarbe biß, und dazu bequeme Kordhosen, und er sprühte vor Lebenslust.

»O Mann«, sagte er, »es geht doch nichts über ein reichhaltiges Frühstück. Weißt du, was wir gestern abend vor dem Schlafengehen noch gegessen haben? Pizza. Eine Riesenpizza mit allem Drum und Dran. Hast du Joanne gesehen?«

»Sie ist weggegangen«, sagte Ben Joe. »In die Stadt, glaube ich.« Er räusperte sich. »Ich habe mich gerade gefragt, wo du und Joanne euch eigentlich kennengelernt habt.«

»Oh, sie ging damals mit einem Kumpel von mir. An der Ostküste, als ich bei der Marine war. Sie war ein ausgesprochen flatterhaftes Mädchen. Ich begegnete ihr bei einem Tanzabend. Sie tanzte praktisch mit jedem anwesenden Mann, und ich war einer von ihnen. Mit ihr zusammenzubleiben war allerdings wesentlich schwieriger, als einen Tanz mit ihr zu tanzen. Es gefiel ihr nicht, daß ich im zivilen Leben Vertreter bin. Sie sagte, Vertreter würden immer lächeln, auch wenn sie es gar nicht so meinen, und daher könne sie mir nicht trauen. Sie hackte immer wieder darauf herum, daß sie mir nicht trauen könne. Und außerdem fand sie, ich hätte keine Manieren. Hast du Joannes Füße schon mal gesehen?«

»Was?«

»Ihre Füße. Hast du sie je gesehen?«

»Ja, natürlich«, sagte Ben Joe. »Sie läuft doch ständig barfuß.«

Gary nickte und schob sich eine halbes Spiegelei in den Mund.

»Das ist ja der Grund«, sagte er mit vollem Mund. »Ich meine, deshalb sehen sie ja auch so aus. Ansonsten ist sie eher schlank, aber ihre Füße sind breit und weich und braun, wie bei einer Zigeunerin oder einer Farmerin. Wenn du sie oft barfuß siehst, dann wirst du wissen, was ich meine. Ihre Füße gefielen mir besonders gut. Als ich sie meiner Mutter vorstellte, trug sie dünne Riemchensandalen und hatte ihr Haar hochgesteckt, und ich war so stolz auf sie, daß ich sagte: ›Mama, das ist Joanne Hawkes. Schau dir ihre tollen Farmersfüße an.‹

Und du hättest erleben sollen, was sie für einen Aufstand gemacht hat, als wir allein waren. Sie sagte immer wieder: ›Ich habe mich im Leben noch nicht so geschämt; schau dir meine Farmersfüße an, schau dir meine Farmersfüße an‹, und sie trat mir mit ihren Farmersfüßen so hart gegen das Schienbein, daß ich noch heute den Schmerz spüren kann, wenn ich lange genug daran denke. Darum fand sie, ich hätte keine Manieren. Darum, und wegen dem Türaufmachen. Ich bin zwar durchaus dafür, einem Mädchen beim *Einsteigen* die Autotür aufzuhalten. Aber beim *Aussteigen*, also, da sitzt sie dann nutzlos im Auto herum, während man selber aussteigt und den ganzen Weg auf die andere Seite des Wagens latscht...«

Er streckte die Hand nach dem Sahnekännchen aus, und Ben Joe, der völlig gebannt dasaß, gab es ihm, ohne den Blick von Garys Gesicht abzuwenden.

»*Also*«, sagte Gary, »dann fuhr ich an einem Wochenende mit einem Typen aus Norfolk auf einem Fischerboot namens *Sagacity* hinaus. Ich dachte mir, was hat es für einen Sinn, zu Hause zu bleiben. Joanne hatte gesagt, sie könne mir keinen Zentimeter über den Weg trauen, und dann fünf Verabredungen für das Wochenende angenommen. *Fünf*, wohlgemerkt. So war Joanne zu der Zeit: es machte ihr Spaß, Männern den Kopf zu verdrehen. Und dann wußte sie nicht mehr so recht, was sie mit ihnen anfangen wollte. Aber wenn man sich von ihr abwandte, dann versuchte sie sofort, einen zurückzugewinnen. Und als sie hörte, daß ich weg war, sorgte sie dafür, daß die *Sagacity* über Funk zurückbeordert wurde. Das war am Samstag. Sie riefen die *Sagacity* immer wieder, aber der Haken war folgender: es war ein geliehenes Schiff, und ich und mein Kumpel, der der Kapitän war, dachten, es hieße *Saga City*. Wir reagierten nicht auf den Funkspruch, verstehst du? Das wird schließlich verschieden ausgesprochen. Also sagte der Mann von der Hafenbehörde zu Joanne, es komme keine Antwort, und er wisse nicht, was los sein könnte, und sie brach in Tränen aus. Und als sich das Mißverständnis schließlich klärte, hatten wir schon wieder trockenen Boden unter den Füßen, und Joanne fiel mir um den Hals und sagte, sie würde mich heiraten. Das war vielleicht ein Wochenende, ich kann dir sagen«, sagte er.

Ben Joe nickte mit offenem Mund. Gary legte seine Gabel hin und wippte leicht mit dem Küchenstuhl.

»Also haben wir geheiratet, und dann kam Carol. Hast du das erste Foto gesehen, das wir von ihr gemacht haben?«

»Es muß hier irgendwo sein«, sagte Ben Joe.

»Na, das freut mich. Ich finde, es ist eine sehr gute Aufnahme. Ich hatte gehofft, ihr würdet das auch finden. Ich habe mich immer gefragt, wieso deine Mutter oder eine deiner Schwestern uns nach Carols Geburt nicht besucht haben. Das ist doch eigentlich üblich. Aber niemand kam.«

»Nun, wir haben uns trotzdem über die Neuigkeit gefreut«, sagte Ben Joe.

»Ja wirklich?« Gary strahlte.

»Äh…«, sagte Ben Joe. Er beugte sich vor und stützte die Ellbogen auf den Tisch. Es gab noch eine ganze Reihe von Fragen, die er stellen wollte, zum Beispiel, warum Joanne zur Zeit hier war und warum Gary ihr nachgereist war, aber er fürchtete, Garys fröhliches Gesicht könnte einen verschlossenen, gekränkten Ausdruck annehmen. Während des kurzen Schweigens hörte er, wie die Haustür aufging und hohe Absätze, begleitet von kleinen weichen Babyschuhen, durch die Diele liefen. Er schaute Gary an, um festzustellen, ob er es auch gehört hatte, aber Gary hing seinen eigenen Gedanken nach. Die hohen Absätze stiegen die Treppe hinauf, und Ben Joe folgte ihnen im Geiste bis in Joannes Zimmer.

»Ich möchte noch viel mehr Kinder haben«, sagte Gary unerwartet. »Mindestens ein halbes Dutzend. Ich mag Kinder. Joanne kümmert sich viel zu sehr um Carol. Sie braucht eine ganze Horde. Sie sagt immer, daß ein Baby sich geborgen fühlen muß, daß es sicher sein muß, geliebt zu werden. Aber auf die Art macht sie Carol bloß nervös – sie rennt die ganze Zeit hinter ihr her und liest lauter Bücher über Psychologie. Sie will wissen, wovon ihre Alpträume handeln. Ich sage immer zu ihr, laß sie in Ruhe – Kinder werden von alleine groß. Aber das ist typisch Joanne. Damals in Kansas spielte sie einmal in einem Theaterstück mit, für das sie eine Menge Text lernen mußte, und das bereitete ihr große Probleme. Aber atmete sie tief durch und fing an, den Text auswendig zu lernen? Nein. Am Abend vor der Premiere fragte ich sie, ob sie ihren Text könne, und sie sagte, nein, noch nicht, aber immerhin habe sie das Buch *Gedächtnistraining leicht gemacht* fast durchgelesen. Wenn das nicht typisch Joanne ist…«

Er schaute lächelnd auf seinen Teller, verschränkte dann die Arme hinter dem Kopf und starrte an die Decke.

»Was mich betraf, war sie eine Zeitlang auch so«, sagte er. »Sie ließ nicht von mir ab und las alle möglichen Bücher über die Ehe.

Aber nach Carols Geburt war sie plötzlich abgelenkt. Das ist ganz normal. Da sie ständig mit Carol beschäftigt war, ging ich öfter mit meinen Kumpels zum Kegeln oder sah fern. Und dann bekam Joanne ein schlechtes Gewissen – sie meinte, es sei alles ihre Schuld, und sie würde mir kein warmes Nest bereiten, die Atmosphäre bei uns zu Hause sei zu kühl. Als sie das zum erstenmal sagte, hatten wir gerade eine Hitzewelle. Man konnte kaum scharf sehen, wegen der flimmernden Hitze überall in der Luft. ›Zu kühl?‹ sage ich. ›Zu *kühl*? Schatz, wenn du es schaffst, dieses Haus kühl zu kriegen, werde ich dich ewig lieben‹, aber Joanne fand das gar nicht witzig. Carol krabbelte gerade in Gummihosen auf dem Tisch herum, und Joanne nahm sie hoch und versohlte sie ganz ohne Grund, und dann fing sie an zu weinen und sagte, in der Geschichte der Menschen würde sich alles wiederholen. Hm. Glaubst du daran, daß die Geschichte sich wiederholt, Ben Joe?«

»Na ja, eigentlich nicht«, sagte Ben Joe.

»Ich meine es ernst, glaubst du daran?«

»Nein«, sagte Ben Joe. »Ich glaube nicht, daß die Geschichte zu irgend etwas führt, und schon gar nicht, daß sie sich wiederholt.«

Gary zündete sich eine leicht gekrümmte Chesterfield an, die er aus seiner Brusttasche gezogen hatte. Er fühlte sich jetzt ausgesprochen wohl – er war so in seine Erzählung versunken, als beobachtete er, wie sie sich vor seinen Augen auf der Küchendecke abspulte. Er schaute Ben Joe überhaupt nicht mehr an.

»Natürlich meinte sie die Geschichte eurer Familie«, sagte er, »die so verworren ist, daß ich sie nie ganz verstanden habe, und ich habe auch nicht vor, das Durcheinander zu entwirren. Das dürfte sich zu diesem Zeitpunkt kaum noch lohnen. Aber was auch geschehen ist, es hat nichts mit uns beiden zu tun, und das Zuhause, das Joanne mir bereitet hat, war alles andere als kühl. Aber manchmal kriegt Joanne einfach einen Rappel. Eines Tages war sie plötzlich auf und davon. Ich habe keine Ahnung, warum. Ich bin hier, um sie zurückzuholen. Ich sage immer«, sagte er und schaute Ben Joe unvermittelt an, »wenn man jemanden vermißt, hat es keinen Zweck, so zu tun, als wäre es nicht so. Kein

Mensch kommt zurück, wenn man sich benimmt, als wolle man ihn nicht einmal wiederhaben, wenn er auf Knien angekrochen käme.«

»Ich hoffe, du schaffst es«, sagte Ben Joe plötzlich. »Sie zurückzuholen, meine ich.«

»Danke, das ist nett von dir. Ein hübsches Haus habt ihr hier. Bist du in diesem Haus geboren?«

»Ja.«

»Dachte ich mir. Ich wollte euch schon immer mal besuchen. Joanne spricht manchmal von diesem Haus, wenn sie ausgeruht ist und ihren Gedanken freien Lauf läßt. Dann erzählt sie von allem, was hier an einem Tag so passiert. Hört sich toll an. Sie erzählt von eurem Vater, und daß es sein größter Traum war, einmal im Leben nach Nashville, Tennessee, zu fahren und echte Countrysänger auf der Bühne zu sehen, so ähnlich wie manche Leute einmal nach Paris fliegen wollen, nur leider hat er es nie geschafft –«

»Das hatte ich ganz vergessen«, sagte Ben Joe.

»Joanne aber nicht. Sie erinnert sich an so vieles. Ich weiß auch, daß dein Papa, als er mit deiner Mama frisch verheiratet war, mit ihr gewettet hat, daß sie bei einem Fünfundzwanzig-Kilometer-Marsch nach, nach...«

»Burniston«, sagte Ben Joe.

»Burniston, genau – daß sie als erste aufgeben würde. Und dann gab keiner von ihnen auf, sie schafften es beide, aber was deinen Vater viel mehr ärgerte war, daß ganz Sandhill ihnen aus reiner Neugier gefolgt war und daß auch von den anderen niemand aufgegeben hatte... Oh, haha...« Er warf den Kopf in den Nacken und grinste vor lauter Freude von einem Ohr zum anderen, so daß Ben Joe unwillkürlich auch grinsen mußte. »Und daß du der einzige Junge in Sandhill bist, für den man eigens eine Verordnung erlassen hat, die dir untersagt, in den Wohnvierteln zu pfeifen, weil es so fürchterlich klingt. Und von Susannahs Cracker-Sandwiches, die aus zwei Scheiben Brot mit einem Cracker dazwischen bestehen –«

»Das hat dir Joanne alles erzählt?«

»Hat sie.«

Ben Joe schwieg eine Weile. Zum ersten Mal stellte er sich Joanne als Ehefrau vor, die ihrem Mann alle möglichen Eindrücke aus ihrem Leben erzählte und ihm Gedanken offenbarte, von denen keiner aus ihrer Familie überhaupt wußte, daß sie sie hatte. Welche Gedanken, dachte er, würde er wohl Shelley offenbaren (falls es welche zu offenbaren gab)? Und wie fing man so etwas an? Würde er sich einfach zurücklehnen und aussprechen, was ihm in den Sinn kam, den Filter beiseite schieben, der sonst immer die unnützen und die geheimen Gedanken aussiebte und einen davor bewahrte, sie weiterzuerzählen? Aber wie könnte *das* ein Geschenk für Shelley sein? Er runzelte die Stirn und zog mit dem Daumennagel eine Rille nach der anderen in das Tischtuch.

»Ich werde abwaschen«, sagte Gary.

Es gab ein paar Dinge, die Ben Joe nicht erzählen wollte; selbst seiner Frau nicht. Er wollte ihr nicht so viel von seiner Familie erzählen wie Joanne. Und auch nicht von den müßigen, um sich selbst kreisenden Fragen, über die er manchmal nachgrübelte, zum Beispiel, wie groß einer Ameise der Rost an einer Bratpfanne vorkommt, und ob sie tatsächlich sehen konnte, wie sich die Moleküle bewegen; und warum ein sonnenbeschienener Zug, der in einen Tunnel einfuhr, das Sonnenlicht nicht noch für eine Weile speicherte, wie die Welt es in der Dämmerung tat, so daß aus ihm ein kleiner Zug voller Sonnenschein wurde, der wie ein erleuchtetes Aquarium durch die Dunkelheit raste – unnütze Dinge, über die man vielleicht als Kind nachdachte und denen Ben Joe anscheinend nie entwachsen war. Was würde Shelley wohl sagen, wenn sie von alldem wüßte?

»Hast du gehört?« fragte Gary. »Ich sagte, ich werde das Geschirr abwaschen.«

Ben Joe unterbrach seinen Gedankengang. »Nein«, sagte er, »Großmama regt sich auf, wenn wir abwaschen. Sie sagt, nur beim Abwaschen komme sie dazu, nachzudenken.«

»Bist du sicher?«

»Ganz sicher.«

»Na schön, dann...«

Zum ersten Mal, seit Ben Joe ihn kannte, gelang es jemandem,

Gary zu unterbrechen. Und zwar Großmama, die irgendwo im Erdgeschoß grölte:

»*Soft* as the *voices* of *a-angels*...«

»Was um Himmels willen ist da los«, sagte Gary.

Er schob scharrend seinen Stuhl zurück und stand auf, um dem Lärm nachzugehen. Ben Joe folgte ihm durch die Diele und das Wohnzimmer. Mitten im Arbeitszimmer stand Großmama, den Kopf zurückgelegt, die Arme wie eine Vogelscheuche ausgebreitet, und sang aus voller Kehle:

»*Whispering* Ho-o-ope
Da da *da* da da...«

Vor ihr saß Carol im Schaukelstuhl und schaukelte wie verrückt. Ihre kleinen Füße ragten über den Sitz; sie hielt den Kopf gesenkt, damit sie sich besser nach vorne schleudern konnte.

»Du hörst gar nicht richtig zu«, sagte Großmama zu ihr. Sie ließ die Arme sinken und strahlte Gary und Ben Joe an. »Ich bringe ihr ›Whispering Hope‹ bei.«

»Wozu?« fragte Ben Joe.

»Woz*u*? *Jedes* kleine Mädchen sollte ein Lied auswendig können. Damit sie es in einem niedlichen spitzenbesetzten Kleid wie dem, das sie heute anhat – dadurch bin ich darauf gekommen –, sonntags beim Kaffeetrinken vorsingen kann, wenn Gäste im Haus sind. Alle deine Schwestern können das. Joanne hat immer Longfellows ›My Lost Youth‹ aufgesagt, und dann hat Susannah ›Whispering Hope‹ gesungen und –«

»Daran kann ich mich gar nicht erinnern«, sagte Ben Joe.

»Nun ja, wir haben es auch nie vor Gästen gemacht. Deine Mutter hat es nicht erlaubt. Aber wir haben damals unsere eigenen kleinen Teepartys veranstaltet.«

»Also, ich gehe dann«, sagte Ben Joe.

Aber als er hinausging, hörte er hinter sich Gary sagen: »Das ist eine tolle Idee. Kennen Sie ›My Heart Belongs to Daddy‹? Es wäre schön –«

Ben Joe lief zwei Stufen auf einmal nehmend die Treppe hinauf und ging zu Joannes Tür.

»Joanne?« rief er.
»Wer ist da? Bist du es, Ben Joe?«
»Ja. Darf ich reinkommen?«
»Klar, warum nicht.«
Er öffnete die Tür. Joanne stand neben ihrem Kleiderschrank und betrachtete sich in dem großen Spiegel, der dort hing. Sie hatte ein knallrotes Kleid an, das sie in ihrer High-School-Zeit getragen und zu Hause im Schrank zurückgelassen hatte, weil es an den Nähten ausgeblichen war. Dennoch hatte Ben Joe schon lange kein Kleid in einer so leuchtenden Farbe mehr gesehen. Er blinzelte, und Joanne lachte und drehte sich zu ihm um.
»Ich habe es hier hängen sehen«, sagte sie. »Ich hatte gar nicht mehr an dieses Kleid gedacht. Erinnerst du dich noch, wie ich es getragen habe?«
»Natürlich«, sagte Ben Joe. »Du hast es getragen, bis du von zu Hause weggegangen bist.«
»Ich hatte es vollkommen vergessen.«
Sie drehte sich noch einmal vor dem Spiegel hin und her, dann verschwand das Lächeln aus ihrem Gesicht, und sie setzte sich unvermittelt auf das Bett und ließ die Schultern hängen.
»Wolltest du etwas Bestimmtes?« fragte sie.
»Äh... nein.«
»Ist Gary aufgestanden?«
»Ja.«
Er nahm die Hände aus den Hosentaschen und durchquerte das Zimmer, um sich in den Schaukelstuhl zu setzen.
»Wie findest du ihn?« fragte sie.
»Oh, er gefällt mir.«
Ihm fielen keine Worte ein, mit denen er das Schweigen überbrücken konnte. Er stand wieder auf und lief ziellos im Zimmer herum. Vor der Kommode blieb er stehen und begutachtete den Inhalt einer flachen, offenen Silberdose, die unter dem Spiegel stand und allerlei Krimskrams enthielt – zusammengerollte Briefmarken, Heftklammern und Wollfäden.
»He«, sagte er, »da ist ja mein Nagelknipser.«
»Nimm ihn mit.«
»Ich kann beweisen, daß es meiner ist. Siehst du das kleine

Schild an der Kette? Ich habe ihn von einer Müsli-Firma gekriegt, als ich zwölf war. Das Jahr steht drauf und –«

»*Nimm* ihn, um Himmels willen.«

Sie steckte sich eine Salem an und warf das Streichholz in Richtung Fenster. Mit dem Nagelknipser in der Tasche ging Ben Joe zurück zu seinem Stuhl. Er wußte immer noch nicht, was er sagen sollte.

»Ich habe ihn schon überall gesucht«, sagte er schließlich. »Er hat außerdem eine kleine Delle in der Feile, wo Jenny draufgebissen hat, als sie –«

»Ben *Joe*!«

»Was?«

»Nichts«, sagte sie nach kurzem Schweigen.

»Warum hast du dann ›Ben Joe‹ gesagt?«

»Nur so.«

»Das kommt mir aber komisch vor«, sagte er, »einfach aus vollem Hals ›Ben Joe!‹ zu brüllen, als gehöre das zu einer harmlosen Plauderei dazu. Ich könnte mir ein interessanteres Thema vorstellen, wenn ich –«

»Willst du mich ärgern?«

»Vielleicht.« Er betrachtete seine Fingernägel. »Ja«, sagte er nach einer Weile, »er gefällt mir gut. Wirklich. Gary, meine ich.«

»Ehrlich?«

»Ja.«

Er blickte hoch, sah, daß sie darauf wartete, daß er fortfuhr, und starrte wieder stirnrunzelnd seine Fingernägel an. »Er ist den weiten Weg hierhergefahren«, sagte er schließlich. »Das ist doch ein gutes Zeichen.«

Joanne blies eine riesige Qualmwolke aus und nickte. Sie schien immer noch darauf zu warten, daß er weitersprach, aber ihm fiel nichts mehr ein. Als sie merkte, daß er fertig war, ging sie hinüber zur Kommode und setzte sich vor den Spiegel, ohne selber etwas zu sagen. Sie legte ihre Zigarette in einen gläsernen Aschenbecher und fing an, ihren Haarknoten zu lösen.

»Wenn ich doch nur endlich Ordnung in mein Leben bringen könnte«, sagte sie. »Ich war noch nie dafür, rückwärts anstatt vorwärts zu gehen.«

Ben Joe schaute zu ihr hoch. Er wußte plötzlich, ohne daß sie es ihm sagen mußte, was sie in bezug auf Gary entschieden hatte. Er konnte es an ihrem Gesicht ablesen, das halb glücklich und halb verlegen wirkte, weil sie sich eingestehen mußte, daß sie ebenso wankelmütig war wie ihre Schwestern. Er glaubte zu wissen, was sie dachte, und sah ihr an, wie sie nach dem besten Weg suchte, es würdevoll auszudrücken.

Ihr Haar fiel gebauscht in ihren Nacken. Sie legte die Haarnadeln auf einen Porzellanuntersetzer, griff nach einem Kamm und kämmte damit ihr Haar aus. Das rote Kleid veränderte sie, dachte Ben Joe. Es verwandelte sie wieder vollständig in die alte Joanne, bis hin zu den wippenden Haaren, die sie mit einer kleinen, koketten Kopfbewegung schüttelte. Heute könnte genausogut irgendein Tag vor sieben Jahren sein: Ben Joe im Schaukelstuhl, der ihr zusah, wie sie sich zum Ausgehen fertigmachte, der komische, ständig besorgte Ben Joe, der sie ermahnte, in Zukunft früher nach Hause zu kommen; und Joanne vor ihrem ovalen Spiegel, dünn und flink und nie ganz zufrieden mit sich. Gleich würde eines der Kinder hereinkommen (sie wurden damals noch ›die Kinder‹ und nicht ›die Mädchen‹ genannt), um ebenfalls zuzuschauen. Ausgehen war zu der Zeit noch etwas Aufregendes und Geheimnisvolles, etwas, das nur Ben Joe, Joanne und Susannah durften; und für die anderen gab es nichts Schöneres, als ihnen bei den Vorbereitungen zusehen zu dürfen. Beim Gedanken an die Kinder wurde er plötzlich traurig – als wären sie, anstatt einfach groß zu werden und weiterzuleben, gestorben, und es würde ihm jetzt erst klar. Er stellte sich vor, wie sie alle im Halbkreis auf dem Boden saßen, frisch gebadet und bettfertig (es mußte abends gewesen sein), und in den Spiegel schauten, um zu sehen, wie sich Joannes Gesicht auf wundersame Weise verwandelte. Joanne redete schnell, machte sich über die Kinder hinter ihr lustig und setzte ihr kesses Lächeln auf, während sie im Spiegel ihre Wimperntusche begutachtete – »Oh, ich gehe heute bloß mit dem guten alten Kim Laurence aus. Vielleicht sollte ich einfach zu Hause bleiben und unser Baby für mich gehen lassen. Was meinst du, Tessie?« Sie drehte sich um und schaute Tessie, die erst drei Jahre alt war und auf dem Schoß von einem der

Zwillinge schon halb schlief, an und schnitt eine Grimasse. »Kim Laurence wäre bestimmt ganz schön erstaunt, wenn das Mädchen, mit dem er verabredet ist, in einem Kinderwagen angerollt käme.« Oder: »Ich werde euch verraten, mit wem ich mich heute abend treffe – mit Quality Jones. Mit Quality Jones, und wir gehen in einen New Yorker Nachtclub. Er ist ein so *faszinierender* Gesprächspartner. Alles was er sagt, ist: ›Wie spät ist es, Joanne?‹ Und ich antworte: ›Wenn je der Morgen kommt, Quality, dann werde ich es dir mit Vergnügen sagen.‹«

Das Bild der echten, sieben Jahre älteren Joanne schimmerte im Spiegel. Ben Joe ließ den Kopf sinken und legte seine Zeigefinger ganz leicht auf seine Augenlider, um sie zu kühlen, aber sein Hals brannte weiter von all den unterdrückten Tränen, die ihm aus einem Grund, den er nicht benennen konnte, in der Kehle steckten.

»Kopfschmerzen?« fragte das Gesicht im Spiegel.

Ben Joe nickte schweigend.

»Ich hole dir ein Aspirin.« Sie stand auf und ging zur Tür. Direkt vor ihm blieb sie stehen – er nahm an, daß sie auf ihn herunterschaute –, aber sie sagte nichts, und kurz darauf ging sie hinaus.

Sie blieb lange genug weg, daß er Zeit hatte, sich aufzusetzen und leise eine kleine Melodie zu pfeifen, ehe sie wieder ins Zimmer trat.

»Soft as the voices of *a-angels*...«

pfiff er. Von unten hörte er, durch drei geschlossene Türen hindurch, laut und nur leicht verzerrt, Großmamas Stimme, die dasselbe sang.

»Hier«, sagte Joanne. Sie reichte ihm das Aspirin und ein Glas Wasser.

»Danke«, sagte er mit heiterer Stimme.

Er nahm die Tablette mit einem Schluck Wasser und stellte das Glas neben seinem Stuhl auf den Boden. Sie hatte jetzt die Stirn gerunzelt; er saß mit fest zusammengepreßten Händen da und überlegte, wie er Joanne helfen konnte zu sagen, was sie sagen wollte.

»Ähm, falls du es dir zufällig anders überlegt hast und doch in Kansas bleiben willst...«, sagte er.

Er hielt inne und wartete unwillkürlich darauf, daß Joanne ihn unterbrechen würde, aber sie tat es nicht.

»Wenn es zufällig so ist«, sagte er schließlich, »dann würde ich das nicht unbedingt als Rückschritt bezeichnen. Manchmal ist ein Ort nicht mehr derselbe, wenn man an ihn zurückkehrt, oder man ist nicht mehr...«

Die Kontrollinstanz in seinem Inneren, die ihn immer genau beobachtete, als wäre sie eine von ihm getrennte Person, stöhnte. Ben Joe nickte und winkte ihr im Geiste grüßend zu; sie erwiderte seinen Gruß und zog sich zurück.

»...nicht mehr derselbe Mensch«, beendete er seinen Satz.

»Oh«, sagte Joanne. Sie betrachtete eingehend ihre Hände, als wäre das ein völlig neuer Gedanke, den sie erst verarbeiten mußte.

»Ich weiß nicht«, sagte sie schließlich. Ihre Stimme klang munter und erleichtert. »So kann man es vermutlich auch sehen...«

Ben Joe stand auf. »Danke für das Aspirin«, sagte er.

»Gern geschehen. Bis später.«

»Bis später.«

Er grüßte erneut, diesmal nicht nur im Geiste, verließ das Zimmer und zog leise die Tür hinter sich ins Schloß.

16

BEN JOE KAM SO LANGSAM UND GERÄUSCHLOS wie möglich die Treppe herunter; seine Füße traten instinktiv nicht in die Mitte der Stufen, wo schon der leichteste Druck unweigerlich ein Knarren hervorrief. In der linken Hand trug er seinen Koffer, den er hoch und möglichst weit weg vom Körper hielt, damit er nicht irgendwo anstieß. Seine rechte Hand lag auf dem frischpolierten Treppengeländer. Sein ganzes Gesicht schien konzentriert zu sein auf das glatte Holz mit dem dünnen Wachsfilm, der sich klebrig anfühlte. Ben Joe hob die Hand, rieb den Daumen und die Finger gegeneinander, runzelte die Stirn, ließ dann abrupt den Arm sinken und trat auf die nächste Stufe. Bis jetzt hatte er noch kein einziges Geräusch gemacht. Er konnte, wenn er wollte, die ganze Treppe hinabsteigen und zur Haustür hinausspazieren, ohne daß jemand etwas davon mitbekam. Aber er war nicht sicher, ob er das wollte. Wenn er ohne Abschied wegging, würde er dann wirklich das Gefühl haben, für immer weggegangen zu sein? Er nahm den Koffer in die andere Hand und lief schneller abwärts, immer noch mit gerunzelter Stirn, weil er daran dachte, wie albern er sich vorkommen würde, so plötzlich seine Abreise zu verkünden. Tief im Innern wußte er genau, daß er niemals ohne ein Wort das Haus verlassen würde; trotzdem bewegte er seine Füße weiterhin mit Vorsicht und hielt den Koffer in sicherem Abstand zum Treppengeländer.

Unten in der Diele durchschritt er rasch die schwach beleuchtete Fläche zwischen Treppe und Haustür. Auf dem Teppich zeichnete sich ein Viereck aus warmem gelben Licht ab, das durch die breite, offene Wohnzimmertür fiel, und die murmelnden Stimmen seiner Schwestern waren so deutlich zu vernehmen, als seien sie ebenfalls im Flur, aber niemand bemerkte ihn, als er das gelbe Viereck durchquerte. An der Haustür blieb er einen Augenblick stehen, dann setzte er den Koffer ab, wandte sich um und trat erneut in das gelbe Viereck.

»Mama?« rief er vom Durchgang zum Wohnzimmer aus.

»Hm.« Sie blickte nicht auf. Sie saß auf dem Sofa, nippte an ihrem abendlichen Tom Collins und blätterte im *Ladies Home Journal*. Neben ihr las Großmama Carol ein Kapitel aus *Pu der Bär* vor, obwohl Carol gar nicht zuhörte, und auf der anderen Seite des Zimmers zankten sich Jenny, Tessie und die Zwillinge über einer Partie Gin-Rommé. Die beiden anderen waren ausgegangen – Susannah mit dem Sportlehrer und Joanne mit Gary, um ihm ihre Heimatstadt zu zeigen, ehe sie am nächsten Morgen wieder mit ihm nach Kansas fuhr. Aber die, die zu Hause waren, wirkten in dem erleuchteten Wohnzimmer so friedlich und heiter, daß Ben Joe beinahe wünschte, er könnte bei ihnen bleiben und den Koffer an der Haustür einfach vergessen.

»He, Mama«, sagte er.

»Was ist denn?« Sie schaute auf, wobei sie einen Finger zwischen die Seiten ihrer Zeitschrift legte, um später die Stelle wiederzufinden. »Oh, Ben Joe. Komm doch herein.«

»›Herzlichen Glückwunsch zu I-hahs Geburtstag‹«, sagte Großmama mit ihrer hohen Vorlesestimme. Carol zog die Nase hoch und beugte sich vor, um die Hasenohren an ihren Hausschuhen anzufassen, und Großmama warf ihr einen Blick zu. »Ich sagte: ›Herzlichen Glückwunsch zu...‹«

»Ich fahre zurück zur Uni«, sagte Ben Joe.

»I-hahs Geburtstag«, beendete Großmama ihren Satz, ohne ins Buch zu schauen. »Wohin fährst du, Ben Joe?«

»Zurück zur Uni«, sagte er.

»Du meinst, du fährst *heute abend*?«

»Ja.«

Seine Mutter knickte eine Ecke der Seite um und schlug die Zeitschrift zu. »Also, ich glaube nicht...«, hub sie an.

»Mir ist plötzlich wieder eingefallen, daß ich einen Test schreiben muß, Mama. Ich muß wirklich fahren. Ich will den frühen Zug nehmen...«

Seine Schwestern wandten sich von ihrem Kartenspiel ab und schauten ihn an.

»Wo ist denn dein Koffer?« fragte Jane.

»Im Flur. Ich bin nur gekommen, um euch auf Wiedersehen zu sagen.«

»Na, das will ich aber auch gehofft haben«, sagte seine Mutter. »Warum hast du nicht früher etwas gesagt? Was soll ich denn jetzt mit deinen Hemden machen, die noch in der Wäsche sind...«

»Mach dir deswegen keine Gedanken. Die kannst du mir später nachschicken.« Wie erwartet kam er sich komisch dabei vor, mit leeren Händen in der Tür zu stehen, während alle ihn anstarrten. Seine Großmutter war die erste, die aufstand. Sie kam forsch auf ihn zu, die Hände ausgestreckt, um ihn zum Abschied zu umarmen, und er ging ihr lächelnd ein Stück entgegen.

»Wenn du nur etwas gesagt hättest, dann hätte ich dir Kekse gebacken«, sagte sie.

»Nein, ich brauche keine –«

»Oder wenigstens ein paar Sandwiches. Soll ich dir schnell ein paar Sandwiches schmieren, Ben Joe?«

»Ich habe keine Zeit«, sagte er.

Der Rest der Familie hatte sich jetzt um ihn versammelt; Carol hatte die Arme um eins seiner Knie gelegt, als wäre er ein Baum, auf den sie klettern wollte. Hinter seinen Schwestern stand seine Mutter; ihr Gesicht sah jetzt nicht mehr überrascht aus, sondern hatte wieder den üblichen nüchternen, gedankenvollen Ausdruck angenommen.

»Nun, ich glaube, es wird auch langsam Zeit«, sagte sie. »Du schienst dein Studium schon fast vergessen zu haben.«

»Wir fahren dich zum Bahnhof«, sagte Lisa.

»Nein, danke, ich habe noch reichlich Zeit.«

»Aber du hast eben gesagt, du hast keine...«

»Nein, wirklich. Ich möchte lieber laufen. Kommt alle her und gebt mir einen Abschiedskuß.«

Eine Reihe von weichen, kühlen Wangen wurde an seine gedrückt. Seine Großmutter hob Carol hoch, die ihm einen schmatzenden Kuß aufs Kinn gab und dabei einen feuchten

Fleck zurückließ, den er geistesabwesend mit dem Hemdsärmel wegwischte.

»Hör mal, Mama«, sagte er, als seine Mutter vortrat, um ihn zu umarmen, »sag Joanne auf Wiedersehen von mir, ja? Und Susannah. Sag Joanne, daß es mir leid tut, daß ich einfach so...«

»Natürlich mache ich das«, sagte sie mechanisch. »Versuch im Zug ein bißchen zu schlafen, Ben Joe.«

Großmama küßte ihn noch einmal, mit dem ihr eigenen stürmischen Schwung, und sagte: »Kauf nichts im Zug, wenn es nicht unbedingt sein muß, Ben Joe. Man weiß nie, wieviel Aufpreis sie verlangen. Ich weiß Bescheid, wie das läuft, weil ich mal eng mit Simon McCarroll befreundet war, der vor zwanzig Jahren im Zug nach Raleigh Zigaretten und Schokoladenriegel verkauft hat. Er sagte immer zu mir: ›Bethy Jay‹, sagte er, ›du kannst dir gar nicht vorstellen, was für hohe Aufpreise in den Zügen verlangt werden‹, und ich antwortete ihm –«, sie schwieg und starrte ins Leere. Es war eine Angewohnheit von ihr, das Gespräch beim Abschied in eine andere Richtung zu lenken und die Tatsache, daß jemand abreiste, beiseite zu schieben. Ben Joes Mutter nutzte ihr Schweigen, um ihm auf die Schulter zu klopfen, und wurde plötzlich energisch und munter, wie immer bei solchen Anlässen.

»Du wirst bestimmt eine gute Reise haben, Ben Joe«, sagte sie.

»Hast du genug Geld?« fragte Jenny.

»Ich glaube schon. Jenny, sagst du bitte Susannah, sie soll gut auf meine Gitarre achtgeben?«

»Mach ich, Ben Joe.«

»Auf Wiedersehen.«

Seine Schwestern lächelten und gingen langsam zurück zu ihrem Rommészpiel. Seine Mutter begleitete ihn bis an die Haustür.

»Sagst du es ihr auch?« bat er sie. »Sag ihr, es sei eine gute Gitarre, und auch ein gutes Stundenglas. Sie soll auf keinen Fall vergessen –«

»Ach, Ben Joe.« Sie lachte und machte ihm die Tür auf. »Das regelt sich alles von selbst.«

»Mag sein.«

»Alles regelt sich von ganz alleine, egal, was man tut...«

Er hob seinen Koffer hoch und lächelte sie an. »Auf Wiedersehen, Mama«, sagte er.

»Auf Wiedersehen, Ben Joe. Ich hoffe, daß du bei deinem Test gut abschneidest.«

Er trat auf die Veranda hinaus, und die Tür schloß sich hinter ihm.

Auf der anderen Straßenseite drehte er sich um und blickte zurück auf das Haus. Es stand stumm im Dämmerlicht, die Erkerfenster waren von den Lampen im Wohnzimmer erleuchtet, und die ungleichmäßig verteilten kleinen Buntglas- und Rosettenfenster schimmerten hier und da zwischen den weißen Schindeln. Wenn er weit weg von daheim war, dann sah das Haus in seiner Erinnerung nicht so aus wie jetzt, sondern so, wie er es gesehen hatte, als er klein war: ein riesiger Kasten, vor dem Kinder auf dem sonnenbeschienenen Rasen spielten und gelbe Blumen in zwei geraden Reihen neben dem Gartenweg blühten. Als er das Haus jetzt betrachtete, versuchte er, sich das tatsächliche Bild einzuprägen. Wenn er sich in Zukunft nur noch so an das Haus erinnerte, wie es in diesem Augenblick aussah, würde er es dann ebensosehr vermissen? Er wußte es nicht. Er stand vielleicht fünf Minuten lang so da, aber es gelang ihm nicht, sich das Bild des Hauses einzuprägen. Es hätte jedes beliebige Haus in der Nachbarschaft sein können; es hätte ebensogut einem Fremden gehören können.

Er wandte den Blick ab und machte sich auf den Weg zum Bahnhof. Es wurde schnell dunkler, und weil er seine Augen anstrengen mußte, um etwas zu erkennen, fühlten sie sich groß und kühl an. Ab und zu begegnete er Leuten, die allein oder zu zweit nach dem Abendessen ihre Besorgungen machten, und weil es noch nicht stockdunkel war, sprachen sie Ben Joe alle freundlich an oder nickten ihm zu, egal, ob sie ihn kannten oder nicht. Ben Joe lächelte zurück. Den älteren Frauen, die ihre Hunde ausführten oder sich in ihren Vorgärten mit Freundinnen unterhielten, schenkte er ein tiefes Nicken, das beinahe eine Verbeugung war, genau wie es sein Vater immer gemacht hatte. Zwei Kinder, die in einem mit weißer Kreide aufgezeichneten, kaum mehr zu erkennenden Feld Himmel und Hölle spielten, traten zur Seite, um ihn vorbeizulassen. Er lief vorsichtig über das Feld, um die Linien nicht zu verwischen, und sagte nichts, bis das kleinere Kind, ein Junge, ›hallo‹ sagte.

»Hallo«, sagte Ben Joe.

»Hallo«, sagte der kleine Junge noch einmal.

»Hallo«, rief Ben Joe zurück.

»Hallo –«

»Sei jetzt still«, flüsterte seine Schwester.

»Och«, sagte der kleine Junge traurig. Ben Joe lächelte und bog nach rechts in die Main Street ab.

Ein paar Menschen hatten sich vor dem neonbeleuchteten Kino versammelt, und in dem kleinen Restaurant, an dem er vorbeiging, saßen herausgeputzte Paare einander beim Abendessen gegenüber. Gerade als er die Straße überqueren wollte, um in den Kiesweg zum Bahnhof einzubiegen, blieb ein wuchtiger, rotgesichtiger alter Mann mit Ohrenschützern neben ihm stehen und sagte: »Bist du nicht der Sohn von Dr. Hawkes?«

»Ja«, sagte Ben Joe.

»Fährst du weg?«

»Ja.«

»Is' schon komisch«, sagte der Mann kopfschüttelnd. »Ich habe meinen Arzt überlebt. Was sagt man dazu, ich habe meinen Arzt überlebt!«

Das sagte er jedesmal. Ben Joe lächelte, und als die Ampel umsprang, überquerte er die Straße.

Der Kiesweg unter seinen Füßen war nur ein schmaler grauweißer Streifen, aber er sah noch genug, um ohne Schwierigkeiten laufen zu können. Trotzdem ging er sehr langsam. Er blickte starr geradeaus, auf das Bahnhofsgebäude mit den orangefarbenen Fenstern, das neben den Bahngleisen stand. Die Schienen unter den hohen, gebogenen Lampen sahen aus wie silbrig glänzende Schnüre. Sonst war überall nur Dunkelheit, von der sich hier und da das dunkle, glänzende Heck eines parkenden Autos abhob. Ben Joe zitterte. Er stellte unvermittelt den Koffer auf die Erde, setzte sich einen Augenblick später darauf, verschränkte die Arme und starrte das Bahnhofsgebäude an. Er zitterte immer noch so stark, daß er die Zähne zusammenbeißen mußte. Er wußte nicht, was er wollte; er wußte nicht, ob er wollte, daß Shelley wie verabredet kommen würde, oder ob es ihm lieber wäre, wenn sie nicht auftauchte. Wenn sie kam, was würde er zu ihr sagen? Würde er froh sein, sie zu sehen? Wenn sie nicht kam, würde er in den Zug steigen und abfahren, und *er* wäre derjenige, der gekränkt worden wäre; und dann wäre wenigstens diese Angelegenheit endgültig geklärt, und er bräuchte nicht mehr darüber nachzudenken. Er betrachtete die immer noch weit entfernten orangefarbenen Fenster, als könnten sie ihm ein Zeichen geben, das ihm verriet, ob sie da war oder nicht und was er machen sollte. Aber es war kein Zeichen zu sehen. Ein neuer Gedanke kam ihm: Er konnte eine Weile warten, bis der Zug abgefahren war, und dann heimlich einen Bummelzug nach Raleigh nehmen und dort in den späteren Zug nach New York umsteigen. Aber was würde das schon nützen? Vor seinem geistigen Auge erschien eine endlose Kette zukünftiger schlafloser Nächte, in denen er darüber nachgrübelte, ob er nicht doch lieber zum Bahnhof hätte gehen sollen. Er stand auf, nahm seinen Koffer und setzte seinen Weg den Hügel hinab fort.

Drinnen war es warm und hell, und der Warteraum roch nach Zigarrenrauch und Groschenromanen. In der Nähe des Eingangs stand eine Gruppe von lauten, unruhigen Geschäftsleuten, die sich mit Spitznamen anriefen und jedesmal, wenn sie sich vorbeugten, um jemanden zu begrüßen, ihre Aktentasche von der rechten in die linke Hand nahmen.

»Verzeihung«, sagte Ben Joe.

Sie blieben unbekümmert im Weg stehen, zu behäbig und zu dicht beieinander, als daß man sich zwischen ihnen hätte hindurchschlängeln können. Ben Joe änderte seine Richtung, wich nach rechts aus und ging den nächsten Gang entlang. Dort stand ein kleiner farbiger Mann mit seiner Familie; der Mann, der für die Reise in den Norden steif und korrekt gekleidet war, zählte einen kleinen Stapel zerknitterter Dollarnoten. Seine Frau und seine Kinder beugten sich neugierig vor und sahen zu; der Mann fuhr sich mit der Zunge über die Lippen, während er die Scheine durchblätterte.

»Verzeihung«, sagte Ben Joe.

Der Ehemann trat, immer noch zählend, zur Seite. Ben Joe hielt den Koffer hoch und dicht an seinen Körper, um niemanden anzustoßen, schob sich an ihnen vorbei und gelangte in die Mitte des Warteraums. Zum ersten Mal, seit er den Bahnhof betreten hatte, schaute er sich um. Sein Blick streifte zwei Matrosen, eine Gruppe von Soldaten und eine alte Frau in einem Lumberjack; dann sah er Shelley.

Sie saß auf der anderen Seite, neben der Tür, die auf den Bahnsteig führte. Zu ihren Füßen standen zwei Koffer und ein rotes Einkaufsnetz. Ben Joe atmete aus, und erst jetzt wurde ihm bewußt, daß er den Atem angehalten hatte. Aber er ging nicht sofort zu ihr hinüber. Er stand nur da und drückte mit beiden Händen den Koffer gegen seine Brust, als sei er ein kleiner Junge mit einem Schulranzen. Er fühlte sich plötzlich wie ein Kind, wie der kleine Ben Joe, der draußen im Flur vor dem mit Menschen gefüllten Wohnzimmer steht und weiß, daß der Moment kommen wird, in dem er den Raum betreten und die Leute begrüßen muß, diesen Moment aber dennoch hinauszögert. Er nahm den Koffer in eine Hand. In dem Augenblick schaute Shelley hoch, hob ihren Blick von den Spitzen ihrer neuen hochhackigen Schuhe zur Mitte des Warteraumes, wo sie, rein zufällig, das stille, wachsame Gesicht von Ben Joe erblickte. Ben Joe gab sich einen Ruck und wurde wieder lebendig. Er durchquerte unter Shelleys ernstem Blick unsicher und mit verkrampftem Gesicht die Halle.

»Hallo«, sagte er, als er bei ihr angekommen war.

»Hallo.«

Sie trug ein Kleid, das er noch nie gesehen hatte – ein beigefarbenes, weitgeschnittenes Modell mit Falten –, und dazu Handschuhe und einen runden Federhut in der gleichen Farbe. Durch das viele Beige zu ihrem dunkelblonden Haar und blassen Gesicht wirkte sie wie aus einem Guß, wie eine gelbbraune Statue, die aus einem einzigen Stein gehauen ist. Ihr Gesicht sah angespannter und verkniffener aus als sonst, und ihre Augen waren von dem grellen Licht gerötet.

»Ben Joe?« sagte sie fragend.

Er setzte sich schnell auf den Platz ihr gegenüber und sagte: »Was ist?«

Sie schwieg einen Moment, während sie sich darauf konzentrierte, die Spitzen ihrer Schuhe genau parallel nebeneinander zu stellen. In der Pause, die durch ihr Schweigen entstand, hörte Ben Joe das flüsternde Geräusch des Zuges, der gerade über die Brücke am Dublin Cat River raste und mit jeder Sekunde näher kam. Draußen rannten Männer hin und her und brüllten Anweisungen; ein Junge schob einen Gepäckwagen durch die Tür, und sie waren für eine Sekunde der kalten, schneidenden Luft ausgesetzt, die von draußen hereindrang. Ben Joe beugte sich vor und sagte: »Was ist los, Shelley? Was willst du mir sagen?«

»Ich bin mit dem Taxi gekommen«, sagte sie nach einer Weile.

»Was?«

»Ich sagte, mit dem Taxi. Ich bin mit dem Taxi gekommen.«

»Ach so. Mit dem Taxi.«

Er stand auf und vergrub seine Hände in den Hosentaschen. Draußen pfiff erneut der Zug, diesmal lauter und näher. Die beiden Matrosen waren aufgestanden und gingen zum Ausgang.

»Ich habe meine Fahrkarte«, sagte Shelley. »Und ich habe, warte mal...« Sie wühlte in ihrer beigen Handtasche und holte ein marineblaues Scheckbuch hervor. »Reiseschecks«, sagte sie. »Ich will nicht, daß mir mein Geld gestohlen wird. Wir haben darüber noch nicht gesprochen, Ben Joe, aber ich möchte, daß du weißt, daß ich mir Arbeit suchen werde. Geld wird also kein...«

Der Zug fuhr jetzt donnernd in den Bahnhof ein. Er dampfte und zischte und kam mit einem solchen Getöse zum Stehen, daß Shelleys Worte darin untergingen. Ben Joe hörte nur noch das Zischen der Lokomotive und die Rufe der Menschen und über alldem die brüchige, kratzende Stimme aus dem Lautsprecher. Shelley schaute mit glasklaren Augen abwartend zu ihm hoch, und er konnte an ihrem Gesichtsausdruck ablesen, daß sie ihm eine Frage gestellt hatte.

»Was hast du gesagt?« fragte er, als der Zug zum Stehen gekommen war.

»Ich sagte, ich frage mich, ob du immer noch willst, daß ich mitkomme?«

Sie versuchte erneut, ihre Schuhspitzen parallel zueinander zu stellen. Alles, was er von ihrem Gesicht sehen konnte, waren ihre hellen Wimpern, die in zwei Halbkreisen über ihren Wangen schwebten, und die Spitze ihrer Nase. Als sie ihre Schuhe so parallel wie möglich gestellt hatte, schaute sie wieder hoch, und es kam ihm plötzlich so vor, als könne er sich durch ihre Augen sehen – Ben Joe Hawkes, der die Hände in den Hosentaschen vergraben hatte und vor ihr auf und ab ging, der in völliger Gedankenlosigkeit in seine eigene begrenzte Welt aufbrach, während sie hoffnungsvoll zu ihm hochschaute.

»Natürlich will ich dich mitnehmen«, sagte er schließlich. Sie lächelte und wurde sofort geschäftig, sah nach, ob die Fahrkarte in ihrer Handtasche steckte, sprang auf, schob ihr ganzes Gepäck in die Mitte des Ganges und hielt dann stirnrunzelnd inne.

»Das kriegen wir *niemals* alles mit«, sagte sie. »Ich wollte ja nur das Nötigste mitnehmen und mir den Rest nachschicken lassen, aber –«

»Komm jetzt.« Er griff nach ihren beiden Koffern und überließ ihr das Einkaufsnetz, das anscheinend mit Lockenwicklern und Papiertaschentüchern gefüllt war, und seinen eigenen, leichteren Koffer. Nachdem sie beides genommen hatte, hielt er ihr die Tür auf, und sie folgten den bummelnden Soldaten hinaus in die kalte Nachtluft, über den Bahnsteig und dann die scheppernden Stufen zum Waggon hinauf.

»Fahrgäste nach New York und Boston bitte in den rechten Wagen einsteigen!« rief der Schaffner munter. Er legte eine Hand unter Shelleys Ellbogen, um ihr die Stufen hinaufzuhelfen. »Vorsicht, junge Dame, Vorsicht –«

Aus Ben Joes Mund kam bei jedem Atemzug eine dünne weiße Dampfwolke. Die Soldaten vor ihnen blieben stehen und ließen ihre Blicke über die Sitzreihen schweifen, und Ben Joe, der halb draußen und halb drinnen stand, drückte seine Arme eng an den Körper, um sich zu wärmen. Er betrachtete Shelleys Hinterkopf. Ein paar blonde Haarsträhnen schauten unter ihrem Filzhut hervor, und er konnte die Augen nicht von ihnen abwenden. Sie sahen so real aus; er konnte jedes einzelne Härchen erkennen. In diesem Moment hätte er beinahe die Koffer fallen gelassen und wäre weggelaufen, aber dann hatten die Soldaten Plätze gefunden, und sie konnten weitergehen.

Im Wagen war es verraucht und viel zu warm. Sie manövrierten ihr Gepäck an staubigen Sitzen vorbei. Von den Leuten, die dort saßen, sah man nur den oberen Teil ihrer Köpfe. Weiter hinten wurde der Waggon etwas leerer. Shelley ließ sich auf den ersten freien Platz fallen, aber Ben Joe tippte ihr auf die Schulter.

»Geh weiter«, sagte er. »Ganz hinten sind noch zwei gegenüberliegende Plätze frei.«

Sie nickte, stand wieder auf und lief vor ihm den Gang hinunter. Es wirkte hier drinnen seltsam still nach dem Lärm draußen. Ben Joe hörte nichts als das Rascheln der Zeitungen und ihre eigenen Schritte, und seine Stimme klang zu laut in seinen Ohren.

Bei den letzten Sitzen blieben sie stehen. Ben Joe hob das Gepäck auf die Ablage, dann nahm er Shelleys Mantel, legte ihn sorgfältig zusammen und schob ihn auf die Koffer.

»Setz dich hin«, sagte er zu ihr.

Gehorsam setzte sie sich und rutschte ans Fenster. Nachdem Ben Joe auch seinen Mantel verstaut hatte, setzte er sich ihr gegenüber und rieb seine Handrücken gegen seine Knie, um sich aufzuwärmen.

»Hast du es bequem?« fragte er.

Shelley nickte. Ihr Gesicht hatte den angespannten Ausdruck verloren, und sie wirkte jetzt heiter und sorglos. Mit einem behandschuhten Finger wischte sie die beschlagene Fensterscheibe ab und schaute auf die Menschen, die draußen verstreut im Lampenlicht standen.

»Mrs. Fogarty hat jemanden zum Zug gebracht«, sagte sie nach einer Weile. »Du erinnerst dich bestimmt an Mrs. Fogarty; ihr Mann lebt in Parten im Pflegeheim, und jedes Jahr veranstaltet sie für ihn eine Geburtstagsfeier, bei der es nur Wildreis und Kuchen zu essen gibt, weil das die beiden einzigen Sachen sind, die er mag. Sie hat uns wahrscheinlich nicht gesehen. Sonst wäre sie nicht mehr hier; sie wäre schon losgelaufen, um die Neuigkeit –«

Sie hielt inne, drehte sich zu ihm um und preßte die Handflächen aufeinander. »Was hat deine Familie dazu gesagt?« fragte sie.

»Ich habe es ihnen nicht erzählt.«

»Und wann wirst du es ihnen erzählen?«

»Ich weiß nicht.«

Sie runzelte die Stirn. »Macht es dir nichts aus, ihnen sagen zu müssen, daß wir uns heimlich davongestohlen haben?«

»Es ist ihnen egal«, sagte er.

»Also, ich kann immer noch nicht ganz glauben, daß wir das hier wirklich tun.«

Ben Joe hörte auf, seine Hände zu reiben. »Du meinst, noch weniger als normalerweise?« wollte er wissen.

»Was?«

»Du meinst, es ist schwerer zu glauben als normalerweise?«

»Ich verstehe nicht, was du meinst«, sagte sie. »Es ist nicht normal für mich, wegzugehen und zu heiraten.«

»Ja, das weiß ich, aber...« Er gab es auf und lehnte sich in seinem Sitz zurück, aber Shelley betrachtete ihn immer noch mit verwirrtem Gesicht. »Ich meinte«, sagte er, »fällt es dir jetzt schwerer, etwas zu glauben, als vor einer Woche?«

»Also – nein.«

Er nickte, war aber nicht ganz zufrieden. Was, wenn seine Heirat mit Shelley zur Folge hatte, daß sie allmählich so wurde wie er – unfähig, klar zu erkennen, daß irgend etwas geschah oder ein Augenblick verging? Was, wenn es wie eine ansteckende Krankheit wirkte und sie schon bald ebenso benommen umherliefe wie er und nicht mehr in der Lage wäre, mit dem Finger auf eine Sache zu zeigen und sie genau zu benennen? Er sah jetzt angstvoll zu ihr hinüber. Shelley lächelte ihn an. Von ihrem Lippenstift war nur noch ein dünner hellrosa Streifen an den Rändern ihrer Lippen übrig, und ihre Augenwimpern hatten weiße Spitzen. Er erwiderte ihr Lächeln und lehnte sich entspannt in die Polster.

»Sobald wir angekommen sind«, sagte er, »suchen wir uns eine Wohnung.«

Sie lächelte glücklich. »Weißt du was«, sagte sie. »Ich habe immer viele Hausfrauen-Zeitschriften gelesen, und ich habe mir alle möglichen Tips gemerkt. Zum Beispiel kann man aus einem Stück Treibholz, wenn man es mit Goldfarbe besprüht...«

Der Zug setzte sich in Bewegung. Es gab einen Ruck, und

dann rollte er langsam aus dem Bahnhof hinaus in die Dunkelheit, und die winzigen Lichter der Stadt zogen vor dem schwarzen Fenster vorbei.

»Ich habe mir ein weißes Kleid gekauft«, sagte Shelley jetzt. »Ich weiß, es ist albern, aber ich wollte es gerne. Findest du das albern?«

»Nein. Nein, ich finde es gut.«

»Auch wenn wir bloß zu einem Friedensrichter gehen, will ich trotzdem Weiß tragen. Und es macht mir wirklich nichts aus, bloß zu einem Friedensrichter zu gehen...«

Das neonbeleuchtete Schwein mit dem Ringelschwanz auf dem Dach des Petersoll-Grill-Restaurants glitt hinter der Scheibe vorbei. Dann erschien an seiner Stelle die Leinwand des Autokinos, wo Ava Gardner so dicht vor der Kamera stand, daß nur ihr dunkelroter, lächelnder Mund und ihre halbgeschlossenen Augen auf der Leinwand Platz hatten. Dann verschwand auch sie wieder. Gegenüber von Ben Joe, in der Ecke zwischen der Wand und der Rückenlehne des Sitzes, schloß Shelley gähnend die Augen.

»In Zügen werde ich immer schläfrig«, sagte sie.

Ben Joe legte seine Füße auf den Sitz neben ihr, lehnte sich zurück und betrachtete ihr Gesicht. Ihre Haut wirkte so dünn wie Papier und ein bißchen zu blaß. Ab und zu flatterten ihre von blauen Äderchen durchzogenen Augenlider leicht, ohne sich zu öffnen, und ihr Mund zuckte. Er betrachtete sie aufmerksam, obwohl auch seine Augenlider vom einschläfernden Rhythmus des Zuges allmählich schwer wurden. Woran dachte sie wohl, dort in der Dunkelheit hinter ihren Lidern?

Hinter seinen eigenen Lidern entrollte sich die Zukunft wie ein langer, dicker Teppich, ebenso wirklich, wie die Vergangenheit oder die Gegenwart es je gewesen waren. Er sah ganz deutlich Jeremys staunenden Gesichtsausdruck vor sich und ebenso deutlich den ängstlichen Blick in Shelleys Augen, wenn sie in New York ankommen würden. Und die überstürzte Hochzeit, bei der er vor Verlegenheit am liebsten im Boden versinken würde, und die hübsche kleine Wohnung, in der Shelley immer auf ihn warten würde, wie ein Stück Sandhill, das er dorthin mitgenommen hatte, und wenn er sich nicht so benahm wie die Ehemänner in den Hausfrauen-Zeitschriften, dann würde sie ihn fragen, was los war, aber sie würde ihn trotz allem immer lieben. Und dann die vielen Jahre, in denen Shelley älter und kleiner wurde, bis sie so aussah wie ihre Mutter und all seine Gewohnheiten und Geheimnisse kannte. Und nachts, wenn seine Alpträume kamen, würde sie ihn wecken und ihm beruhigende Worte zuflüstern, bis er langsam wieder in den Schlaf fiel und sich von ihren dünnen, warmen Armen entfernte. Und vielleicht würden sie sogar ein Baby bekommen, einen Jungen mit runden blauen Augen und kleinen, strampelnden Füßen, die sie nachts zudeckte, wenn sie auch ihn mit beruhigenden Lauten in den Schlaf wiegte. Ben Joe würde zusehen, so wie heute abend, würde Wache halten und all die gedankenlosen, leichtfertigen Dinge, die er getan hatte, wiedergutmachen. Dann rutschte er auf seinem Sitz herum und runzelte die Stirn; konnte man sich seiner Zukunft wirklich sicher sein? Wer konnte schon wissen, ob nicht unzählige andere Personen, die er gekannt und geliebt hatte, unter der Oberfläche dieser einen Person mit dem ebenmäßigen Gesicht, die er jetzt liebte, verborgen lagen?

»Die Fahrscheine bitte«, sagte der Schaffner.

Ben Joe gab ihm seine Fahrkarte und lehnte sich dann nach vorne, um leise Shelleys Fahrkarte aus ihrer Handtasche zu ziehen. Der Schaffner riß von jeder eine Ecke ab, während er schwankend neben Ben Joe aufragte.

»Sie brauchen nicht umzusteigen«, sagte er.

Ben Joe zog sein Jackett aus und legte es gefaltet auf den Sitz neben sich. Er legte die Füße wieder auf den Sitz gegenüber, rutschte so weit wie möglich nach unten und faltete die Hände auf dem Bauch, um sich auszuruhen, ohne einzuschlafen. Aber seine Augen wollten schlafen; er öffnete sie weit und rüttelte seinen Verstand wach. Shelley drehte sich zum Gang, und er heftete entschlossen den Blick auf sie, um weiter Wache zu halten. Seine Augen fielen zu, und sein Kopf rollte nach hinten gegen die Lehne.

In dem Augenblick vorm Einschlafen, als seine Gedanken frei umherschweiften, sah er im Geiste Shelley und seinen Sohn wie zwei tanzende helle Gestalten. Sie verharrten eine Weile still und gehorsam vor seinem wachsamen Auge, dann tanzten sie davon, und er ließ sie gehen; er wußte, es mußte sein. Ein Teil von ihnen war weit entfernt und vor ihm verschlossen, so unerreichbar wie seine Schwestern, so ausdruckslos wie das weiße Haus, in dem er geboren war. Sogar seine Frau und sein Sohn waren so. Sogar Ben Joe Hawkes.

Sein Kopf fiel auf die Seite, während er schlief, und sein blondes Haar breitete sich auf dem staubigen Polster aus. Der Schaffner ging pfeifend vorbei, und der Zug rollte ratternd über die Schienen.

Anne Tyler

Atemübungen
Roman
Band 10924

Caleb oder Das Glück aus den Karten
Roman
Band 10829

Wenn je der Morgen kommt
Roman
Band 12806

Fast ein Heiliger
Roman
Band 12721

Nur nicht stehenbleiben
Roman
Band 11409

Mister Morgan und die Puppenspielerin
Roman
Band 12047

Die Reisen des Mr. Leary
Roman
Band 8294

Fischer Taschenbuch Verlag

fi 1605 / 7

Jane Smiley

Mörder in Manhattan

Roman

Aus dem Amerikanischen von Dietlind Kaiser

Band 12643

Sie sind dicke Freunde –
Alice, Susan und die vier Männer der Band »Deep Six«.
Bis zu dem Tag, als Alice in der Wohnung von Susan
eine grauenhafte Entdeckung macht.
Mit *Mörder in Manhattan* hat Jane Smiley das
faszinierende Psychogramm einer Gruppe von Freunden
gezeichnet. Sie folgt den subtilen Verästelungen
von Liebe und Haß und enthüllt die schockierenden
Geheimnisse bester Freunde.

»...die Spannung dieser geheimnisvollen Geschichte
resultiert vor allem aus Jane Smileys Kunst, ihre Personen
mit gelassener Genauigkeit zu entwickeln.«

San Francisco Chronicle

Fischer Taschenbuch Verlag

fi 1553 / 3